王道劍

參

大戰天竺

上官鼎 著

目錄

【第十四回】靖難之役

這一場造反之戰一旦開啟，至死方休，必須正名而後出師。

道衍法師力主須引「明皇祖訓」，以清君側為名，發兵鏟除皇帝身邊的齊泰和黃子澄等「奸臣」，是為「靖難」之舉。

朱棣冷笑道：「咱們索性寫個摺子，堂堂正正奉太祖之遺訓發兵靖難！」

南京雖在長江之南，其實它位於長江自雲南以東最北的一段上，春天總比習稱的江南地區來得晚一些。時值建文元年四月，南京仍有幾分殘留的春天氣息。這一日尤其是藍天白雲，惠風和暢，秦淮河邊遊人如織，春陽照在新綠的河畔，各種野花點點，好一片和平悠閒的色彩。

而紫禁城皇宮，這時卻籠罩在略帶肅殺的緊張氣息裡。

議政廳內，建文皇帝在退朝後召集了幾位重臣，延續在朝議中論及的「削藩」之議。自從去年底南京派了工部侍郎張昺為北平布政使，張信、謝貴加入北平都指揮使之列，後來又派宋忠到開平屯兵三萬人，監視燕王朱棣的用意已經明朗化；而燕王一面陽奉陰違，一面暗中募兵、練兵、造械備戰，抵抗削藩的態勢也十分明顯。

年初燕王朱棣到了南京恭賀建文新元，叔侄見面，燕王登陛不拜，因此相談不歡，只要一觸及燕京政情，氣氛立刻僵住。朱棣坦承他募兵練兵的計畫正進行，目的是增加防禦及打擊塞外北元殘餘勢力的武力，他一席「善守者必須有攻擊能力」的說法，言之成理，擲地有聲，連南京諸將領都聞之動容。只有黃子澄和齊泰等人耽憂他增兵抗北只是幌子，真正的目標是南京的皇位。

然而朱棣北歸前做了一件十分大膽的事：他對建文說，五月太祖忌辰時，將命三子同來京祭拜，三個兒子也都希望在南京「學習政事」。

建文身邊的幕僚本來打算留下他一個兒子做為「人質」，豈料燕王大方得緊，主動表示要送來三人，向建文宣示絕無貳心。交心做到十成，讓建文皇帝不得不感到他的誠意。

接著更奇怪的事發生了，燕京城的細作傳來消息，燕王北歸後就病倒了，而且此病好像有些損及朱棣的心智。換言之，朱棣有些身心失常，甚至瘋癲了。

今日朝廷上「削藩」又成了熱烈討論的議題，乃是為了戶部侍郎卓敬上疏，原地削藩不如改遷封地。他極力建議將鎮北諸藩南遷，北邊諸城改由中央派大將率軍駐守。

所謂鎮北諸王，就是從東北到西北的九王：遼王、寧王、燕王、谷王、代王、晉王、秦王、慶王及肅王。其中又以寧王朱權及燕王朱棣最強大，擁兵皆在八至十萬之譜，寧王手下更擁有蒙古騎兵近一萬人，便是在北方赫赫有名的朵顏三衛。

這時在議政廳中，建文正在聽兵部尚書齊泰報告。齊泰強調削藩勢在必行，拖得愈遲，愈不利速戰速決，而燕王兵多野心大，應列為削藩首選。

建文道：「燕王病倒之說，未知真假。」黃子澄道：「陛下稍待數日，咱們安放在燕王身邊的葛誠已在打探實情。葛誠為燕王府長史，他的消息最為可靠。臣以為，削藩雖然不可避免，然燕王為天子代狩，有功無過，不如先從弱藩削起，逐漸造成氣勢，則寧、燕兩強將知朝廷之威不可當，見大勢已去，退而同意改遷藩地，如此可免兵戎相見。」

建文道：「子澄之言亦有見地，孝孺以為如何？」方孝孺奏道：「臣以為削藩之舉未必勢在必行，但若確要舉事，則以先削燕、寧為佳。」齊泰趕快補奏：「方學士之言有理，兵法云：擒賊先擒王。寧、燕為諸王之王也，寧、燕歸服，則其餘望風伏矣。」

建文又問魏國公徐輝祖：「輝祖，汝意如何？」徐輝祖恭聲道：「方學士適才之言：削藩之舉未必勢在必行，臣意頗以為然。皇上始就大位，行仁政而太平盛世將臨之說，已在民間盛傳……」建文打斷他的話，問道：「民間盛傳些什麼？」

徐輝祖哦了一聲，道：「臣由手下報告，最近夫子廟夜市有說書者，將陛下恩准前朝大案中無辜枉死者之後人，重提新證、重新調查，因翻案而得平反的若干事蹟，隱名換姓編入道情故事。有一段『斬草除根尊武帝，還財活命有文皇』的說書，每場聽客看官滿坑滿谷，百姓叫好連連，百聽不厭呢！」

建文聽了甚是心喜，笑道：「『武』帝『文』皇？倒也編得巧啊。」徐輝祖接著道：「是以臣以為，當此陛下以仁政感動天下臣民之際，實不宜為削藩而大動干戈。倘若必須為之，也宜從弱小藩鎮做起，可以避免用兵流血。」

建文聽了連連點頭，便道：「就這樣，子澄去擬一個程序和方案奏上來吧。」

徐輝祖暗呼僥倖，又一次暫時將朝廷和燕王開打的局面穩住了，但他接著便想到：「這怕是最後一次了，齊泰下次提削燕時，俺便要辭窮了。」

於是就在四月裡，青州的齊王朱榑、大同府的代王朱桂，以及荊州的湘王朱柏均被削藩。齊王、代王廢為庶人，湘王是個勇武過人的親王，刀槍弓箭嫻熟，馳馬如飛，不甘受辱而自焚。

到了五月，燕王朱棣果然派他三個兒子到南京，代父祭拜太祖忌辰大典。這個舉動充分展現朱棣願意送三個人質到南京，以取得建文帝的信任。

齊泰主張扣押三人，建文詢問徐輝祖的意見。齊泰原以為徐輝祖定會建議放走這三個外甥，但結果大出齊泰意料，徐輝祖竟然強力贊成扣留燕王的三個寶貝兒子做為人質。其實徐輝祖根據他所得到的消息判斷，燕王朱棣確實已在備戰。先前自己一直站在希望儘量和平相處，不要激怒燕王的立場來建言，此時覺得朱棣和朝廷反目已成不可避免之勢，便反而要靠扣留他三子為人質，來阻止朱棣輕舉妄動。

黃子澄卻極力贊成放回三子。他的理由是：削藩雖勢在必行，此時不宜打草驚蛇，可以一面放人，一面趁燕京方面鬆懈之際發起突襲。

方孝孺最後發表意見，他是贊成放人的，但理由卻是：燕王將三個兒子送來京師，是何等光明磊落的做法，建文以堂堂皇帝之尊卻要扣為人質，有失王者之風。

建文又問了徐增壽的意見，徐增壽的意見與老哥輝祖正好相反，主張放人。

最後，建文決定放了朱棣的三個兒子。

朱高熾、朱高煦，朱高燧三兄弟才回到燕京，燕王暫棄裝瘋之態，一掃病容。就在大開慶宴的時候，傳來雲南的岷王朱楩也被廢為庶人的消息，朱棣原本開懷大笑的臉色陡轉陰霾，當夜便召道衍和尚和親信將領在府中商討策略及步驟，直到天亮方休。時為建文元年六月二十一。

此時，南京朝廷收到埋伏在燕王府中的細作長史葛誠的密函，告知朱棣的瘋病全是偽裝，其實備戰已達一觸即發的地步。建文聞報，對放回朱棣三子感到後悔，因而覺得十分懊惱。

齊泰密奏：「上月放回燕王三子之事，固是皇上一心之仁，然一些大臣迂腐之言也足誤事。為今之計，只有請皇上以密詔令北平布政使張昺和都指揮使謝貴逮捕燕王府官員，令都指揮使張信專責逮捕朱棣本人。這份密詔咱們用一般公文的速度送燕京，雖然慢幾天到，卻不會引起朱棣懷疑。」

建文想了許久，終於點了點頭道：「依卿之計行事，唯不得傷及燕王性命。」齊泰感歎道：「真仁君也。」

密詔夾在一般公文中，以每日三百里的速度送到燕京。張昺、張信及謝貴收到手，展封一讀，全都大驚失色，連夜聚在張昺布政使府第密商行動。時為建文元年六月二十八。

是夜，張昺的府中燭火通明，三人一夜未眠，但是對如何下手各持己見。布政使張昺主張由謝貴發兵，自己持密詔包圍燕王府，把府中有關的官員一一逮捕到案，這期間如果燕王的親兵敢動手，就由張信從府外率領他的部隊開入鎮壓，兩軍會合後，再入府逮捕燕王本人。

張信認為此舉不可行，他顯示南京給他的密詔，明白命令不得傷及燕王性命。如依此計而行，即使擒住燕王，北平城防部隊仍有主力在朱棣的心腹將領節制之下，到時候必將開入救駕。敵眾我寡，如果燕王恃強不肯屈服，又不能傷他性命，己方未必能敵得住燕軍的反撲。

張昺問道：「那麼依張信兄之見，應該如何行動較為妥當？」張信一時卻也答不出來。

三人圍著一張燕京城的輿圖商議，城防的布置大致沿襲元朝大都的規格，燕王府大致就是元朝的皇城。城內燕王的親軍雖然為數不多，但九門城內外的城防軍有上萬之眾，若是全面反撲，謝貴和張信所掌握的兵力確實不足。

張信身負擒拿燕王本人的責任，他想了一會兒道：「咱們要著人儘速通知城外屯兵的宋忠，他的三萬大軍悄悄啟動，若有數千精銳潛近至燕京城外半日程內，屆時吾等發動包圍燕王府，而九門城防將不敢妄動，當有勝算。」

謝貴認為此事極機密，宜速不宜遲，何況宋忠先頭部隊一有動作，極易打草驚蛇，燕王若將外戍長城的大軍調回燕京，宋忠的三萬兵力將面臨兩倍以上的燕軍包圍，事不可為矣。他建議道：「看朝廷密詔的意思，乃是要咱們接詔後立即起事，實不宜再拖。不如便依張昺兄之計，就在一兩天內發動逮捕行動，打他個措手不及。」

豈料張昺的想法又變了，顯然他受到張信一番話的影響，覺得此刻貿然舉事風險過大，便道：「咱們把兩策折中一下；一面遣密使急送一封咱的親函給宋忠，另一面咱們這邊暗中布置兵力，九門城防中凡忠於我方的軍官皆以密令通知，無論任何動靜皆要固守城防，不可調動軍隊，如有強要調動兵力者，一律格殺之。」

謝貴默算了一下道：「如此宋忠那邊接到密函，調動三萬部隊，數千精銳晝伏夜行潛近至燕京城外，約需四五天工夫。」張信也估算了一下，點頭道：「不錯，最快也要四天。」張昺道：「既然如此，咱們分頭辦事，今日是六月二十九凌晨，就定七月初四酉時動手！」

他望了張信、謝貴一眼，兩人重重地點了點頭。張信一把抓起桌上的茶壺，將三人的茶碗加滿，端起茶碗道：「咱們三人以茶為誓，七月初四之前絕不洩露消息，違者有如此碗！」他一飲而盡，把茶碗「啪」的一聲摔碎在地上。張昺和謝貴兩人也是一飲而盡，齊聲誓言：「有如此碗！」將茶碗摔下，三隻手激動地緊握在一起。

張信離開張昺的寓所時，聽到遠處的雞啼，天邊已經泛白。燕京的六月已是盛夏，清晨的風仍有一絲涼意，張信從激情中漸漸平靜下來，騎在馬背上放馬緩步而行，心中思緒起伏不定。

他想到自去年年底任北平都指揮使以來，奉了齊泰的命令收編燕京城的軍隊，而燕王始終陽奉陰違，表面服從，暗中卻培養自己的實力。這一段時間裡和燕王朱棣不斷周旋，深深瞭解此人的厲害，不但機警靈活，遇事不慌不亂，出手更是既準且狠。張信自覺非其對手，雖然仗著天子之命在身，燕王不敢對自己造次，但自己實不願成為燕王的死敵。

這時冷靜下來，對於四天後要對朱棣發動的逮捕行動，張信心中七上八下，絲毫沒有把握。他默默忖道：「就憑為了爭取召練新兵的時間，燕王竟敢送三個兒子到南京去做人質，就知道此人的膽識實在過人。前一陣子又裝病裝瘋惑弄南京視聽，此事雖經咱們埋伏在他身邊的葛誠暗中報知是假，但此人的機伶厲害，可見一斑。」

張信的個性有相當軟弱的一面，想到齊泰居然令自己擔任逮捕朱棣本人的任務，他縱馬緩行，愈想愈生懼意，最後做了一個決定：「快回家將此事告知母親，母親見識向來獨到，往往勝過鬚眉，她老人家必會為我定奪。」

天亮時，一名滿臉幹練的中年漢子，牽著一匹高頭駿馬，從鼓樓後面的張昺布政使公館出來。經過天壽萬寧寺時，和尚們剛剛開始早課，一陣梵唱中，這一人一馬走向城北的健德門。

守門的兵士識得這漢子是張布政使府中的莫總管，便招呼他問聲早。莫總管送上一個熱騰騰的白布包，笑道：「廚房裡剛出籠的羊肉包子，弟兄們趁熱嚐嚐。」守門軍士站了一個時辰，正是乏力覺餓的時候，見到這一大包羊肉包，一面嚥口水一面稱謝。那漢子牽馬出城，一點也不顯急迫，左盼右看狀甚優閒。待他走過一處彎道，一大片樹林子遮住了城門，就見他翻身上馬，雙腿一夾，那匹駿馬揚蹄如飛，向宋忠屯兵之地疾馳而去。

∞

城西南都城隍前的那條街上尚無行人，傅翔已在院中屋簷下盤膝運功。只見他凝聚真氣運行三周天後，頂上一片蒸氣。他連續做了三次，臉上露出滿意的微笑，輕輕噓出一口氣，然後猛一提氣，雙掌緩緩拍出，一丈多外一棵尺粗的槐樹竟然無風劇搖，偌大一片枝葉跟著左右猛晃，驚起一樹的烏鴉呱呱而鳴，振翅飛起，樹下簌簌落了一圈樹葉。

傅翔正要站起，身邊響起阿茹娜的聲音：「傅翔，你弄的滿地樹葉！你自己掃。」只見阿茹娜端著一盤熱騰騰的羊肉包子站在他身旁，一線朝陽正好照在她上半身，但見她面如白玉，玉中泛出水紅色，身上一襲棗紅的薄衫在陽光中發亮，傅翔不禁看得忘了回答。

阿茹娜道：「一早起來便有些發傻，快趁熱吃個包子。」傅翔拿了一個包子在手，笑道：「阿茹娜，妳這樣子比那穿黑裙的烏茹大夫好看太多了。」阿茹娜也笑道：「是嗎？我瞧咱們方福祥大夫的內力好像已經完全恢復了？」傅翔緩緩點頭，道：「今早聚氣運行，全身再無任何滯礙之處，內力走動隨心所欲，感覺上竟似比未受傷之前更為精進，實出意外呢。」

阿茹娜聽了喜不自勝，一手托盤，一手抓住傅翔就朝屋裡跑。到了屋裡，她把一盤包子放在桌上，低聲對傅翔道：「太高興了，傅翔快抱住我，不然我要飛上天了。」傅翔先是輕輕抱著她，阿茹娜身體動了一下，傅翔便愈抱愈緊，終於讓阿茹娜整個人軟綿綿地倒在他的懷中。

傅翔低聲道：「咱們到燕京來匆匆快一年了，我這傷勢好了十成，想來那少林《洗髓經》雖是一套調理經絡氣息的功夫，其實對內力增進有著極大的幫助。只是入門極為艱深，一般人那裡能進得堂奧？只當它是一部延年益壽、有利健康的寶典，誤以為對增進武功並無幫助。」

阿茹娜喜道：「你就悟出來了？你的武功大進了？」

傅翔微笑道：「我練《洗髓經》用心之深，用力之勤，只怕比得上當年創此寶典的達摩祖師。只因我修練一不為武功，二不為長壽，乃是為了活命，是以一年時間裡幾乎每一瞬間都在暗自苦練，連睡眠之中我都發明了一種呼吸方式，可以在睡著後仍然繼續練功。當我靠著胡相公和妳娘所配的藥，一點一滴地將震散的元氣歸入丹田，《洗髓經》的調氣之功也就一分一分地發揮效力。這樣的療效在過去一年中時時刻刻在我身體內默默進行，待得傷療好了，內力竟然大為增進，足足抵得正常情形下三年之功，這真是因禍得福，始料未及呀！」

阿茹娜問道：「你還有那一袋少林武功秘笈，要不要都去練一下？我記得好像有二十多本，你若都練成了，不但不怕什麼天竺地竺的尊者，只怕從此武功天下第一呢！」

傅翔搖頭道：「那些少林神功秘笈我也讀了幾本，果然每種都可稱霸武林，但我決定不去練它。」阿茹娜甚是不解，問道：「為何不練？這一包少林秘笈和你一同跌入深谷，僥天之倖人沒死，書沒毀，秘笈和你可說生死相連，大有緣分。你若不練，反而有違天意。」

傅翔牽著阿茹娜的手雙雙坐下，他一面咬了一口包子，一面解釋道：「阿茹娜，妳這話說得極有道理，可妳有所不知，我所學武功原就集有十種全然不同的武學精華，任何一種練到極致，皆足以進入最高的武學境界，就如少林那二十四種神功一般無二。我的武功能否登峰造極，不在於練會多少種功夫，而是如何能將十種完全不相屬的高明功夫融為一體，齊頭並進，全都達到最高境界。」

阿茹娜興奮地叫道：「好極，好極！那時你就可以打敗那兩個偷襲的天竺尊者了？」

傅翔知道阿茹娜無法體會天尊和地尊的武功有多高深，而他自己對這兩位天竺奇人功力的感受卻是刻骨銘心。他很認真地思考過這個問題，而且不只一次，但他仍無法知道，中土的武學和天竺的武學，如果都發展到極致，究竟孰強孰弱？阿茹娜想要簡單的「是」或「不是」的答案，恐怕是難以得到的。於是他搖了搖頭，嚴肅地答道：「阿茹娜，我不知道。」

阿茹娜雖有些失望，但她知道傅翔的重傷終於痊癒，這才是最重要的，便笑道：「只要你傷好了，以你的聰明及毅力，總有一天能把十種武功融為一體，達到你想要的境地……」

正在這時，屋外忽然傳來敲門之聲，傅翔和阿茹娜對望一眼，難道有病人這麼早就上門來看病？傅翔出房去開門，接著便聽到他的驚呼：「巴根，是你！」

阿茹娜連忙衝到房門口，只見大半年不見的巴根笑咪咪地站在門前，似乎長高了一點，人瘦了一些，一雙黑白分明的眼睛顯得更大了。她正要開口問話，大門開處走進來一個又高又瘦的老道人，也是一臉笑咪咪的，自己卻不認得他。只聽得傅翔狂喜大叫道：「完顏道長，是您！」

那道士走到院子中間，把傅翔好好端詳了一會，哈哈大笑道：「傅翔，果然是你，幹麼也當起道士來了？這個女娃兒是誰？」

傅翔一喜，便學著道士行禮的模樣，稽首到地道：「小道方福祥，自幼習得一點岐黃之術。本來不敢出來懸壺濟人，巧逢這位女大夫烏茹乃是蒙古有名的神醫，咱倆流浪到燕京合開了這間藥房，專替窮困沒錢的病人看病給藥。我看道長您雖是世外高人，但經常身無分文，也算是個窮人吧，來此是看病還是拿藥？」他胡扯到這裡，再也忍不住哈哈大笑。

阿茹娜也被他這一番裝模作樣的表演逗得笑了起來，她從沒見過傅翔頑皮逗趣的一面，也沒見過傅翔如此開懷大笑過，不禁又驚又喜。她一把抓住巴根，急著要問由來，這才發現巴根穿著一身還算乾淨的舊衣服，人也似乎變乾淨了，只是胸前多了一個花布大補丁，便問道：「巴根，這些時日你去了那裡？」

巴根道：「阿茹娜姐姐，巴根當了丐幫的弟兄，一袋弟子。」阿茹娜道：「丐幫？叫花子的幫會？」巴根道：「不錯，妳沒見我衣上一個補丁？」阿茹娜道：「你放『小花』毒死了那個欺侮你娘的壞蛋軍官？然後就一直當叫花子？」巴根笑道：「阿茹娜姐姐是神仙，啥都知道。」

傅翔想起自己摔傷躺在少室山下的深谷中初見巴根時，巴根就說阿茹娜姐姐是神仙，此時想來不禁倍感溫馨。阿茹娜忽然問道：「你的『香』呢？」巴根指了指大門外道：「牠不肯進來，拉也拉不動。」阿茹娜十分好奇，跑到大門口向外一瞧，不禁哦了一聲，只見一隻大肥羊站在門外發呆，那裡還是那隻巴根抱不離手的小羔羊？她回首問道：「巴根，這隻肥羊真是『香』？」巴根點頭道：「香長大了。」

完顏道長原有好多話要問傅翔，聽到阿茹娜和巴根的一連串對話，不禁大感興趣，便插嘴問道：「你們管門外那隻肥羊叫作『香』？笑死老道了，那隻肥羊又騷又臭，只有這小花子和牠寸步不離。老道要靠他帶俺找傅翔，只好百般忍耐。對了，誰是小花？」阿茹娜道：「小花是條毒蛇。」完顏道長抓了抓頭，笑罵道：「亂七八糟。」

話聲才了，他抓頭的右手忽然如閃電般抓向傅翔的左脈，傅翔啊了一聲，不加思索左手一翻，反手指向完顏的手背。完顏單掌一沉，早已拿向傅翔的手指。兩人食指尖一觸而分，同時收手。

完顏道長喜道：「恭喜老弟，你傷全好了。」方才一連串的動作全在電光石火之間，傅翔完全出於自然反射，最後一指點出時，不知不覺間發動了體內真氣。完顏道長和傅翔的內力一觸，便感覺到一股渾然無缺、至正至大的力道呼之欲出，他一收指已知，傅翔所受天竺神功之傷已然痊癒。

他心中高興，又哈哈笑道：「當時在少室山上你被打下絕頂，我老道早就告訴方冀等人要他們放心，傅翔這小子的長相絕無短命夭壽之相，大家聽了我老人家的話便假裝相信，心中其實擔心得要命。只有俺老人家，對這類事向來是堅持迷信，從無貳心的。你看，你不是沒事了嗎？天尊、地尊聯手也除不掉你。倒是你的內力好像又頗有長進，快告訴俺你是怎麼療傷，又怎樣將內功愈療愈強的？」

傅翔見完顏道長和巴根各講各的，講了半天還是抓不住全貌，便打斷道：「道長您先講一下，您是怎麼找到這裡來的？」

這個問題頗有提綱挈領之效，完顏道長搖了搖頭道：「這事說來話長。自從傅翔你被打下千仞懸崖，大夥兒尋遍了附近山崖，人也找不著，屍也找不到，就回少林寺了。當晚俺就被那武當的道士坤玄子叫走了……坤玄子，傅翔你還記得嗎？」傅翔道：「那『青衣秀士』？怎不記得。您說您被他叫走了？」完顏點頭道：「他說天尊他們才離少林，又去突襲武當。當時天虛掌門不在武當山，五俠中一人受傷，一人叛逃，實在危在眉睫，這坤玄子良心發現，苦苦央求我老道去援救。唉，誰教俺這人『古道熱腸，天下無雙』呢？便隨他去了武當……」

傅翔聽得忍俊不住，道：「您是說您……古道熱腸，天下無雙？」完顏道長老眼一翻，道：「不是俺說的，是武林中人一致的口碑，俺自己倒覺得挺難為情的。」傅翔強忍住笑，提醒道：「您說您去了武當。」

完顏道：「不錯。俺到了武當並未動手，只憑幾句話便趕走了天尊……」傅翔忍不住又打斷道：「天尊看到您老人家，聽了您幾句話，便夾著尾巴走路？」完顏自覺講得不太可信，便改口道：「俺雖沒有動手，那神仙洞裡的活神仙卻露了一手，天尊見了就走人了。」傅翔道：「活神仙……只露一手就嚇跑了天尊？」顯然不敢相信。完顏的態度忽然變得極其嚴肅，正色對傅翔道：「那情況俺若是天尊，俺也摸摸鼻子就走人了。」傅翔聽了為之駭然。

完顏道長停了一下，又繼續道：「俺心中暗自盤算，傅翔這小子沒有死，必也受了重傷，他若要找個地方躲起來療傷，會去那裡呢？想到這裡，我心中已有答案：神農架。你一定掙扎著回到神農架去療傷了。」

傅翔問道：「道長，您真的去了神農架？」完顏道：「怎麼沒有去？俺兼程趕到神農架，熟門熟戶地找到了咱們那個隱秘的石洞，便在洞裡待了好幾個月，卻始終沒有等著你。」

傅翔聽到這裡，心中無限的感動，從初逢完顏於濃霧之中、為他療傷、同解武當之圍、襄陽城漢水邊搶救無痕大師、同上少林……一幕幕往事重新回到傅翔眼前。他對這個武功絕頂的忘年之交，除了晚輩對長輩的尊敬，還有一種極為親近的孺慕之情，便忍不住問道：「道長，您在山洞裡吃什麼呀？」

完顏聽他這一問，彷彿問到了他的長處，立刻開心地答道：「還好方冀和你這小子還有些良心，洞中留的存糧夠我吃一陣子，洞後儲藏的菜蔬也還有些沒有腐壞，我老道把菜曬乾了，用酒泡起來，加些鹽巴、辣椒、花椒，再用瓦缸把乾菜醃起來封了。傅翔啊，可惜你沒口福，沒有吃到我完顏老道的獨門醃菜，那美味是俺八十年來走遍大江南北所僅見，好吃到一小碟便能嗞兩碗白飯……」

完顏道長說得眉飛色舞，傅翔卻聽得雙目皆濕，低聲道：「那天我定要回神農架去嚐嚐。您離開神農架時，洞裡還留有一些醃菜麼？」完顏道長一怔，道：「沒有了，就是把所有能吃的全吃完了，俺才離開神農架啊。」傅翔道：「沒問題，下回咱們一道回去，重新種菜，有勞道長多醃他幾缸放著，您的醃菜說不定放愈久味道愈好呢！」

完顏道長聞言大喜。他繼續道：「俺下了神農架，便在江湖上四處打探，也沒探到你們的消息。過了年不久，俺便到了燕京城，住進了全真教的白雲觀。在神農架時，我老道沒事便抱著那冊天竺瑜伽神功苦思……傅翔，你還記得那本梵文寫的天竺神功小冊子？」

傅翔笑道：「您從辛拉吉手上搶來的那本天竺秘笈，怎麼不記得？」完顏道：「俺在少林寺時曾向精通梵文的老和尚請教，多少學了一些梵文。他媽的，這梵文實在難學，俺好不容易記下了，隔不多久又忘了一半。」傅翔聽他連「他媽的」都罵出口了，想來老人家學梵文吃了不少苦頭，便討好地問道：「您學會了梵文，瑜伽神功的訣竅必然領悟不少，於您施展那『後發先至』的絕學，定有如虎添翼的效果？」

豈料完顏道長搖了搖頭道：「這事並不簡單，俺在神農架幾個月苦參，卻進展不大。後來到了燕京城的白雲觀，有一天俺忽然想通了一個道理：俺苦苦思考想要做到的，是如何從天尊、地尊那極其隱秘且飄忽不定的運氣出招中，感受出他這一招的必救之處，此乃是臨敵時極為微妙的一種互動，如不從實戰中細細體會，終難用『想』的方式得到訣要。但天尊、地尊視俺為死敵，怎可能用實戰演練來陪俺老道餵招，來找他們的破綻？除非……除非能找到傅翔你……」

傅翔聽到這裡，已經懂得他想要說什麼，果然完顏道長接著道：「傅翔的武功是天下最古怪的功夫，你出手之際，無論運氣施力或招式，都處於隨興可變的狀態，其飄忽不定的情況更勝天尊地尊，若是……若是尋著傅翔這小子來陪我老人家一同參練，興許不需多久就能練成。」同時心中暗忖：「從此對上天尊地尊，不但不會只挨打，我老道招招後發制人，管教天竺那怪異的內力對咱全無用武之地。」想到這裡，他老人家便覺開心得緊，忍不住又哈哈大笑起來。

阿茹娜和巴根不知他笑什麼，但見他一張密布皺紋的老臉因大笑而皺得更厲害，那模樣好生詭異，心中有些害怕，便也乾笑了數聲。

完顏道長笑完了便道：「想到這裡，俺便決心再出去尋傅翔。今兒大清早俺在順承門外一片林子裡胡亂閒逛，看到巴根這小娃兒和另一個小叫花在餵一條大肥羊吃落花生，那羊嚼得咔嗒咔嗒地響。我瞧得有趣，便走近偷聽兩個小叫花在說什麼。卻聽見他們說，這兩日燕京城外來了好些個蒙古軍人，是兩個將軍帶著一小隊軍士從東北過來。巴根懂蒙古話，聽到那些蒙古軍士抱怨說，兩個將軍都進燕王府吃香喝辣去了，他們卻留在府外吃小菜，其中有兩三個人第一次到燕京來，見到花花世界好不熱鬧，便跑到土娼窯去狂嫖亂吃，結果上吐下瀉，便想要尋個通蒙古話的大夫瞧瞧。」

巴根聽完顏道長說到此處，就插嘴道：「巴根最是討厭當兵的，我就說我明明知道神仙姐姐只要一伸手就可以治好他們的病，卻不告訴他們，讓他們瀉肚子瀉死最好。」

完顏道長笑道：「我瞧這小娃兒說得有趣，便現身問他神仙姐姐是誰，真有那麼大的本事？巴根見我不信，便說：『神仙姐姐便是阿茹娜姐姐，她還有個朋友叫傅翔，兩人在城隍廟附近專替窮人看病，又不收錢，還借錢給窮人。』俺一聽到『傅翔』這個名字，整個人差點跳起來，不敢相信有那麼巧的事，暗忖在白雲觀中也曾聽說過這麼一對做善事的大夫，但好像姓名不對，便問巴根：『你說的不對啊，那男的好像姓方，女的姓烏……』巴根聽了便大聲叫道：『燕京城的窮人管他們叫方福祥和烏茹，我卻知道他們是傅翔和阿茹娜，不信我現在便帶你去見他們。』另一個小叫花道：『巴根你不要進城，怕有麻煩。』巴根說他不怕，他要去找阿茹娜姐姐，便把大肥羊牽了要俺跟他去。哈，還真這樣就找到了傅翔。傅翔啊，你這是『大隱隱於市』，了不起。」

傅翔道：「去年過年時，我曾到白雲觀去探問道長您的行蹤，觀裡的香火道人說不知，想不到過年後您就來了。咱們同住在燕京城裡，卻靠巴根才得相會。」他正待問天尊在武當神仙洞前不戰而退走的詳情，阿茹娜卻問道：「巴根，你說蒙古軍人到了燕京城，是怎麼回事？」

自洪武元年元蒙王朝退出大都，燕京改稱北平府以來，蒙古軍隊便不再出現，留在燕京的蒙古人全都是已經漢化的民間蒙人後代，是以阿茹娜對巴根所說之事甚感詫異，尤其聽說兩個蒙古將軍進入了燕王府，更覺不可思議。自洪武十三年朱棣就藩北平以來，十多年來燕王的職責之一便是對付元朝北遁的殘餘部隊，洪武二十年還曾率師北伐，擒了北元的乃兒不花，燕王可以說是蒙古軍隊的最大敵人，怎會在燕王府中招待蒙古將軍？此事極不尋常，便再問道：「巴根你說清楚些，你怎麼碰上蒙古軍人的？」

巴根漫不經心地道：「那天我在城牆腳的菜園裡大便，兩個蒙古士兵肚子痛，便到菜園來瀉肚，兩人哇哇叫了半天，一個說要找醫生，另一個說不會講漢語，要找個蒙古醫生看看，又說從大寧北方來的一路上只吃乾糧，好不容易到了燕京才有好吃的，卻又害肚子拉稀，真是倒霉。他們不知巴根我也是蒙古人，他們講的我都聽到了。」阿茹娜問道：「後來呢？」巴根道：「後來那個士兵拉完了又吐，菜園裡一塌糊塗，我覺得太臭受不了，正要離開，又聽到一個說，千夫長和百夫長進了燕王府，吃好的喝好的美死了，卻不肯帶弟兄們一道進王府去，害得大家在外頭吃小飯館，真氣死人。另一個說不進王府去也好，城外的娘兒們有味，比大寧的姑娘好十倍也不止……」

阿茹娜忙道：「好了，不用講了。」她暗暗吃驚，這半年多不見，巴根腦子的毛病似乎好了許多，說起話來雖談不上頭頭是道，倒也清楚明白，只是有些地方講得太過詳細，聽起來覺得十分骯髒。

阿茹娜已經聽到了幾個要點，她轉頭對傅翔道：「從大寧以北來的蒙古千夫長，那麼他帶來的軍士定是兀良哈三衛的騎兵部隊了。」傅翔奇道：「兀良哈三衛？」阿茹娜道：「啊，我說的是蒙語，漢人叫『朵顏三衛』，就是駐在大寧以北，已向明朝輸誠的蒙古騎兵部隊。我曾聽說，大寧地區的藩王是寧王朱權……」

完顏道長啊了一聲，道：「寧王朱權？俺在白雲觀也聞說這寧王多才多藝，於道家之學頗有涉獵，又與南方的道教淨明道的道士有交情。淨明道奉的是道、釋、儒三教合一，倒與全真教義暗合，白雲觀主還想跑一趟大寧去見見這位藩王呢。」

阿茹娜畢竟對留在中土的蒙古人和事比較關心，便解釋道：「這朵顏三衛約有騎兵一萬，十年前明朝廷在朵顏山一帶設了朵顏、泰寧及福全三衛，歸寧王朱權節制。現在卻有三衛的千夫長跑到燕王府來，這事相當奇怪……傅翔，咱們可有什麼法子打探一下？」

傅翔知阿茹娜自幼喜習兵法，對軍國大事比自己瞭解得多，沉吟了一會兒，便道：「前天燕王妃遣王府馬總管來，想邀妳去府中談話，妳還沒有決定何時應邀。我瞧王妃對妳極是另眼相看，妳乾脆明日進府把握機會打探一下，興許便能探出一些端倪。」阿茹娜點頭道：「確是一個好機會。」

完顏道長道：「傅翔，你這小媳婦關心軍國大事，大有巾幗不讓鬚眉之概呢。」傅翔連忙解釋道：「道長莫要誤會，我被天尊地尊打入深谷中九死一生，全賴阿茹娜母女救得性命。咱們合夥在燕京醫貧濟窮，她卻不是什麼……什麼小媳婦兒。」阿茹娜漲紅了臉對完顏埋怨道：「道長也不問清楚就亂講。」心中卻甚是樂意。

偏那巴根糾正完顏道長道：「阿茹娜姐姐不是傅哥哥的小媳婦兒，是相好的。」阿茹娜叱道：「巴根，你整天跟那些叫花子混在一起，也學得油嘴滑舌了。你懂什麼是相好的！」巴根道：「怎麼不懂？阿吉跟我說過……」傅翔怕他愈說愈不像話，連忙打斷他的話頭，對完顏道：「道長，咱要趕快把這一年來的事向您說說。還有，我練了少林《洗髓經》後，有些武功上的體會也要向道長討教。」

完顏道長道：「久聞《洗髓經》乃是達摩祖師畢生最精深之學，只是經中所載，凡修練過的少林弟子，皆不認為是一種武功秘笈，反而是調氣延年的上乘心法。我倒要聽聽傅翔在武學上有什麼心得？」他說這話非同一般，因為完顏道長最是瞭解傅翔這少年，他對武學的領悟具有異於常人的敏銳度，常常突破古今原有範疇，以一種出人意表的方式直接就抓住訣竅，跨越障礙，而達到超越前人的地步。是以完顏老道問這話，是真心想要知道這個武學奇才這一年來，一面療傷一面又悟出了些什麼武學奧妙。

這一天是建文元年七月初二。

∞

都指揮使張信的寓所在燕京城的東市外，與太廟之間隔了一大片樹林子。張信的堂上老母愛花，宅子四周種了各種花卉，院東連接林子的空地建了一個月形的池塘，塘中荷花盛開，微風吹過，翠綠瀉珠，冷香搖曳。塘邊有一排高柳，將張寓的後門隱藏在綠蔭中。柳蔭下靜靜地停了一輛小騾車，那車四周包了綠色的布幔，車門簾是碎花布縫製的，一看便知是輛女眷乘用的車子。一名老婦人拉著小騾子，滿臉焦慮地伸頭向張寓的後門張望。

這時張信從後門閃出來，快步走向小騾車，上了車後低聲道：「燕王府的東側門，快。」騾車轉動，搖搖晃晃，張信在車上回想這兩天發生的事，心頭有極大的壓力。

那天凌晨他從布政使張昺府上辭出，回到自己家中，對約定七月初四酉時發難擒捉燕王的事，愈想愈覺不妥。好不容易等到老母起身，他摒退左右，私下將建文詔命讀給老母聽。張母大驚道：「萬萬不可，我聽說燕京有帝都之氣，燕王有帝王之象，我兒莫要輕舉妄動，致招全族大禍。」張信問：「母親聽何人說的？」張母道：「我聽大慶壽寺的住持道衍大師說的。道衍大師料事如神，這事你要當機立斷，莫要誤了身家性命。」

張信又想到昨日的事，不禁緊緊皺起眉頭。昨日他鼓起勇氣到燕王府邸三次求見，皆被人以「王爺病重不能見客」為由擋了回來，但七月初四之約已近，危機逼在眉睫，今日便借了一輛婦人入府收送內務所需的小車，打算從側門直達內府之前，硬闖也要見到燕王。他坐在騾車中，心情隨著車子顛簸上下起伏，暗忖道：「事已急，今日孤注一擲。」

騾車到了燕王府的側門，兩個士兵顯然與隨車而來的老婦熟識，揮手道：「李媽今日來得晚了些。」老婦心情緊張，支吾道：「路上耽擱了一下，耽擱了一下。」士兵不疑有他，便讓騾車進到內府門前。

張信知道事不宜遲，騾車才一停下，便跳下車來大步跨門而入，兩個王府太監叫道：「什麼人？停步！」張信理也不理，大喝道：「都指揮使張信，有緊急公事要見燕王！」他腳不停步直接衝進內府，兩個太監嚇了一跳，一時倒被他指揮使的氣勢鎮住了，待回過神叫道：「王爺貴體違和，不見客人！」一面疾步追趕上去時，張信已經衝到燕王寢室門前。一個高大的太監橫身攔住，十分有禮貌地道：「來的是張都指揮使麼？小人馬和。王爺有病在身，不便見客，請都指揮使先到旁廳稍坐。」

張信識得馬和，便大聲道：「馬總管休要相攔，張信身上擔著千百條性命的大事，今日非見王爺不可，你休要攔我。」馬和見他說得如此堅定，心中倒是一震，才開口說道：「張指揮……」張信一揮手打斷馬和，朝著門簾向內大喝道：「事已急，王爺你今日不見張信，可要悔之不及了。」說完便伸手想要推開馬和。

馬和聽得他這一句話，不禁有些猶疑。就在此時，內室傳出一個婦人的聲音：「馬和，請張指揮使進來吧！」

張信掀簾進入內室，只見朱棣果然臥病在床，床邊一張繡椅上坐的正是徐王妃。張信三步走到床前，單膝跪下道：「見過王爺、王妃，張信這廂有禮。」王妃側身福了半禮，朱棣卻是雙眼翻白，歪嘴呼氣，口不能言。張信低聲道：「京師有削藩詔書來，要對王爺動手，王爺快做打算，遲了便來不及了。」朱棣不看他也不理他，只顧自己翻白眼，口水流濕了一條圍巾。張信又說了兩遍，朱棣總是不答。王妃面露驚色，但隨即便恢復常態，低聲問道：「張指揮使是奉何人之命來此？」

這一句話便切中要害，張信向徐王妃行了一禮，答道：「奉家慈之命來此通風報信。」徐王妃大起疑心，但表面上並不顯露，淡淡地問道：「是什麼風什麼信如此緊急？如此緊要的公事，指揮使和令堂商議麼？」張信知道王妃已起疑心，一時也說不清楚，心中一急，脫口道：「殿下不須這樣，我已奉了敕令要捉拿王爺，我來通報，你還要繼續糊弄我嗎？」

這句話一出，朱棣臉色一變，立刻停止了裝病，他和王妃對望一眼，忽然從床上爬起，對張信下拜道：「救我全家性命的人，就是閣下你啊！」他一瞬之間病象全無，大聲對總管馬和道：「快請道衍法師，有緊急事相商！」

時間是建文元年七月初三。

∞

夏日日長，已快到酉正，天色依然大亮，燕京城的舊皇城裡家家戶戶炊煙如縷，正是準備晚飯的時候。這時燕王府邸的四周突然湧入大批軍隊，片刻間便將燕王府團團圍住，張昺和謝貴所率部隊已經會合。謝貴上前對張昺道：「布政使，預定時間已到，張信的人馬應已埋伏在王府東側舊樞密院四周。探子來報，宋忠的大軍已過居庸關，前哨已到了北平城外。咱們動手吧！」

張昺點了點頭，便命前衛指揮上前宣布，奉旨逮捕燕王府內所屬官吏，要求開門入內。門開處，一名護衛首領出來答話：「燕王請張布政使及謝都指揮使入府相商。」張昺和謝貴拒絕入府，但要王府立即交出眾官吏受捕。數千軍士齊聲吆喝，聲震王府。

雙方僵持了一炷香時間，張昺正感不耐，謝貴道：「咱們便從端禮門衝進去，高持詔書皇命，執住燕府護衛之首，眾護衛便不敢妄動，咱們便包圍燕王府第開始捉人。」

就在此時，府裡走出一名官員，來到張昺、謝貴馬前，躬身道：「王爺病體未癒，得知兩位奉詔要逮捕府內官屬，已經下令謹遵欽命，主動將府內諸官員聚而禁在議事大廳裡。有請兩位入府，一方面恭迎欽差，一方面共同驗明正身。兩位帶走了人，也要給王爺一張收條。」說完便雙手遞上一張名單，府內官屬盡列其上。

張昺和謝貴仗著皇命在身，又想到燕王府裡護衛至多不過數百人，而己方軍士超過兩千，這時接過名單略一過目，兩人對望一眼，點了點頭。張昺道：「謝貴率一千軍隨我入府，其餘由副指揮坐鎮在外待命。」便和謝貴下馬入府。

就在此時，燕王府內突然響起一陣歡呼，東殿傳來「王爺病好了！王爺病好了！」的喝叫聲。張昺和謝貴吃了一驚，急忙回頭看，只見大門猛然被突然衝出的幾十名壯漢關上，同時西側廂房中一下湧出數百軍士。張昺、謝貴帶領進入到王府的部隊不過百人，便立時陷入府內，與門外隔絕。謝貴仗劍待要反抗，只見燕王護衛為首的正是王府都指揮僉事張玉和朱能，所率壯士如狼似虎，一擁而上就將張、謝兩人執住，蜂擁著奔向東殿。遠遠只見朱棣執杖立在殿上，身旁衛士正將一名官員擒住，被擒之人正是京師臥底在燕王府的長史葛誠。

張昺大喝道：「我有皇帝詔書在身，朱棣你膽敢無禮！」謝貴也喝道：「欽賜敕令便在俺懷袋裡，不信你可拿去親驗！」他心中暗道：「咱們欽命在身，朱棣不敢傷我性命，只要拖得片刻，張信的部隊便會從東殺入……」

他們兩人顯然都沒有真正認識朱棣，也沒有真正認識張信。朱棣陰沉地瞪著張昺及謝貴，一言不發。張昺、謝貴以為他在詳細思考如何處理這盤亂棋，正要再出言鎮之以皇命，朱棣忽然有動作了。只見他啪的一下，將手中長杖擲在地磚上，厲聲道：「我有什麼病？奸臣們逼我太甚，將這三人都砍了！」

張昺、謝貴及葛誠連反應的時間都沒有，就全部人頭落地，血濺殿前。朱能和張玉在張、謝屍身上搜出了京師來的詔書敕令，朱棣揮揮手冷笑道：「人都砍了，俺可從來沒有看到什麼詔書敕命。」朱能、張玉會意，也齊聲道：「是，咱們都沒有看到什麼詔書敕命。」張玉隨手便將詔書敕命丟在火盆中燒成灰燼。

張信的部隊始終沒有出現。張昺和謝貴已死，燕府的都指揮朱能很快就收編了留在府外的部隊，然後由張玉率領部隊，乘夜直取燕京城九門。城防軍士並不懂朝廷與燕王府的矛盾，全憑長官的命令行事，如今張昺、謝貴已死，朝廷暗布的部隊群龍無首，在各門的攻取中只有零星的戰鬥。到黎明時，張玉九門已得其八，最後一場和義門的戰鬥平息後，整座燕京城已經完全落入朱棣的掌控中。

宋忠的大軍停留在居庸關，前哨到了燕京城外。天一亮，赫然發現健德門、安貞門上的明朝旗幟全都不見了，城牆上插滿了燕王的王旗，哨卒飛馬回報紮軍在居庸關的宋忠。不久，北平城中另一名都指揮俞填，帶了一些殘部也從城裡逃出，到達居庸關後，向宋忠報告了城裡的情況。宋忠絕沒有想到事情搞砸得如此之快，完全來不及反應，而朱棣的強悍作風實在令人心生畏懼。他和俞填商量了一下，決定由俞填守居庸關，自己則率軍退保懷來，採取了穩紮穩打的策略。

其實燕京城裡的部隊此刻仍是一片混亂，除了王府的死士八百人，大多數的士兵皆惶然不知所措。宋忠若有膽識率兩萬大軍直攻健德門和安貞門，另由俞填率一萬步兵攻西牆的肅清門及和義門，一舉攻下北平府擒住朱棣並非沒有機會。可惜宋忠的見識及膽識皆不及此，引兵回了懷來。

燕京城裡很快平定下來，部隊也在張玉、朱能的重組之下，恢復了應有的戰鬥力。數日之內，燕王派在外面的幾支戍邊燕軍也都接到命令，對懷來形成包圍之勢，宋忠進兵北平府的良機已一去不復返。

撕破了臉，大戰一觸即發。朱棣和道衍法師商定，這一場造反之戰一旦開啟，至死方休，必須正名而後出師。道衍法師力主須引「明皇祖訓」，以清君側為名，發兵鏟除皇帝身邊的齊泰和黃子澄等「奸臣」，是為「靖難」之舉。朱棣一面點頭，一面冷笑道：「咱們索性寫個摺子，奏請建文清君側，堂堂正正奉太祖之遺訓發兵靖難！」

這時是建文元年七月初五。

8

朱棣的奏摺以六百里加急送到了京師，朱允炆看了大為震怒。齊泰和黃子澄立刻奏請起兵，建文急召眾臣商議。眾臣讀了朱棣的奏章，大多覺得朱棣囂張之極，造反還要用「靖難」二字，這口氣實在嚥不下去，對起兵討燕的建議，也都大表贊成。朱允炆唯一的考慮是以侄伐叔的倫理問題，要如何做，才能杜天下及後世悠悠之口？才能在史筆之下站穩立場？

兵部尚書齊泰進言道：「燕王殺害持有皇上欽命的官員，不但不知罪，尚且要以靖難為名清君側。如今只有除其封賜，削其屬籍，廢為庶人，然後方能發出堂堂正正討賊之師，一舉得勝。」

建文皺著眉頭考慮良久，終於做了三個重大決定。只見他大步踱回龍椅皇座，朗聲道：「第一，明日朕將親告太廟，削朱棣之屬籍，廢為庶人。第二，在燕京城西南真定處設『平燕布政司』，命刑部尚書暴昭兼掌司務。第三，命長興侯耿炳文為征虜大將軍，率兵三十萬進駐真定，北討燕京。」

倉促間調集三十萬兵力不易到位，耿炳文決定率領十三萬大軍先行。臨出發前，建文親召耿炳文，告誡道：「卿此去攻克燕京當指日可待，但不要使朕背負殺叔父之名。」耿炳文聽在耳中，心中大大不以為然，暗忖：「兩軍交戰，生死勝敗只是一線之間，如何能擔保敵軍主帥的性命？」但口中只好答道：「末將省得，自有分寸。」

十三萬大軍集結在江北等候，耿炳文帶著副將及親兵乘船過江，騎兵先行，步兵在後，浩浩蕩蕩往北而去。

明朝建國三十一年後，內戰開打了。時值建文元年七月十七。

∞

燕京城白雲觀原名「天長宮」，在全真教長春真人丘處機駐此修道時，成吉思汗傳旨改為「長春宮」，供丘處機長駐。丘處機羽化後，其門人改建白雲觀，一直是全真教在大都的根據地。完顏道長住在東側一間清幽的廂房，這時正在房中接待兩位稀客——傅翔和阿茹娜。

數日前燕京城內發生的兵變，雖然很快就平定下來，但次日起城裡調兵遣將，九門戒嚴，於是謠言四起。有的說燕王已遭監禁，有的說燕王瘋病發作已經不省人事，也有的說燕王已經造反，朝廷大軍即將打來。燕京城情勢風風雨雨，弄得人心惶惶。直到朱棣藉巡視城防之名，全副戎裝，在親兵簇擁之下，穿過燕京最熱鬧的市街登上城牆，朱棣遭監禁、朱棣發瘋等謠言全止，而朱棣造反的傳言更加甚囂塵上，一時傳遍城裡的茶樓酒館。有些敏感的人預料燕京城要打仗了，想開溜的便開始準備收拾細軟，不想走的便開始囤積油糧菜蔬，不安的情緒影響了城裡每個人的生活作息。

阿茹娜正在向完顏道長敘說，前幾天她應徐王妃邀請到燕王府作客的經過：「那王妃真是善心人，去年小年夜微服到咱們藥舖來，假借患了風寒求醫的名義，其實是來探訪咱們替窮人醫病及借錢解困的事兒。之後她共資助了咱們兩次銀子，加起來有五百兩，都是她的私房錢呢。我和王妃見過三次面，覺得她不只心地善良，而且讀了許多書，對各種事務都極有見地……」

傅翔插口道：「她第二次來藥舖時，便談到咱們這種做法固然可以救濟貧病，但仍只是救急，並不能幫助他們脫離貧困，而且只付出而無收入，單靠善心人捐錢維持，豈能持久？就說要替咱們想個法子，讓那些肯努力的窮人多得一些收入，而不是把借來的錢全部拿去償地主或債主的債，一去而無還。」

完顏道長點頭道：「這個王妃真不簡單。」阿茹娜接著道：「還不止這個呢，那天她在藥舖裡和我聊了一陣，為了避開病人，便到我房間去坐了一會兒，她看見我房中放了好些兵法書冊，便大感驚奇……」完顏瞪大了眼睛，打斷道：「妳的兵書啊？我老人家也大感驚奇呢！」

阿茹娜大方微笑道：「道長有所不知，我自幼最愛讀的便是醫藥及兵法的書籍，我房裡的兵法書漢文蒙文都有，王妃看了道：『我也讀過一些兵法，其中許多道理未必只用於戰場，如能融會貫通，用於一般事務上也可以變成致勝避敗的好策略呢。』我便對這位王妃更加欽佩了。

「那天我到了王府，她先帶我四處參觀，就在庭園中她忽然摒退丫鬟使女，對我說：

『烏茹，要打仗了，燕京城即將陷入慘烈的廝殺之中。』我嚇了一跳，連忙趁機打探：『咱們藥鋪裡有個病人說，城裡來了好些蒙古軍士，王妃所言是否與這事相關？』王妃沉吟了一會兒，沒有直接回答我，只低嘆了一聲道：『唉，朝廷與燕王、寧王之間的事，一時也說不清。烏茹啊，妳和方福祥年紀雖小，見識和本事都不小，我要拜託你們做兩件事……』」

阿茹娜說到這裡停了一下，完顏道長顯然已完全被吸引，睜大眼睛問道：「那兩件事？」

阿茹娜緩緩道：「我一聽到『寧王』兩個字，便知果然不出所料，那批出現在燕京城的蒙古軍人確是『朵顏三衛』的部隊，看來燕王與寧王之間有一些秘密的互動，難道寧王也要加入打仗？王妃拜託我做的兩件事是：第一，她要咱們配好一些專治刀槍之傷及火燒之傷的方子。王妃拿了銀子給我，要咱們到城裡城外蒐購所需藥材，製成成藥備用，愈快愈好。第二，她要我進府來幫忙訓練一批丫鬟、使女及民婦，教她們如何急救傷患，如何善後防疫。我一口答應了。」

完顏道長忍不住大讚：「這徐王妃的見識和膽識了不起啊，真不愧是徐達的女兒。阿茹娜，那天我說妳有巾幗不讓鬚眉之概，沒有錯吧？妳還不樂意呢？」阿茹娜臉上一熱，暗忖道：「我不樂意，那裡是因為你說巾幗不讓鬚眉？是因為你直說我是傅翔的小媳婦……其實我也沒有不樂意。」

完顏那知小女兒家複雜的心眼，見她面有赧色，便問道：「奇怪了，說得好好的，怎麼不好意思起來？剛才還說巾幗不讓鬚眉，轉眼就作小女子態。」

傅翔怕阿茹娜受窘，便接口道：「道長，今日咱們來白雲觀，是想就晚輩練少林《洗髓經》中幾個領悟，向道長請教一下，順便給道長練『後發先至』時做個肉靶子。咱們如果練得有進展了，便在道長這間清靜的修道室中閉關數日，阿茹娜可以在旁招呼茶水，必要時照顧咱們安全。」

完顏道長道：「那敢情好，可委屈咱們烏茹女醫了。」阿茹娜道：「我雖不會武功，卻對醫藥略知一二，有幸在兩位高手練功時一旁侍候，說不準便要目睹兩位創建出前無古人、登峰造極的至高武學，那可是千載難逢的福氣呢。」完顏道長笑道：「傅翔啊，你這相好的真是個可人兒，一番馬屁拍得我老人家心花怒放，她卻淡淡地說得極有氣質，厲害，厲害。」阿茹娜道：「道長什麼人的話不好學，卻去學巴根的胡說八道。我侍候兩位練功，還有一個道理……」她說到這裡故意停下來，果然完顏忍不住追問：「什麼道理？」

阿茹娜道：「不是我烏鴉嘴，練上乘武功最怕走火入魔，兩位探索武學中前人未臻之境界，一定戰戰兢兢，步步為營。但若真有走火入魔的事發生，有我『小女子』在，憑我娘的寶藥，就能化險為夷了。」

完顏聽了不敢相信，練功走火入魔時，除非身旁有武功更高的人護著，從來沒有聽說過憑藥物能控制走火的事，不禁放下茶碗，瞪著阿茹娜道：「烏大夫，願聞其詳。」阿茹娜唰的一下，右手從腰間拔出一把小刀，左手從腰袋裡掏出一個藥包，微笑道：「就憑小女子這把薄刃，還有我娘的配方，便能救得走火入魔。道長不信，便問傅翔。」

完顏道長轉頭望著傅翔，傅翔道：「小刀是用來放血。」他伸手指在頸上比劃一下，接著道：「那包藥是蒙古秘方，阿茹娜的娘用巴根那條『大漠石花』的蛇毒和幾種草藥製成的，急救走火入魔，確有奇效。晚輩親身試過。」

完顏道長哈哈笑道：「有蒙古神醫在旁護持，傅翔啊，咱們兩人真要好好閉關琢磨，看看俺能不能讓『後發先至』達到無所不適的境界，看看你能不能從《洗髓經》中領悟到達摩祖師的最高真傳？」

阿茹娜卻是一臉肅穆，合掌輕聲道：「上天保佑這一老一少，為武學創造新猷。」

∞

同一時刻，在南京城外的一間殘寺佛堂中，天尊和地尊已經閉關了好幾個月。

自從兩人發現武當張三手手著的那本《太極經》，能在瑜伽神功修練攻頂時發揮疏導保護之功，兩人於聯手修練那瑜伽神功的最高一層，便多了幾分成功的希望。

瑜伽神功的最高一層，乃是天竺武學中從來無人達到的境界。自有瑜伽神功以來，歷代天竺武林高人便不斷向上提升，但這最高兩層都是憑高手的想像寫成，並非有人確實練成後再根據經驗而寫。天尊和地尊是天竺百年來唯二練到次高層的武學天才，現在他們領悟了太極神功與瑜伽神功之間的一線橋樑，修練這最後一層的大膽嘗試，便在這兩個武學奇才的聯手之下，一小步一小步向上攻頂。

這期間有三次其中一人的真氣摸錯了位，另一人立刻以《太極經》的運氣訣竅，用大小不一、至圓至柔的吞吐，將之拉回原點，重新啟動而不致前功全廢。靠著這樣步步為營，一人以瑜伽神功探前時，另一人就以太極神功守護，數月下來，竟然將最後一層的神功推進了三分之多，這已是往日不敢想像的境界。天尊和地尊心中都知道，只要能進到五分，便可停下來歇息，待兩人將推進所得確實融入全身經絡百穴後，便重新啟動攻那最後的兩分。

在這過程中，兩人都深深體會到，愈推深一分，那不可掌握的力與氣都增強十分；奇怪的是，兩人並未刻意去修練的太極功，卻隨著進程也與時並進。不用之時，太極功抱守於無極之中，需用它時，它所發出的圓柔之勢竟也增強十分，三次都在即將走火入魔之時，用太極功將強大無比的錯置力道與真氣歸於原位。兩人愈練，對太極功的奧妙愈是欽佩。

建文元年七月十七日這天，南京的錦衣衛副都指導使魯烈，來到天尊、地尊閉關苦修處。在隔壁的佛堂，他找到了天尊的大弟子絕垢僧，告知一件驚天動地的大事：朝廷與燕王朱棣開戰了。絕垢僧嚇了一大跳，天竺三尊透過道衍和尚，與燕王建立了很好的關係，此事應該立刻報告二尊。

魯烈道：「咱這邊已經透過錦衣衛管道與燕王府聯絡中，不知天尊地尊對此事有什麼交代?」絕垢僧道:「師父和師叔已經閉關數月,最近練功似乎大有進展,正在最緊要關頭。我想,咱們還是不要去打攪二位老人家,待他們練功中歇的時間,再去稟告。」

魯烈道:「大師兄,上次你傳授我的天竺功夫,魯烈自覺已練得八分火候,今日既來了,還請大師兄指教一二。」絕垢僧笑道:「這事容易。我卻先問你,那個章逸最近有何動作?」魯烈道:「這小子深獲朝廷看重,招募了幾個狐群狗黨,漸漸不把金頭兒和我放在眼裡。金頭兒昨天還在生氣,說章逸有事便透過一個鄭學士直接稟告皇上,所以俺在想,一定要找個機會把他斃了。」絕垢僧道:「章逸這廝極為可怕,你要斃他恐怕不容易。」魯烈道:「他有幾斤幾兩,俺一清二楚。」

在一旁的辛拉吉忍不住插嘴道:「魯烈,你若有本事,宰殺章逸的事便交給你來辦,若要咱們協助只管開口。」魯烈是個老江湖,絕不輕易受激,聽辛拉吉說得激動,便冷笑道:「你們覺得他厲害,因為他玩陰的。論陰的,俺是他祖宗。」

絕垢僧道:「師父和師叔出關前,咱們還是要把章逸給幹掉,但聽說他們幾個新進的錦衣衛,白天總在一起,晚上章逸還和丐幫那紅孩兒住一塊兒。要在京師裡幹掉章逸,恐怕真要靠魯烈幫忙,玩個陰的妙計才成。」

魯烈道:「待俺回去想個計策,計畫好了再跟大師兄報告。不論章逸有多精,管教他這回死了還不知道怎麼死的。」說到這裡,魯烈忽然不經心地提了一句:「峨嵋山的百梅師太率徒弟來南京了,現住在莫愁湖畔的庵子裡。」絕垢僧喜道:「快請師太來此見面,還有點蒼的人也該到了吧？」魯烈道：「到了自然會通知來見大師兄。」他嘴角帶著冷笑，暗忖：「要殺章逸，就落在這兩人身上。」

就在他們幾人討論如何幹掉章逸的時候，隔壁佛堂中天尊和地尊同時呼出一口長氣，兩人面色紅潤，同時睜開眼來，四目精光閃亮，又同時點頭露出了微笑。

原來這兩大武林奇人已把瑜伽神功推進到最後一層的五分處，雖然一路險象環生，終於在五分處順利抱元守一，萬流歸宗，安然修成。這時天尊地尊若將神功施用在武功招式上，其威力必然大增。雖然距離練成十足的最高一層還差五分，兩人心中都知道，此刻的天尊地尊已經天下無敵了。

∞

翰林侍講學士鄭洽召集了章逸和他手下四個新錦衣衛，聚在「鄭家好酒」。時間已過亥時，飯店已經打烊，阿寬在廚房裡清洗整理，鄭娘子和鄭芫端出一盤荷葉粉蒸肉，一隻醬鴨，兩碟時蔬，一籠熱騰騰的刈包，還有一碟醃幼薑，全是鄭娘子的私房菜。眾人聞到那嫩薑的香氣，已然胃口大開。

朱泛看到那籠刈包，想起初次見到鄭芫時，便是向她討了個刈包夾紅糟肉，今晚雖無紅糟肉，荷葉粉蒸肉看上去絕不遜色，便低聲對鄭芫道：「一看見這刈包就想起妳。」鄭芫笑道：「朱泛腦中記得最牢的全是好吃的食物，我的名字能跟刈包連在一起，讓你牢記心頭，真承情啊。」

鄭洽舉杯敬了大家一杯，便請鄭娘子也來坐在章逸身旁，又邀大家齊敬了鄭娘子一杯，感謝她的好菜好酒，然後道：「諸位，朝廷和燕王開戰了！昨日長興侯耿炳文已率領十三萬大軍北上，後繼還有十七萬人正在集結，朝廷在真定設了平燕布政司，由刑部尚書暴昭兼理，這一仗也不知要打多久。中軍都督徐輝祖今日特別交代，燕王朱棣多年在京師經營，又有道衍和尚為他攏絡民間人士，是以燕王府在南京各界恐有不少『朋友』，包括咱們的錦衣衛。徐督要求咱們這段時間要特別留意城裡各種動靜，如發現有任何異動，便要在每日的城防警備會報中提出討論。」

章逸道：「咱們除了本身力量外，也需發動丐幫及鏢局弟兄幫忙打探消息。」朱泛和沙九齡都應了。鄭芫忽道：「章頭兒，我建議派人到燕京去打探一下軍情。俗語說得好，不入虎穴，焉得虎子，咱們也不是去捉虎子，便是走虎穴聞聞老虎的味兒，可好？」朱泛一聽鄭芫這麼說，眼睛就亮了，暗讚：「芫兒一肚子好玩的點子，比俺紅孩兒有過之而無不及。」

章逸搖了搖頭道：「燕京城原就有咱們錦衣衛的人駐守，朱棣舉事後，那批錦衣衛消息全無，也不知是否被朱棣捉了還是殺了。咱們這邊城防警備重要，如何走得開？若是派其他人去，那要看金寄容和魯烈他們怎麼想。」于安江咬了一大口刈包夾荷葉粉蒸肉，燙得他滿頭大汗，三口兩口嚥下了，才大聲附和：「錦衣衛派在燕京的全是魯烈的親信，咱們自己人手不夠，恐怕還是顧南京較為重要。」

朱泛望著鄭洽道：「南京城裡的事咱們當然要盡心，但正主兒仍是金寄容和魯烈，誰教他們是錦衣衛的頭頭呢，每天和督軍府開什麼會報，也是這兩個頭兒的事，咱們這邊頂多章頭兒倒霉要去應付一下，其他的人也不是每天有大事。咱們大可派一兩個人換了便服去燕京探探，倘若探得重要消息，鄭學士在皇上面前可是大功一件。南京眼下屁事也沒有，何必把咱們全都綁在這裡，每日消受鄭媽媽的好酒好菜？」這番話說得鄭芫暗暗叫好，她睜著一雙大眼睛望著鄭洽，等他說話。

鄭洽有些猶疑，雖覺朱泛說的也有幾分道理，但當此緊要關頭，京師的警備或燕京的敵情，孰重孰輕一時難以下決定。章逸道：「鄭芫和朱泛的主意雖好，但上面方才交代下來，要咱們密切注意京師的情形。得要南京這邊先穩住，然後再探北方敵情較為妥當。」鄭洽頷首同意，鄭芫便沒再說什麼，但朱泛卻知她心中不以為然。

散席後，于安江帶了兩個錦衣衛軍士護送鄭洽回家去了，章逸和朱泛一同回章指揮的寓所，鄭芫和娘回她舅公家，只剩下追風劍沙九齡一個人落了單，他雖已離開龍騰鏢局，但晚上仍回鏢局歇息。這一頓家常菜飯吃得實在落胃，像他這樣孤身闖了半生江湖，大魚大肉、大碗喝酒的時候少不了，能吃頓清爽可口的家常菜，反而是可遇不可求的福氣了。

沙九齡沿著西皇城根北街轉到西十八街，右邊的小校場一片漆黑，前面民宅的燈燭已熄，下弦月躲入雲層，四周陷入黑暗之中。沙九齡跑了幾十年的江湖，當然不會害怕這一段黑路，只是緩步當車，悠閒地向龍騰鏢局走去。

就在這時，黑暗中忽然傳來一陣簫聲，其聲嗚嗚然，在黑夜中顯得格外淒涼。沙九齡停下身來聆聽，只覺那調子悠揚中帶著一絲悲傷，竟是他二十年來不曾再聽過的熟悉曲調。他不禁感到一陣時空錯亂，恍惚之中，似乎一下子回到了二十年前的雲南點蒼山。

當年他在點蒼山應樂峰下的點蒼山莊中習藝，山中的白族居民喜愛音樂，能歌善舞，那時他常聽到的一段音樂，便是這洞簫所奏的調子。那曲調原本便有些如怨如訴，用洞簫吹奏更是扣人心弦，沙九齡聽著聽著，昔日在點蒼山莊的情景一幕幕浮現眼前，一時之間但覺迴腸蕩氣，立在街心聽得痴了。

突然簫聲拔了一個高，顫顫地盤旋著，愈降愈低，終於聽不見了。沙九齡如夢初醒，正想尋找簫聲的來處，卻聽到身後黑暗中一個冷峻的聲音道：「沙兄，還記得這曲子麼？」

沙九齡唰的一聲轉過身來，極目四瞥，只見一片黑暗，並不見有人影。他正要開口發問，忽然一條人影從街邊的大樹頂上飛躍而下，一聲不響、一塵不揚地站在沙九齡的身前。黑暗中看不清來人面孔，只知對方輕功好得出奇，尤其令沙九齡心驚的是，這人的輕功分明是點蒼派最上乘的身法「迴風舞柳」。

沙九齡喝道：「何人？你來自點蒼山？」那人哈哈笑道：「沙師兄，你不認得小弟了？」沙九齡吃了一驚，這時月亮從濃雲中閃出，月光下只見來人年約四十出頭，穿著一身黑袍，頭上戴了一頂黑色的巾帽，帽沿上繫了一條黃金色絲穗，帽頂上補了五個白點，乍看像是一朵梅花。沙九齡看到來人這身打扮，又看清楚了此人的面容，不禁駭然叫道：「丘全師弟，你……你接了點蒼掌門？」那人望著沙九齡身上的錦袍，淡淡地道：「不錯。沙師兄你入了錦衣衛？」

沙九齡顫聲道：「丘師弟，師父他老人家……可安好？」丘全道：「難得沙師兄還記得師父，他老人家已經仙逝了。」沙九齡呆了一下，轉身朝著西南方跪下，恭恭敬敬地三叩首，然後站起身來問道：「師父甫過花甲，身子素來強健，為何突然仙逝了？」

丘全道：「沙師兄，你自二十多年前負氣離開點蒼山，從未回過師門一次。小弟現在忝為點蒼掌門，倒是要先問你一句：你還算是點蒼門人麼？」沙九齡正色道：「九齡一日是點蒼弟子，終身是點蒼弟子，這輩子是不會改的了。」丘全一聽此言，立刻厲聲道：「好極！沙九齡，你先拜見掌門人！」

沙九齡毫不猶疑，對著丘全納頭便拜，口稱：「掌門師弟，愚兄沙九齡拜見掌門人。」丘全點了點頭道：「沙九齡，你背著師父加入鏢局替人護鏢，如今又加入錦衣衛替朝廷當差，這二十年來，所作所為皆違點蒼門規，有辱點蒼門楣。我命你明日正午到城南文明門外的土地廟相見，咱們要好好談談。」

沙九齡道：「明日正午愚兄已與人有約，可否延至未申之間，咱們可以暢談別情。」丘全道：「沙九齡，你二十多年來背離點蒼，我如今新任掌門，對你下的第一道命令你便不聽，你心中那裡還有師門？」

沙九齡正要回答，雙目餘光已瞥見黑暗中又有兩人向他走近，他雖沒看清面貌，卻看出兩人都是黑袍黑帽的點蒼門人。他心生警惕，一言不發，倏地拔足就跑。那丘全伸出手來抓，堪堪就要搭到沙九齡的右腕，卻見他的手上忽然冒出一道火花，丘全嚇了一跳，連忙縮手。

只見一道耀眼的火光直沖而上，足足飛了十幾丈高，然後「碰」的一聲，爆開一朵朵金色燄花，點點燄花化為一道道流星，劃過黑夜長空隕落下來。丘全和兩個點蒼門人呆了一下，回過神來時，沙九齡已如飛般向南奔去。

沙九齡兩個跨步躍上民房屋頂，丘全和兩個點蒼門人疾跟而上，於是在南京城的黑夜裡，四條人影同時全力施展點蒼輕功，在民房屋頂上無聲無息地飛奔，那速度確實驚人。過了兩條小街，新任掌門人丘全的功力便顯現出來，只見他愈奔愈快，追到沙九齡之後不及五尺，忽地雙掌一揚，低喝一聲：「下去！」雙掌發出排山倒海的力道直襲沙九齡背脊。沙九齡狂奔中感到背後有掌力襲到，他知道這是點蒼師門的厲害殺著，只宜趕快閃避，身形猛然向左一晃，腳下卻是一個空踢，反而向右邊直落下屋頂。

豈知背後的丘全早已料到沙九齡這一招，他完全不受沙九齡誘敵動作的影響，直接一掌擊向右邊，沙九齡正要躍下屋頂的一瞬間，丘全的掌力也將擊中他的背上。沙九齡想不到這個丘師弟的本門武功已經精進如斯，急切之間奮力施出一記怪招，只見他上身猛然向後仰倒，全身直如折疊一般，後腦貼到小腿，然後下身一彈而滑前五尺，堪堪避過了丘全一記重掌。沙九齡在電光石火之間演出了一招空中鐵板橋，靠的是臨敵經驗，除了從實戰中學習，沒有師父能教得出。

丘全一掌落空，氣得大吼：「沙九齡，這是誰教你的打法？點蒼派可沒有這種低下招式！」沙九齡卻在仰倒至極點時，倒著看到了兩道美麗的燄火從南方直射長空，一青一黃，他心中狂喜，暗呼：「救兵來了！是章逸和朱泛！」

就在他因為援手將至而士氣大振之時，街角兩條黑影已如鬼魅般無聲無息地閃出，一人出拳一人出掌，等沙九齡發覺到有人偷襲，掌風及拳風已在一尺之內。他猛然後仰，待要再施鐵板橋功夫躲避，背上已被從後趕到的丘全點中了「靈台」穴，一時背上巨震，接著脊椎一麻，從「脊中」到「命門」諸穴皆被丘全以內力點中，沙九齡立時仰天倒下，不省人事。

那兩個突然出現襲擊沙九齡的人，這時上前用梵語對丘全道：「丘師弟好俊的點蒼功夫。」丘全梵語夾雜著漢語回答：「小弟雖然練了一身點蒼功夫，卻失去了向天尊師父修習神功的機會，對諸位師兄好生羨慕。」說完略一揮手，後面跟上來的兩個點蒼黑衣人便將沙九齡揹起，五個人飛快地隱入小巷黑暗中。

片刻之後，又是兩條人影從南方民房上如風而至，他們經過此地卻未停留，一直往小校場方向奔去。過了片刻，這兩人又回頭疾行而來，在這片民房附近搜索了兩回。前面一人停下身來，一抖手，一道白色燄火直沖上天，燄光熄滅後，四方一片寂靜。他向另外一人望了一眼，搖了搖頭，低聲道：「朱泛，老沙出事了。」

朱泛低聲道：「章頭兒，是誰會對老沙動手？咱們見到他用燄火傳訊就飛快趕來，居然沒有趕上，是誰有這般快的手腳？」章逸面色凝重，搖頭道：「俺猜不出。咱放了白色的燄火，告知咱們所在的方位地點，老沙只要還能行動，必然會回應一支白色燄火，但……只怕老沙要壞！」

章逸和朱泛當然猜不出來，襲擊沙九齡的竟然是他點蒼派的掌門人，而這位新任掌門人，竟然就是天竺埋伏在點蒼派中的臥底。

∞

天剛亮，鄭芫已經盤膝坐在床上運氣一周天。她的少林內功紮實無比，吐納之間，那股真氣浩浩蕩蕩，在經絡穴脈之間通行無阻，一周天後愈行愈緩，愈凝愈厚，直到凝聚於頂，從百會穴緩緩釋出。一個少女能以純陰之氣從諸陽經脈交會之穴湧出，實是奇事。鄭芫自己毫不感覺有任何異處，她任督兩脈皆通，練完這一周天，真氣又走遍諸陰經脈，直到遍體舒暢，全身真氣鼓盪，沛然宛如巨流，她不自覺地發出一聲長嘯。

隔壁傳來鄭娘子的聲音：「芫兒呀，妳又在發什麼怪聲，怪嚇人的。」鄭芫一躍而起，應道：「娘，您醒了？」鄭娘子道：「沒醒也讓妳給吵醒了。早上娘要到城外蕚梅庵去，妳陪娘去。」鄭芫問道：「幹麼要去蕚梅庵？」鄭娘子道：「前幾日蕚梅庵來化緣的小尼姑說，從峨嵋山來的百梅師太，正在庵裡開講祈福，約我今日去庵裡燒香許願。我自幼拜普賢菩薩，便答應了。」鄭家娘子一面說著，一面推門走進女兒的房間來。

鄭芫見娘早已梳妝整齊，著了一身白裙，上身一件灰色的開襟短褂，對襟處鑲了兩條淺紫色的細邊，又素淨又雅緻，襯著她雪白的膚色和如雲的青鬢，極是亮眼。髮髻上插了一枝烏木如意釵，釵尾繫著一條紅穗編的墜子，是她身上唯一的豔色，卻比別人一身大紅還要顯得豔麗。

鄭芫讚歎道：「從來也沒看過那麼漂亮的媽媽。今天要不是有城防警備會報，便該要章叔叔陪妳去燒香。」鄭娘子輕輕搖了搖頭，低聲道：「芫兒，妳記得今天是啥日子？」鄭芫一怔，道：「我那知道是啥日子？」鄭娘子道：「七月十九，妳爹爹的忌日呢。芫兒，今天妳別提章逸的名字。」鄭芫嚇了一跳，連忙摟著娘道：「看我整天忙得糊塗，爹的忌日都忘了。我梳洗一下，這便陪您去燒香。」鄭娘子道：「聽你們談的好可怕，又要打仗了。我要去求菩薩保佑，還要求妳爹保佑。」

鄭芫出房門到後面去梳洗，不一會便穿戴整齊。鄭娘子早將兩碗熱麵放在桌上，母女倆對坐吃了，相偕上路。

蕚梅庵在城西「三山門」外的莫愁湖畔，面北對著莫愁湖，背後一帶小山丘，丘後又是一帶水域，當地人喚作「南湖」。這庵子隱藏在一大片梅林裡，每年冬春交替之季，白梅開遍庵前庵後，若是剛巧來一場大雪，那梅花和白雪便分辨不清了。花落之時，梅萼梅瓣鋪了厚厚一層，讓人進出庵門不忍踏過，儘找空處落腳，卻三寸空處也難尋。

鄭芫母女在秦淮河畔雇了一艘竹篷船，那個和鄭娘子約好的小尼姑著實熱心，竟在河畔等著。於是三人上船，一路搖到三山門，出了城門洞，進入外秦淮，河面陡然變寬，這段河再往北去便匯入長江。小船在莫愁湖邊靠了岸，鄭芫從腰間掏出自己的餉袋，付了船資，也不要找零。船夫千恩萬謝，小尼姑也合十行禮，鄭芫少年心性，甚是自豪。

才一大早，那萼梅庵裡居然婆媽姑嫂信女聚了上百人。自從峨嵋山的百梅師太，率徒弟從峨嵋金頂華嚴聖舍請了普賢菩薩的心經，來為萼梅庵的菩薩加持，便每日在庵裡為南京的信徒們開講祈福。峨嵋山乃是菩賢菩薩的聖地，峨嵋來的師太立刻吸引京師的女眷們成群結隊而來，從七月初開始，已足足熱鬧了半個多月。

那同船來的小尼姑解釋道：「或許是這庵名起得好，『萼梅』兩字不僅是指庵左庵右幾千株的梅花樹，更與『峨嵋』兩字諧音呢。是以峨嵋山的師太都願意來庵開講祈福，庵裡的菩薩就如峨嵋山金頂的菩薩分身一般，格外法力宏大，百求百應。」鄭娘子連忙合掌口唸善哉，鄭芫也跟著合十，只是動作有些生硬。

到了庵前，只見庵門外用布縵搭了一座大棚，若信徒來得多了，庵裡便擠不進去，是以在庵外搭棚，遠遠也可看得見師太的開講祈福。此時人還不算多，鄭娘子和女兒攜手擠進了庵內，對著普賢菩薩上香三拜，跪下祝禱：「求菩薩保佑國泰民安，保佑我母女平安無災，信女我生生世世在紅塵中以身弘菩薩的大法。」她拜完了，就從手袋中拿出一面鑲金的銅鏡。

那銅鏡製作得十分精緻，鑲金的周邊都是蓮花，右角還有一個菩薩坐像，打造得寶相莊嚴，精巧可愛。鄭家娘子用一條絲巾在鏡面上拂拭了兩下，只見鏡中的容顏依然嫵媚俏麗，一雙杏眼含著淚光，更是楚楚動人。鄭娘子默默祝道：「鄭郎，這面鏡子是我保留你送給我唯一的東西了，你看，你鏡裡的娘子可老了多少？」她默禱著，終於忍不住淚水流了下來，對著鏡子喃喃地道：「芫兒已經長大了，還當了朝廷的錦衣衛，大家都說她聰明能幹，又喜仗義打抱不平，名聲好著呢。我瞧她的模樣，倒是像你的分兒多些，我很高興。」

身邊的鄭芫見媽媽對著她那面最寶貝的鏡子喃喃自語，又淚流滿面，一面掏出手絹替她擦拭了淚水，一面低聲問道：「娘，妳在說什麼？」鄭娘子輕輕推開了鄭芫，低聲道：「芫兒，妳走開一會兒，讓我單獨和妳爹講兩句話。」鄭芫覺得媽媽今天怪怪的，也沒說話，便起身走開。

鄭娘子抱著鏡子，對菩薩又叩了一個頭，默默祝道：「鄭郎啊，自你走了，我一個人帶著芫兒離家在外流浪，一度就要淪為乞食，總算盧村好心的傅家救了我母女，在盧村賣酒度日，之後又被一場毀村大火逼得到南京投靠舅舅，總算自立更生，開了家酒店做營生。這些年的情形，鄭郎你在天上都看著、顧著……」她說到這裡，低下頭來看著鏡中的自己，喃喃地說下去：「芫兒長大了，又嚮往行俠仗義的生活，終將離我遠去。現有一個官人章逸，待我十分體貼，我若要跟了他，鄭郎你是否容許呢？」她拿起一副筊杯，默默祝道：「鄭郎，鄭郎，你若允許我，我便擲個聖筊。」她拜了再拜，將一副筊杯在香頭上的煙裡繞了一圈，便要向地上擲出。

站在庵門口的鄭芫閒著四面張望，只見一群信女擁著幾個皂衣尼姑走過來，為首的一個師太年約四旬，生得面如滿月，眉清目秀，如不是緇衣削髮，便十足是個美而福泰的富家太太。眾信徒見她走過，全都合十下跪。

鄭芫心知，這師太必是峨嵋山來的百梅師太了，正暗忖道：「這師太生得好相貌。」忽然發現一名小尼姑緊跟在師太身旁，正在師太耳邊低聲細語，鄭芫從她的側臉瞧得清楚，正是方才搭船一道來萼梅庵的小尼姑。她心中不知為何忽然閃過一陣不安，便不由自主地跟著走向前方。

這時那師太已走到鄭娘子的身邊，而鄭娘子正將手中筊杯擲下。師太後面跟隨了四個皂衣尼姑，和師太的衣著完全一樣，想來都是峨嵋山來的，這四人一擁而上，鄭芫的視線就被擋住，待她擠上前從人叢間隙中看去時，卻正好瞧見鄭娘子全身癱軟倒在地上。只見兩個尼姑抱起鄭娘子，叫道：「讓開，讓開，有位施主暈倒了！」便扶持著鄭娘子，快步向佛桌後的側門走去。

鄭芫心中大急，一時搞不清楚究竟發生了何事，連忙伸臂推開人叢向前追出，同時大聲叫道：「師姐且慢，妳們要把我娘帶到那裡去？」她心急之下，一躍而起，越過了幾個信徒，伸手便向皂衣尼姑的衣袍抓去。

此時一股柔和但凝重的力道忽然襲向自己左脅，鄭芫吃了一驚，連忙單掌護身，單掌發力相禦，兩股力道一碰而散，鄭芫退落在鄭娘子先前擲筊的地方，而峨嵋來的師太已在眾人簇擁之下向前台走去。鄭芫不敢確定方才以掌力襲己的是這個百梅師太還是她的門徒，低頭看時，地上兩個筊杯一陰一陽，正是一個「聖筊」。

這一切都發生在電光石火之間，鄭芫待要再追，只見兩個皂衣女尼已挾持著鄭娘子從側門走出。她連忙跟到側門，推門一看，門外是一道長廊，她向兩面望去，卻不見一個人影，兩個女尼帶著一個鄭娘子，怎會一眨眼就消失了？這長廊似乎環繞著大殿，往前殿的方向約有十多丈長，往後殿的方向約有五六丈長，鄭芫心想：「那兩個尼姑動作再快，也不可能這會兒工夫就走出十多丈，我還是向後殿去找尋。」她略一沉吟，便決心向庵後追去。

轉了一個彎，眼前是一條狹長的長巷，頂上卻有天光透入，鄭芫知道這是兩爿庵舍之間的防火巷，她別無選擇，只有繼續向前疾走。再轉一個彎，卻進入一處天井，兩個盛水的大缸放置在兩棵老梅樹下，天井中卻是不見一人。

鄭芫愈追愈是心慌，光天化日之下，眼睜睜地看著娘讓人架走，自己還算是什麼錦衣衛？她飛快地穿過天井的側道，只見一個圓門通到庵外，庵外是一片梅林，也是不見人影，看來是萼梅庵三進寶殿的後院。

鄭芫告訴自己，千萬不要慌了手腳。她停下身來，仔細回想方才事情發生的經過，明白問題定是出在那百梅師太及她身後的皂衣尼姑身上，多半是其中一人出手點了娘的穴道，另一人立刻半扶半攙地把娘架出大殿，自己躍身追趕時，那百梅師太或她的門徒反手暗襲了自己一掌。而架持娘的女尼一定另有暗道，此時不知隱匿到何處去了。

「要尋找娘的下落，就落在那峨嵋來的百梅師太身上。看來峨嵋山來的女尼都有一身武功……聽潔庵師父說，峨嵋是名門正派，和少林派還有一些淵源，怎會……怎會來南京擄我娘？」

她想到這裡，立時便想要去庵裡找住持及百梅師太理論，於是循原路退回庵內，豈料才走過天井，便發現通往防火巷的小門已經從裡面鎖上了。這一來，鄭芫更確信這座庵子大有問題。她既無路可入，心中反而篤定了，立刻退出庵外，縱身一躍上了屋頂，便要直接從屋頂跑到前庵，心想：「你們總不能把前面大門也反鎖了吧。」

她上到屋頂居高下望，只見人潮都在庵前的院子裡，萼梅庵的兩側及後院全是大片密林，數千株梅花將庵子包住，林子中反而只有寥寥數人，看上去甚是冷清。她忽然想起錦衣衛通訊聯絡用的燄火，抬頭看去正是朗朗晴空，不知道大白天用這燄火是否管用？但她此刻實在需要援助，於是一揮手，一道亮麗的紅色燄火直上天空，在大白天確實不夠顯眼，但是燄火升到頂點時，「碰」的一聲爆開，宛如打了一個響雷，倒是十分驚人。那紅色火燄隨著爆破聲，化為數十條白光閃落天際。

鄭芫也不知道這燄火通信是否能讓章逸他們看見，她輕飄飄落下屋頂，正好落在庵前山門邊。眾信女見有人忽然從天而降，嚇得齊聲尖叫。鄭芫不再客氣，從人叢中推開阻擋在前的信徒，一路衝進了大殿。

此時殿中信徒都在聆聽那百梅師太開講，她一口四川話講得極是精神，娓娓道來像是在與眾信徒閒聊，模樣甚是親和。她身邊坐著一個六旬老尼，瘦得全身只剩骨頭，便如幾根竹竿架起一件尼姑袍般，卻坐得比誰都挺直，瘦臉上神情有些落寞，看來應就是萼梅庵的住持。她的身邊站著一個門徒，便是同船一道來庵的那個小尼姑。

百梅師太的身後則站著兩個女尼，鄭芫暗道：「原來分明有四個皂衣尼姑隨著百梅師太走進來，此刻卻只有兩人在場，另外兩個想必便是挾持了我娘，不知躲到那裡去了？」她繼而一想：「反正妳們跑得了和尚跑不了廟，我就先守著再說！」忽然想到這可是「跑得了尼姑跑不了庵」，本該覺得好笑，此時卻完全笑不出來。

她瞧見那個小尼姑也發現了人叢中的自己，正悄聲跟那住持師太耳語。奇的是她小小年紀，竟然神色凜然，似在警告那老尼什麼。那住持卻紋風不動，連眼皮也未抬一下。

鄭芫在心中盤算：「這時衝上去便是鬧場了，且待這四川尼姑說得累了，休息之時我便上前質問。」那曉得那百梅師太不徐不疾地整整講了一個時辰，將近正午時她還未有歇息之意。鄭芫聽她所講，也沒有什麼佛經深義，全是些日常生活中的瑣瑣碎碎，說出的道理也淺顯得緊，但不知為何，卻能引得眾婆媽姑嫂不住點首、讚歎、口宣佛號，坐在前面的有幾個婦人更感動得哭出聲來。

鄭芫聽那師太愈來愈像擺龍門陣，暗道：「這可不得了，不知要擺到什麼時候，難道我便一直這麼呆耗下去？娘被擄走了，多半被點了穴道，也不知這會兒怎樣了？」心中正自焦急，忽聽得後方眾信徒發出一陣鼓譟之聲，她回頭一看，心中狂喜，原來殿門口走進來一位身著錦衣衛袍服的軍官，正是章逸。

鄭芫心想：「想不到那燄火通信在白天也管用，但怎不見朱泛他們？」她見章逸站在殿門口向內左右張望，便緩緩站起身來，讓他瞧見了，又復坐下。她的座位離那師太不到一丈距離，一縱可及。

就在此時，那百梅師太忽然停止講經，站起身來合十道：「今日到此為止，眾位施主有緣明日再來。」說完轉身就走，兩個皂衣女尼也跟著退走。如此突然停講起身就走，全場眾信徒盡皆愕然。只聽得鄭芫大叫一聲：「師太慢走，妳把我娘帶到那裡去了？」她一躍而起，想要越過那兩個皂衣女尼，伸手向百梅師太肩上抓去。那兩個女尼突然出掌猛擊鄭芫，百梅師太卻頭也不回繼續前行。

鄭芫受到兩個女尼的掌力一前一後襲到，急切間已察覺兩尼掌力一陰一陽，出掌方位也配合得十分巧妙，自己必須停下身來接招，否則躲了一個，卻萬萬躲不過另一個。這時便看出鄭芫應變的功力，只見她雙掌合併，全力對準左邊的女尼擊出，似乎全然不顧右邊女尼的掌力，但就在與第一個女尼掌力相交的剎那，鄭芫竟藉著對方掌力之勢橫飛而起，雙腿猛踢第二個女尼，而自己一個翻滾已超越第一個女尼，同時又逼退第二個女尼，呼的一聲直追百梅師太而去。可惜仍然慢了半步，百梅師太已閃入側門，便是先前鄭娘子被架持而失蹤的那道側門。

鄭芫心中大急，她知道那道側門外一定有什麼古怪花樣，但方才她已在長廊搜尋了一圈，卻是什麼也沒有發現，而娘卻無聲無息地消失在其中。此刻百梅師太依樣畫葫蘆又從此門而出，她急切間施出少林寺最上乘的輕功直撲門邊，卻見長廊空空如也，兩端都不見師太蹤影。

如此奇事連續發生兩次，鄭芫直覺不可思議，正不知下一步該往那邊追去時，忽見長廊前方一人如飛奔來。她定神一看，只見來者身穿錦袍，腰懸短劍，分明是個錦衣衛，不是朱泛是誰？她正要大聲叫喚，卻見朱泛以指壓唇輕噓，示意噤聲。

鄭芫顫聲輕道：「娘被擄走了，就在這長廊上不見了，也不知被藏在何處……」朱泛看了鄭芫一眼，示意她不要心焦，便在側門四周的牆壁上仔細察看了一遍，並未發現異狀。他壓低嗓子道：「峨嵋派什麼時候變成擄藏良民的下流宗派了？這庵子四周可能都建了暗門，通到秘密的地方去。咱們先擒住那兩個尼姑和本庵住持，總能把秘密找出來。」

就在此時，大殿裡傳出眾信徒一片驚叫之聲，鄭芫略退半步側目望去，原來是章逸和那兩個女尼動起手來。只見他雙掌翻飛，急於要擺脫兩個女尼的糾纏，但那兩個女尼武功相當高強，尤其兩人合擊的招式十分精妙，拳掌互補，章逸一時間竟找不出破綻。他原不願對女子施出殺手，但這兩個女尼的峨嵋功夫配合得實在過於嚴密，這樣下去不知打到何時？

急切間章逸大喝一聲：「京師錦衣衛在此，汝等外來的賊尼還不束手就擒？」他抖出官威，女尼倒是略為一怔。卻見章逸突然對準其中一個女尼連出三掌，那女尼以柔勁化開，但身形仍被迫退了兩步。章逸大吼一聲，施出「獅吼神拳」轉身打向另一女尼。那女尼見這拳勢太過威猛，躲避不及，只好雙掌並出，全力抵擋。豈料章逸的重拳突然轉換成一股宏大的溫和力道，拖著這女尼倒飛而出，直向一根巨大木柱飛去。呼的一聲，女尼飛越過那個又乾又瘦的蕚梅庵住持，堪堪就要撞在柱上。只見女尼一揮大袖，輕巧地捲住那木柱，身子繞柱一周，落在地上。

章逸吃了一驚，暗道：「難道這是峨嵋的『流雲飛袖』？這等高手來到京師，俺這錦衣衛指揮使竟懵然不知，慚愧啊！」但他此刻無暇細想，一個箭步到了側門邊。鄭芫正要進入大殿，她低聲對章逸道：「留下住持師太，趕那兩個尼姑出殿！」她身形不停，直接撲向那又乾又瘦的蕚梅庵住持師太，伸手一把抓住師太的肩膀。那老尼既不閃躲也不抵抗，竟然全無武功。鄭芫咦了一聲，但她絕不敢掉以輕心，反手就扣住這老尼的手腕，落手之處果然骨瘦如柴。

章逸聽鄭芫說要趕這兩個女尼出殿，雖不完全清楚她的目的，但知此舉必有深意，當下更無二話，轉身雙掌齊出，同時攻向兩個女尼。那兩個女尼方才已領教過章逸的功夫，這時見章逸又回身攻來，便不戀戰，兩人對望一眼，左邊的一個一面雙掌迎戰，一面低聲對另一人道：「妳先走！」

章逸耳尖，聽這三個字是四川成都一帶的口音，暗道：「果然是峨嵋派的。但峨嵋派門人到南京來作啥案？」他心中思考，手上可沒有慢下，一連數招，招招進逼，兩個女尼一前一後往大殿側門奔出。章逸的目的是趕二尼出殿，是以並未阻擊，他大步跟著出了側門，只見門外是條長廊，長廊左右皆無人影，那兩個女尼竟然一眨眼就不見了。

章逸又驚又奇，一時想不通是怎麼回事，忽然頭頂上一人輕聲道：「章頭兒，俺全瞧見了，這裡有暗門！」章逸抬頭一看，只見長廊黑暗處，朱泛正以上乘輕功吊在一根突出的木椽上，他若不出聲，任誰也不會發現有人躲在那裡。

章逸暗暗佩服，忖道：「好細的心思，好巧的功夫！原來他要俺把這兩個尼姑趕出大殿，他卻躲在頂上，把尼姑如何走暗門的秘密看光光，紅孩兒名不虛傳啊。」

這時鄭芫牽著那乾瘦老尼也來到長廊。大殿裡經過方才一番打鬥，信女們早已跑個精光，全都聚集在庵外的空地上七嘴八舌地談論。有些膽小的見著又是錦衣衛抓人，又是佛堂上動手打鬥，雖然有熱鬧好看，但久留恐非善策，便一個個打道回府了。

朱泛輕飄飄地從頂上落了下來，當真是無聲無息，宛如一片落葉。原來他聽說鄭娘子一入這長廊便失了蹤跡，便要鄭芫告訴章逸，設法把大殿裡的兩個女尼趕入長廊來，他自己便藏身在廊頂木椽之上，果然兩個女尼推開側門衝入長廊，立刻俯身在門旁牆角的石磚上重重擊了三下。朱泛瞧得清楚，三下重擊都敲在不同的磚上，只聽到「咔喳」一聲，地板上出現一個三尺見方的大洞，兩個女尼飛快地跳下，那地板隨即迅速地合攏恢復原狀，兩個女尼就這樣消失了。

章逸轉首對那又乾又瘦的老尼問道：「師太，妳可是這萼梅庵的住持？如何稱呼？」那老尼冷冷看了章逸一眼，並不回答。章逸大聲喝道：「妳這尼姑庵是佛門勝地，幹麼要造這些暗道密室，是想藏匿什麼作奸犯科的勾當？」那老尼從頭到尾一語不發，鄭芫施勁扣住她骨瘦如柴的手腕，倒是有些不忍。那知她扣著的掌心忽然被一股巨大的力道由內向外一衝，那老尼已經脫離鄭芫的掌握，臉上帶著一絲莫名的冷笑，緩緩地道：「還在發呆，人都跑光了。」

朱泛憑記憶所及，連忙在門旁牆腳上對準三塊石磚重重掌擊，果然地板上立刻出現那三尺見方的地洞。章逸一面縱身躍入，一面低喝道：「你們看住這老尼。」他雙腳一落地，頂上方塊便迅速合攏，似是藉著落地的重量啟動合攏的機關，設計得極為巧妙。章逸感覺十分熟悉，忽然之間一個瘋狂的念頭閃過心頭：「倒像是咱們明教的機關設計呢。」但此時無暇細思，立刻轉目四望。

只見地窖中空無一人，牆角插有兩支火炬，憑章逸的目力，可以清楚看見地窖不過一丈方圓，前面一條窄道，不知通向何方。

章逸暗忖道：「上面有朱泛這機靈鬼，我且可放心。反正他知道如何開啟機關，我且留一支火把在此，如果他們下來時可用……」他一手抓起一支火炬，疾速沿著那狹窄的通道向前搜尋。通道轉了兩個彎後漸漸上升，章逸知道快要走到出口，不知出口處又有什麼機關或埋伏，他便放慢了腳步，提起一口真氣，準備隨時應付突發狀況。

果然不遠的前方透入幾絲天光，走近一看，出口處凌亂塞了一些雜物，是以洞外天光是從堵塞物的間隙透入。章逸小心翼翼地搬開這堆雜物，雙掌護身一躍而出，竟然沒有任何阻礙。

他立在地面環目四顧，發現自己站在一大片梅林中央的草地上。那地窖出口邊上有石板，有枯樹頭，還有兩塊造型雅緻的青石，顯然原本這出口上頗有一番布置，這時全都沒有復原，足見在他之前從此洞出來的人極度慌亂，出了洞便匆忙離去了。

章逸吁了一口氣，暗道：「遲了一步，她們已遠離了。」他仍然不懂的是：「峨嵋山來的師太及女尼，為什麼要挾持鄭家娘子？」他的思路恢復了平時的敏捷，立刻就想到：「他們是衝著我來的！但是為什麼？」又想道：「不知朱泛他們如何處理那骨瘦如柴的老尼？不管如何，他們終究會進入地窖追過來，我且在此等候。」

他明知挾持鄭娘子的峨嵋女尼已經遠去，卻仍然在這片梅林中四處巡察了一番。從四周形勢及地窖暗道的彎折方向來判斷，此地應該在萼梅庵後方，離庵門怕有一段距離了。

庵裡的長廊上，鄭芫原以為那枯瘦的老尼身上沒有武功，豈料她軟弱無力的手腕上突然發出強勁的內力，一震而掙脫了鄭芫的掌握。那神秘的老尼盯著鄭芫看了一會，冷冷地道：「妳這小女娃身上，怎會是少林派的功夫？」鄭芫吃了一驚，這老尼竟然從自己一抓之間就知道自己使的是少林功夫。她忽然想起這老尼方才一掙而出的內力，也絕非先前那百梅師太峨嵋派的路子，便回她一句：「妳這老尼姑身上，倒不是峨嵋派的功夫？」

那老尼眼中略現一絲笑意，接著面色陡變，瘦削的臉頰呈現紫色，嘴角滲出一縷鮮血，緩緩坐倒在地板上，低聲道：「我非爾敵人，已中毒，峨嵋……峨嵋……」竟然難以說下去。朱泛立刻伸指點了老尼頸下雙穴，叫道：「芫兒，咱們快救她！」

鄭芫知道，要解開今日諸多疑團，這個老尼姑怕是重要關鍵。她飛快地掏出一個小瓶，拔開木塞，倒出三粒「三霜九珍丸」，塞入老尼口中，一面伸掌在她胸口運氣，助她催動藥力。這「三霜九珍丸」果然是療傷解毒的聖品，片刻之後，老尼面上紫氣漸褪，又睜開了雙眼，顯然所中之毒竟被托住了。她望了鄭芫一眼，對她點了點頭。鄭芫將一股純陽真氣從老尼膻中穴輸入，直到老尼再次點頭，才收手起身，暗道：「這老尼真瘦啊，她的胸口除了骨頭還是骨頭呢。」

那老尼對鄭芫道：「多謝相救，貧尼中了毒，只要一運功施力便會發作。女娃兒，妳這靈藥好生厲害，竟將貧尼身上的毒立時就托住了，這是什麼藥丸啊？」鄭芫答道：「這藥丸叫作『三霜九珍丸』……」她話未說完，那老尼聞言已大驚失色，打斷鄭芫的話急道：「三霜九珍丸？你說三霜九珍丸？女施主，妳和明教有何關係？」

鄭芫見她突然激動萬分，正要回答，朱泛一伸手攔住鄭芫，反問道：「敢問師太和明教是何關係？今日為何要和峨嵋派尼姑合夥挾持那鄭家娘子？」那老尼瞪了朱泛一眼，冷冷地道：「貧尼不和錦衣衛的大官說話。」鄭芫心中雖有諸多疑問，但她先抓住一個最關鍵的問題：「師太，妳身上的毒是誰下的？」

老尼恨恨地道：「錦衣衛一個姓魯的壞蛋。」鄭芫暗道：「原來是魯烈！」她緊接著問出第二個關鍵的問題：「百梅師太是敵是友？」老尼沉吟道：「她和姓魯的是一道的，貧尼想不通……」鄭芫打斷問道：「那他們為何要抓走我娘？」老尼搖了搖頭道：「他們要殺一個叫章逸的，妳娘是他的……好友？便抓妳娘來要脅章逸。」鄭芫點點頭，再問道：「他們怎知我娘今日要來燒香？」老尼道：「他們當中有一個小尼姑，曾跟妳娘化緣，約好妳娘今日來燒香還願，他們便布置了這一場陰謀。貧尼不許他們胡來，那姓魯的就對貧尼下毒。」鄭芫最後問道：「師太怎麼稱呼？」老尼道：「貧尼覺明。貧尼也有一個問題，誰是章逸？」鄭芫答道：「方才跳下地窖的指揮使便是章逸。」

朱泛插口道：「俺也有一個問題，這庵子是出家人清修之地，怎會又是秘道又是地窖？」鄭芫原以為這覺明師太討厭錦衣衛，不會理睬身穿錦袍的朱泛，那知這一次她卻願意回答了：「全是貧尼修建的。」朱泛、鄭芫一聽，驚得說不出話來。

那老尼忽然蹲下身來，在牆腳石磚上擊了三下，地板上的洞口大開，鄭芫拉著老尼，朱泛緊隨在後，迅速跳入地洞。一落地，「咔喳」之聲響起，地板又恢復了原狀。

覺明師太一落地，就抓起牆上插著的一支火炬，喃喃道：「那章逸心思倒細，留下這支火炬給咱們用。」她略微四顧，便領路道：「跟貧尼來。」

章逸等在地道出口處，他已在洞口左邊一棵老梅樹上發現一幅白布，上面以濃墨寫著兩行大字，第一行是：「脫下錦衣一對一不死不散章某你可有種」，第二行只寫了「蒙古人」三個字。文理不甚通順，書法也拙劣，但筆畫卻是整整齊齊，一看便知是事先寫好的，絕非臨時匆忙之間所書。

就在此時，洞口走出了朱泛、鄭芫和覺明師太，三人見了那布上的文字，覺明師太便道：「這就是那姓魯的錦衣衛所寫的挑戰書。」章逸緩緩點了點頭，鄭芫三言兩語便把從覺明處問出的種種對章逸做了一番說明。朱泛瞪著那幅白布道：「魯烈要單挑呢，戰帖上卻沒有日期地點，他媽的是玩真的還是假的？」

覺明老尼瞪了朱泛一眼，對章逸道：「你就是章逸？魯烈和那峨嵋山來的人，計畫要用鄭娘子的生死逼你單刀赴會，要取你的性命。」章逸淡淡笑道：「他們拿住了鄭家娘子，便不相逼，俺也要跟他們拚命。哈哈，到時候誰取誰的性命，倒也說不準呢。」他知鄭娘子雖遭擄走，但性命暫時無慮，便恢復了那瀟灑不羈的個性。他向覺明老尼拱了拱手，道：「咱們幾人是當今皇上新成軍的錦衣衛，責任是保安衛民，和魯烈那廝絕不相同。」鄭芫加上一句：「章指揮帶領咱們為官家做些行俠仗義的事，宣揚皇上仁政。」

那老尼聽了，一臉的將信將疑，又再次問鄭芫：「承妳這小施主賜藥，鎮住了貧尼體內之毒，但妳還沒有回答貧尼，妳這三霜九珍丸從何而來？妳和明教有何關係？」

朱泛對這老尼的來歷十分不放心，便再次搶著問道：「師太又和明教有何關係？」老尼對鄭芫問了兩次都被朱泛攔住，狠狠地瞪了朱泛一眼，眼中透露厭惡之色。鄭芫卻不在乎，對老尼實說：「那三霜九珍丸是我啟蒙夫子方先生所配製。」老尼道：「方先生……方先生？」鄭芫索性告訴她：「我方夫子單名冀，便是方冀方先生。」

那老尼臉色大變，驚呼一聲：「方冀，方軍師，果然是他！他現在何處？」朱泛聽到這裡，已知這老尼必然與明教有極深淵源，便不再隱瞞道：「方軍師此刻不在南京，師太妳識得他？」那老尼再也忍不住，便朗聲道：「昔年明教裡負責土木機關的董碧娥，便是貧尼！」講到這裡，雙目陡然精光四射，完全不似中毒委頓的模樣。

章逸大吃一驚，脫口叫道：「妳是『賽魯班』董堂主？」一面思道：「難怪那庵裡暗窨密道的機關，總覺得有些似曾相識，原來是她造的。」

老尼瞪了章逸一眼，道：「你竟知道『賽魯班』的名號？」章逸忙道：「俺是聽方軍師說起方才知道。」老尼對這個新錦衣衛充滿好奇，不經意地問道：「章施主你要單刀赴會？」章逸道：「總要先知道日子及地點。」老尼道：「咱們快從前門入庵，庵裡定有消息。」

果然，他們才剛入庵，就在殿前碰到了蕚梅庵的知客尼，她一見到覺明師太，連忙上前跪倒在地，激動地道：「住持師父，您總算無恙歸來，弟子們急得哭成一團。」老尼問道：「那幾個峨嵋來的惡尼，挾持鄭家娘子，妳們有沒有見到？」那知客尼道：「在大殿擄走鄭家娘子的兩個倒是沒有看到，可那百梅師太和另外兩個師姐，卻到庵裡放了話後才匆匆離去。」

覺明住持問道：「放了什麼話？」那知客尼答道：「百梅師太說，魯大人約錦衣衛的章某，有……有種七月二十五晚上，到城外普天寺決一死戰，帶人助拳的不是好漢。還有……」鄭芫心焦如焚，急忙問道：「還有什麼？」那知客尼道：「只要章某敢一個人來赴約，無論勝敗生死，他們都會放那鄭娘子生還。」

鄭芫鬆了一口氣，章逸卻問道：「他們有沒有提到錦衣衛的沙九齡？」知客尼一臉茫然道：「沙九齡？沒有啊。」鄭芫驚道：「老沙也出事了？」朱泛道：「昨夜老沙遇敵求助，俺和章頭兒趕去，就在小校場附近，卻已經失蹤不見了。」

眾人重新進入大殿，知客尼去準備齋飯，覺明師太肅客坐下，這才有機會細說由來。她先向鄭芫合十謝道：「鄭施主的靈藥確是不凡，這一會已覺所中之毒解了大半，想來再過半日便能全解了。」鄭芫從懷中瓷瓶又倒出三粒「三霜九珍丸」遞給覺明師太，道：「師太覺這藥管用，這幾粒今晚睡前服下，明早就能痊癒了。」

覺明也不客氣，收下放入懷袋中。章逸正要細問，覺明已開口道：「貧尼原是明教的董碧娥，因精於機關土木，在江湖上便有個『賽魯班』的渾號。那朱元璋登基後，對我明教百般打壓，明教弟子在幾次抗爭中死傷累累，我率領的土木堂原有上千名教徒及弟子，數年之內居然被殺得所剩無幾。洪武二十年那次抗暴之戰，我土木堂在成都附近被朝廷大軍圍剿，幾乎全軍覆沒。外傳我董碧娥戰死了，其實我削髮為尼躲到南京來，改建了這座庵堂，建了秘道和地窖，不知躲藏了多少明教教徒，使他們免於被殺戮……」

章逸聽到這裡，納頭便拜道：「不知明教前輩在京師修行，適才言語多所得罪，還乞鑒諒。」

覺明師太道：「貧尼既然隱居於此，十多年來不問世事，做了住持更是只修佛法，對外間俗事不聞不問。唯有昔年駐在成都時，與峨嵋派諸前輩交好，自己削髮為尼後，便與峨嵋派頗有往來。峨嵋派掌門師太去年底突然圓寂，聽說新的掌門人至今尚未產生，這百梅師太也是可能人選之一。她搭信給貧尼說，要來南京弘法，順便避開峨嵋山上的掌門之爭。貧道表示敬佩，請她速來南京。豈料她來此後，就與錦衣衛那姓魯的勾結，要利用蓴梅庵的秘道擄持良民，設陷阱逼章逸決鬥。貧尼不許，那魯烈就對我下毒。貧尼卻發覺，百梅師太的背後另有高人指使……」

鄭芫問道：「什麼高人？」覺明師太雙目圓睜，緩緩地答道：「天竺來的高人！」

【第十五回】大戰天竺

場中十二位當今武林一流的高手，各以絕頂武功拚命；
有天竺的瑜伽神功、少林的達摩神功、明教的各種絕技，
再加上丐幫的獨門杖法，天竺和中土頂尖的武學在這十幾丈見方的廣場上
精銳盡出，各顯神通，實是武林中罕見的盛況。

「鄭家好酒」的店門外貼上了一張告示：「店主返鄉省親近日歇業」，沒有客人上門，正好做為章逸等人的聚會地點。章逸約了鄭芫、朱泛及于安江，商量這一連串發生的事以及下一步該如何應對。

于安江首先開口，他上午率了幾個可靠的錦衣衛弟兄，再到龍騰鏢局及萼梅庵去勘查打探，完全沒有探到任何消息。他憂心地道：「俺另外也派了人化裝成商旅和小販，在普天寺附近探看。奇怪的是，兩日下來沒有任何動靜，只有一個和尚坐在破廟後的佛堂牆外，咱們的人走得近了，和尚便出言阻止，說是不可走近，擾人清修。」

章逸道：「今日在城防會報時見到魯烈，他倒像沒事人一般，和那金寄容見著我都是笑嘻嘻的，俺看這事十分古怪。」

鄭芫擔心娘的安危，坐在桌邊有些心神不寧，輕聲道：「照理說，他們既然約在普天寺和章指揮一對一決勝負，我娘和老沙一定就關在那兩間佛堂裡，但不知對方究竟有多少人？是天竺那幾個高手？天尊和地尊是否也在內？」

朱泛皺著眉頭道：「這事的古怪，在於峨嵋山來的百梅女尼傳話要跟章頭兒挑戰，但一對一挑戰的對手究竟是不是魯烈並未說清楚。俺猜到時一定不是魯烈出面，還是他媽的那批天竺人要找章頭兒的麻煩，以報上次堵殺未遂反折了人馬的仇。」

章逸點頭道：「朱泛說得有理。魯烈雖然瞧咱們不慣，畢竟同是朝廷命官，怎可能公開挑戰，私下決鬥？俺瞧這事是天竺那些人要取俺的性命，魯烈布的局，教峨嵋派的惡尼捉了芫兒的娘，又擄走了沙九齡，步步都在逼我單刀赴會，俺卻連要會誰都不知道，這不是完全挨打麼？」

朱泛道：「要我來猜的話，我想跟章頭兒決戰的是天竺那個大師兄絕垢僧，在背後策劃使壞的魯烈是不會出面的，那百梅尼姑說不準就是天竺埋伏在峨嵋派臥底的人。只有沙九齡的失蹤是誰幹的，我卻想不通。」

鄭芫道：「朱泛說的大有可能，天竺人既能花十多年時間埋伏臥底在少林、武當，那麼派人到峨嵋臥底可說是順理成章的事。不過天竺那班人想要章頭兒的命，最直接的辦法便是由天尊或地尊動手，咱們可沒有人是對手……」朱泛插口道：「我們可以幫忙逃呀。」鄭芫道：「一點不錯，正因為如此，他們才費盡心思逼章頭兒一對一決鬥，所以我猜對手是天尊或地尊。」章逸陷入沉思。

于安江忽然道：「都不對。」朱泛道：「什麼都不對？」于安江慢條斯理地道：「你們的考慮好像有道理，但恐怕都不對。你們兩個小鬼雖然聰明過人，卻有一樁事你們不懂，那便是『民不與官鬥』。除非決心要造反，否則那怕是天竺來的化外之民，還是不願與官家作對……」

章逸聽到這話，腦袋彷彿開了一扇新窗，于安江所說的不但朱泛、鄭芫不懂，便是自己也沒想到，連忙道：「老于，你快往下講！」于安江不慌不忙地道：「章頭兒早上點卯、晚上放衙、吃飯睡覺全在南京城裡，不是在衙門就是在常府街寓所，再不就在秦淮河那個姑娘……」章逸連忙喝止：「欸，那是從前的事了，老于你別胡扯，快講正事。」于安江不為所動，繼續道：「再不，這一陣子就在鄭家好酒廝混。總之，如果天尊、地尊要出手堵殺你章頭兒，恐怕也不是多困難的事吧？就算有朱泛與你作伴，有咱們互傳消息的燄火，難道還真擋得住天尊、地尊和他們門人的聯手麼？」

于安江見大夥兒默然，便又問道：「那麼他們為何不動手？」章逸已聽懂了于安江的話，點頭道：「他們絕不能在京師裡和咱們大規模地開打，要是一批外族人堵殺朝廷命官，事態還得了？會變成京師的城防問題。如果朝廷頒下命令，徐輝祖派一萬大軍將天竺客圍住，五千支強弩對準天尊、地尊，任他們武功蓋世，如何與一萬大軍相抗？老于呀，你這『民不與官鬥』說得太有道理了。」

于安江道：「所以他們拐彎抹角的，要逼你章逸著便服到城外一對一地決鬥，讓你死得像是江湖仇殺，懂了吧？」章逸暗忖道：「于安江是個老官了，凡事總從官家的想法去推測，這回還真是一言驚醒夢中人啊。」

朱泛卻有些不服地道：「就算如此，俺猜對手是他們的大師兄絕垢僧，芫兒猜是天尊、地尊本人，于老為何說都錯了？」于安江道：「若是由俺來使壞的話，只要章頭兒被逼得依言一人單刀赴會，俺才不跟你打什麼一對一的決鬥。」鄭芫道：「你要以多勝少？」于安江點頭道：「俺不等章頭兒到赴約之地，只要他一出城，俺就找個絕佳的地點埋伏幾個高手，一陣圍攻便要了章頭兒的命，誰還真的和你玩一對一決鬥？可笑啊，虧你們兩個還自以為鬼靈精哩！」鄭芫聽得又氣又痛，漲得一臉通紅，卻不得不承認于安江說得有理，心想：「這傢伙壞透了，幸好跟咱們在同一邊。」

朱泛倒是從善如流，立刻同意于安江的話，道：「有理。咱們就馬上去查查從城門到普天寺一路上的形勢，同時也要多找些人埋伏起來，到時看是誰襲擊誰還說不準呢！」鄭芫道：「我去靈谷寺求援。」朱泛道：「嗯，時間也許還夠，俺也要趕快送飛鴿到武昌去求援。」章逸沉吟道：「俺要再跑一趟萼梅庵，請教一下那位昔年明教的土木堂堂主董碧娥。她的土木機關之術名滿江湖，是不是能給咱們的埋伏布置出點主意？」

∞

同此時間，燕京城的白雲觀裡，全真教的完顏道長和明教十大武功的傳人傅翔，正處於突破武學修為的緊要關頭。他們在一間三丈長、兩丈寬的修道房中，日夜不休地鑽研如何進入武學中從來沒有人達到過的境界，已經整整七天了。

這七天中，只有阿茹娜在旁照料他們的飲食起居。其實這一老一少七天來大部分的時間沒有做什麼事，只是在沉思及長考。每隔一段時間，兩人會對坐四掌相交，直到兩人頭上冒出的蒸氣有如祥雲蓋頂，這才四掌分開各自運功，似在消化方才四掌相交時累積的真氣；再隔一陣，兩人便同時躍起飛快地過招。阿茹娜看得似懂非懂，也沒有機會相詢，因為一老一少馬上又盤膝坐下，進入冥思。

阿茹娜雖然沒有武功在身，但是對於全身經絡穴道的行功運氣卻不外行。她隱隱覺得，兩人剛開始時進境極不順，不斷停下來交換意見，也不斷商量改變方式；但是從第四天起似乎漸入佳境，兩人對話愈來愈少，而練功時愈來愈顯自在歡喜。阿茹娜有種預感，似乎突破的時辰快要到了。

果然，在一次長達兩個時辰的四掌相交之後，兩人忽然同時站起身來，完顏道長雙掌緩緩提到胸前，沉聲說了兩個字：「驗收！」傅翔肅然答道：「遵命！」於是開始一招一式對拆起來。

阿茹娜瞧見起先是傅翔搶攻，但奇怪的是似乎沒有一招真正使完，便又換成另一招毫不相連的招式，完顏道長卻立在原地，雙足有如被釘住了，只是不斷地指指點點，傅翔就愈攻愈退。雙方距離愈來愈遠，四掌發出的掌力卻如波濤洶湧般愈來愈強，阿茹娜只好退到牆角，才不致被掌風推倒。又過得片刻，完顏道長開始對傅翔進攻，傅翔一會兒固守，一會兒反攻，漸漸兩人似乎陷入一種半意識的狀態，全神投入卻意態放鬆，不自覺間兩人已使出了好幾套新的運氣出勁之法，以及配合而生的新招式，只是在彼此絕妙的攻防之中一閃而過。他們自己已經感受不出，這每一招每一式的威力，都足以震動武林。

終於兩人漸漸進入完全不受外物影響的狀態，出招拆招已不帶任何意識，攻守雙方都達到一種武學的「涅槃」，彼此出手皆無陳招，因勢而生，施過即滅。忽然之間，兩人同時退出半丈，雙臂緩緩垂下，靜坐了下來。阿茹娜卻感到房中的空氣似如有形之物，仍是洶湧鼓盪，良久方才寂滅。

阿茹娜不懂武學，但看著這一老一少面上那種無為自在的神情，似笑非笑，卻自然喜悅，忍不住拍手叫道：「成功了？」

傅翔肅然道：「晚輩所練《洗髓經》在道長悉心的開導之下，終於把十種不同武學的精與神融為一體了。」完顏道長也是一臉肅容，道：「小兄弟，你這十種變幻莫測的武功，完全即興隨意地攻了我數百招，那『後發先至』中所有的瓶頸全部打通了。今後，世上再無任何武功能對貧道出招時隱藏其弱點，除非……」他停了一下，然後微笑道：「除非他不出招。」

傅翔起身拜道：「恭喜道長，從此天下恐怕再無人能擊敗您了。」完顏道長哈哈笑道：「不敗，不敗，我道家人本當除去求勝之心，『不敗』乃是無價之寶啊！」

他又道：「傅翔呀，那《洗髓經》我老道雖未練過，但和你過了數百招之後，於那經中蘊涵的武學精義大致也有了個譜。聽說練過《洗髓經》的少林高僧，沒有人說這部經是武學心法，你卻能從中習得了融合十種截然不同武學的訣竅，我瞧達摩祖師見了，也要說聲『孺子可教』呢。」

傅翔心知肚明，他之前隨興而跳躍式地修習那明教十種極厲害的武功，意外練成了十種不同的運功或出招之間相互「無礙」的地步，雖然那十種武功都只能練到七八分，已經是武林中百年一見的奇蹟了。此時在完顏道長以極大壓力刻意引導之下，他已從「無礙」進入「融會」，而洗髓的再下一步，傅翔心裡隱約有數，便是「脫胎換骨」了。他暗忖道：「到那時，又是另一個全新的境界。」

白雲觀中，阿茹娜重新打開修道房的大門時，天下武林人還不知道，世上已出了一個不敗的完顏，一個距離前所未有的武學奇境只差一步之遙的傅翔。

∞

這段時間裡，燕京城外也發生了驚天動地的變化。朝廷派出的征虜大將軍耿炳文率十三萬大軍，進駐「平燕布政司」所在地真定尚未到位，燕王朱棣已經命他手下大將張玉、朱能等人，以迅雷不及掩耳的手段取得了通州、遵化、密雲，打敗了居庸關的都指揮使俞填，數日之內就攻破了懷來，懷來城破時宋忠拒降，遭到擒殺。齊泰派宋忠以三萬軍力屯守開平衛，原意是與遵化、永平的部隊互為犄角監視燕京，宋忠敗死後一天工夫，永平也歸降燕王了。

燕王府的議事廳裡，朱棣對著一張黃河南北到遼東的地圖來回踱步，廳中長桌坐著燕世子朱高熾、二公子朱高煦、燕府長史金忠、都指揮僉事朱能和張玉，最前一位正是慶壽寺的住持道衍和尚姚廣孝。

朱棣踱到第六個來回，終於停下身來道：「按照咱們上一次議定的計畫，第一步是要鞏固燕京周圍各兵鎮要地。此番眾將用心，軍士用命，從七月四日舉事以來，不過半個月便已達成目標；從永平、遵化、居庸關、懷來到通州，這一圈包圍燕京的兵鎮全已在我方手中。下一步怎麼打，列位計將安出？」

眾臣眾將熟知朱棣個性，他本人就是個極有謀略又能帶兵打仗的大將之才，方才他對著地圖踱了幾個圈子，其實大計方向已在心中。但他一定要問問大家意見，如果大夥的提議和他心中所想一致，他便不再說出自己的想法，只言依大夥意見行事，皆大歡喜。但若眾人意見十分分歧，他一定讓大家暢所欲言，直到僵持不下時，他便把自己已經想好的計畫說出，當下一言九鼎，拍案立決，實是做領袖的好材料。

這一回眾人的看法倒相當一致，皆認為朝廷派耿炳文率大軍進駐真定，真定在滹沱河以南，此刻燕軍應集中兵力主動出擊，先南攻雄縣、鄚州，進逼滹沱河北岸的河間。待耿炳文大軍一到真定，趁其大軍渡河之際，就打他一個措手不及。換言之，不待耿軍來犯燕京，燕軍先佔住滹沱河北岸，對北上的朝廷軍迎頭痛擊。

果然，朱棣聽了連連點頭稱善，不再發表己見，眾將知道此案已定，暗自歡喜。道衍和尚卻在這時發言道：「善戰者不可不知敵軍主將。此次率大軍北來的主帥耿炳文，殿下以為如何？」

朱棣道：「耿帥成名甚早，曾在隨太祖大戰張士誠時死守長興十年，擊退張士誠來犯幾十次之多，太祖遂封了他一個長興侯。之後太祖北伐，攻城掠地數萬里，沒見到他立了多少功勞，而且年紀也大了。建文挑他率大軍來攻咱們，俺瞧是找個會守城的來攻城，豈不可笑？我瞧南京是沒有能人了。」

道衍和尚道：「不錯，殿下知兵故知將。耿帥雖是太祖遺下的老將，但不足畏，他手下帶來的部將，楊松、潘忠、徐凱、李空等亦平常耳，唯有一人殿下須得特別小心。」

朱棣知道這個道衍和尚每天除了燒香唸經之外，對京師的政情人事用心極深，他此時在眾將面前特別提到敵方一人，必有深意，便朗聲問道：「咱們須得特別小心何人？」道衍也朗聲回答：「此人姓顧名成，乃南方不可多得之人才。」朱棣點頭道：「顧成也來了？和尚說得不錯，顧成曾任南京左軍都督府的都督，乃是穎國公傅友德南征時麾下的大將。俺見過他，俺那小舅子徐增壽也告訴過俺，這顧成有些本事，咱們多小心此人。今日就議到此吧！」

眾將應諾，魚貫出廳，道衍和尚一人留了下來，他望著朱棣的臉色轉為陰沉，對著那張兵力布置的地圖發呆。道衍見廳中只剩彼此，便低聲問道：「王爺在愁什麼？」朱棣搖了搖頭沒有答話。道衍走到朱棣身後，也盯著那幅地圖瞧了許久，忽然冒出一句：「兵不夠。」

朱棣聽到這三個字，立時轉過身來，瞪大了雙眼道：「不錯，兵力不夠。和尚你說說看怎麼辦？」道衍閉上一雙三角眼，思考了一會，雙眼睜開時精光四射，伸手指著地圖上右上角一個標了紅色旗的地方，道：「王爺，你的兵馬在此地！」朱棣隨他手指處看去，正是位於遼河上游的「大寧」。

朱棣抬眼問道：「找朱權聯手？」道衍道：「寧王豈會跟王爺聯手？誰正誰副？」朱棣道：「問朱權借兵？」道衍道：「寧王借兵給王爺，也就是參與了造反，要造反他幹麼不自己幹？」朱棣看著道衍和尚的手指從地圖上的「大寧」再往北移，嘴角露出一絲神秘的微笑。朱棣心中狂跳，忍不住叫出聲來：「朵顏三衛！俺若得到朵顏三衛騎兵三千，便能出軍南下。」

道衍嘴角的笑意更濃，低聲道：「王爺，您不是早就在打朵顏三衛的主意了嗎？」朱棣一怔，道衍續道：「泰寧衛的千夫長和百夫長不是來過王府了嗎？」朱棣苦笑搖頭道：「凡事都瞞不過和尚。可是那泰寧衛受了俺的重禮，卻沒有答應俺的要求。」道衍道：「朵顏三衛不是不答應，而是不敢答應，除非寧王同意他們借兵。」

朱棣點頭道：「不錯，但問題就回到原點了，朱權豈會同意？」道衍壓低嗓子道：「王爺，咱們先擒住寧王，不由他不同意。」朱棣吃了一驚，他素知這個和尚野心十分大，可說膽大包天，此刻燕京正面臨應付南來大軍之際，他居然獻策要去大寧擒寧王，實在不可思議。

朱棣瞪著道衍的臉仔細瞅了一會，低聲道：「和尚，你人還好吧？」道衍道：「回王爺，貧僧好得很。」朱棣道：「沒有發燒？」道衍笑著搖了搖頭，然後從大袖中掏出一疊卷宗來，展開頭一頁，上面是道衍親筆寫的「平寧計畫」四個大字。

這時是建文元年七月二十五。

∞

南京的七月二十五是個難得的涼爽天，午後一陣風颳了兩個時辰，城裡的暑氣就消了幾分，城門外的林子裡更少了幾分濕悶之氣，令人呼吸之間都覺得舒暢。天色漸黑，通往普天殘寺的小路上出現一條人影，這人穿著一襲青衫，頭上繫條白色方巾，肩上掛著一隻揹袋，邁著瀟灑的步子一路走來，正是章逸。

章逸果然換了一身便服前往普天寺赴約。對方掌握了鄭娘子，沙九齡也多半落在他們手中，而自己此去究竟要跟何人一對一地決鬥，仍然被蒙在鼓中。照說他應該滿懷憂慮，但這個秦淮河有名的浪子一點也看不出緊張之色，大大方方地走在小路中央，不徐也不疾。

這條路兩旁都是小山坡和濃密的林子，平時行人就不多，這時正是家家戶戶用晚飯的時候，一條彎彎曲曲的長路上就只章逸一個人踽踽獨行。他狀似悠閒地走過一個陡彎，忽然閃入了林子裡，小路兩端立時空空蕩蕩，章逸竟然就消失了。這時小路另一頭的林子裡響起了一聲類似鶴鳴的哨聲，接著就歸於沉寂。

天色漸漸全黑，星月無光，林子深處幾乎是伸手不見五指。章逸爬在草地上，一分一分地移開一塊大石頭，然後猛吸一口真氣，整個身子變得柔軟無比，竟然一寸寸地從石下一個一尺見方的小洞「擠」入地下。這個浪子還真沉得住氣，鑽入地洞後居然又伸手到洞外，一分一分將那塊大石頭慢慢歸回原位。

章逸點亮了火摺子，用手掌及身子擋住，以免火光從入口細隙處外洩，而藉著火光一閃之際，已看清了這狹小地洞裡的狀況：一條僅容一人匍匐爬行的地道通向前方，腳下有一柄打造得十分精巧的小鏟。他點了點頭，忖道：「嗯，一切正如咱們土木堂堂主的設計。」便毫不猶疑地爬入地道。

覺明師太告訴他，五天四夜挖通的地道十分粗陋，有的地方還會有些崩塌，這時章逸手上的小鏟就可派上用場；每爬行一段距離，便有一根打通了節頭的粗竹垂直通到地面，章逸可對著那些竹管多吸幾口新鮮空氣。

彎路的兩邊林子中，隨著那鶴唳般的哨聲再次飄起，忽然從不同暗處冒出了六個人，他們其中一人又發出一聲哨音，其他五人立刻配合此人，在黑暗中展開圍捕的陣勢，準備深入林中搜索，卻見密林中一片寂靜，完全不見人影。

搜尋了半個時辰，竟然一無所獲，而這段時間裡，彎道上經過三起行人，一個樵夫挑了一擔柴，兩個軍士匆匆走回城裡，還有一個小販架著一輛馬車向南走，車上堆滿了貨，那匹瘦馬跑得極是吃力，那小販還不時用根鞭子抽打牠。

忽地那如鶴唳般的哨聲又起，黑暗中幾條人影飛快地朝那發聲之處奔去，只見在一片密林中央，一個乾瘦的矮子對疾行而至的一個和尚道：「大師兄，這塊大石放在這裡有些古怪，你瞧！」這時大石已被他移開，下方赫然是個一尺見方的洞口。

絕垢僧怒哼了一聲，道：「地道？」他轉頭對陸續而來的其他幾人道：「快回普天寺，章逸從地道繞過了咱們！」那矮瘦的辛拉吉施出瑜伽之術，縮身擠進了那一尺見方的小洞，接著對洞口大叫：「不錯，真是地道！」天竺諸高手心中都有個又驚又懼的疑問，但沒有人說出來。絕垢僧心中也是駭然，暗道：「短短四五天工夫，這章逸怎可能挖出一條地道來？這地道莫非通到了佛堂的地下？」不禁感到一陣心寒。

其實這條地道不長，只堪堪繞過了一片密林；那設計者的厲害，正在於猜定天竺高手會在此地埋伏，便從地底繞過他們。章逸神不知鬼不覺地匍匐爬行出了地道，全身汗水濕透，衣服及臉上都是黃泥，但他呼吸了幾口新鮮空氣後，立刻起身施展輕功，全力奔向普天寺。

普天寺的兩間佛堂座落在全寺的最內院，堂後三面環坡，坡上全是茂林脩竹，與前面幾進的寺殿之間有一道石牆隔開。寺廟的大殿皆毀，平日就沒有香客信徒來此，此時更是一片寂靜，便那牆後的兩間佛堂也是鴉雀無聲，只有左邊那一間透出極為微弱的亮光。

章逸壓低身形，如一隻燕子般掠過佛堂前的廣場，貼身在左邊佛堂的門前停下，舉拳便在門板重重敲了三下，粗著喉嚨叫道：「開門，開門，錦衣衛要辦案！」

室內燭火陡然滅了，門開處一個黑衣人低聲喝道：「什麼人在此喧鬧，擾人清修……」

他咦了一聲，原來門外空蕩蕩地了無一人。正要退身關門，忽然頭頂上一股大力如閃電般直襲他的前頂「神庭」穴，他剛感到氣動之際，巨大的力道已在半尺之內。他自忖絕無閃躲或反擊的可能，只能全力低頭前仆，想要避開頭頂受擊，卻被來襲之人一指點中腦下「大椎」穴，立刻昏倒在地上。

偷襲之人正是錦衣衛章逸，他擂門後就倒捲撐立在門楣凸出的兩個插燈座台上，離那開門人的頭頂不足兩尺。如此近距離之下施出全力偷襲，世上恐怕再也無人能全身而退。被一指點倒在地的，正是點蒼派新上任的掌門人丘全。他乍聞錦衣衛來辦案，不禁一頭霧水，大師兄絕垢僧命他留守佛堂的各種交代中絕無此一狀況。他自恃武功了得，也不畏懼，待一開門見門外空無一人，心知有異已是不及。點蒼「迴風舞柳」的輕功身法雖然名滿天下，在這禍起半尺之內的情況下，可說完全無法迴避，當場就被點倒在地。章逸將他一腳掃入堂內，順手將門關上。

黑夜中的這一幕無人看見，如果武林中人知曉了，恐也無人敢相信點蒼派掌門人竟被人一招就撂倒。章逸也不知自己點倒的是何許人，只覺那人閃躲時快得出奇，卻不像是天竺身法。他知時間有限，毫不遲疑地閃身入室，佛堂內一片漆黑，卻隱隱有微弱的呼息聲。

他從袋中掏出一個布包，一只火摺，接著左手一抖，火摺子迎風而燃。他將火摺子拋在空中，從微弱的火光中，已瞥見左邊靠牆處坐著兩人，依稀可辨是一男一女，兩人端坐不動，似乎被點了穴道；而右邊另有一人，藉自己亮出火摺子身形曝光之際，正揮掌向自己胸前擊來。

章逸心知必須儘快擊倒對手，但從來襲的掌風已感覺到對方功力極為深厚，於是一面施出明教右護法的「迷蹤快步」閃開來襲掌力，一面右掌猛揮而出，乃是明教左護法的「潛龍掌法」，只不過隨著右掌擊出，掌中一個布包也直射對手頭頂。

黑暗中那人一掌將白布包打落，卻忽然聞到一股異香，那人怒叱道：「迷魂香……你……下作……」迎面已然吸入了一大口，立時踉踉數步倒退到牆邊，努力支撐了一會，終於倒下。落在地板上的火摺子仍未熄滅。

章逸早已屏住呼息，此時將窗戶打開，拾起地上的火摺子略一照亮，只見牆角的一男正是失蹤的沙九齡，一女正是他念茲在茲的愛人鄭娘子，另一面牆下被迷暈的那人，竟然是峨嵋山的百梅師太。章逸帶著冷笑，喃喃自語：「說我下作？章逸要活命的時候，從來不管什麼是下作還是上作。」

他蹲下身來，替沙九齡和鄭娘子解了穴道。沙九齡哎了一聲，道：「章頭兒，虧你來救俺，你把丘全收拾了？」章逸奇道：「丘全？」沙九齡道：「點蒼派新任的掌門人……」章逸心中雪亮，已經瞭然，暗忖：「原來天竺臥底點蒼派的竟是他媽的掌門人，絕了。」他伸手握著鄭娘子的手，鄭娘子只輕叫了一聲：「章逸……」便說不下去了。

章逸知道時間緊迫，飛快地點了昏迷在地的百梅師太穴道，對沙九齡道：「老沙撐著點，那個丘全倒在門口也不能動了。」他將腰間短劍交給沙九齡道：「只怕那幾個天竺高手轉眼就要到……」話未說完，已聽得堂外有了動靜。他深深望了鄭娘子一眼，輕聲道：「娘子妳放心，俺沒事的。」他暗中對自己說：「該是硬碰硬的時候了，就不知天尊和地尊是否會出手？」

他大步走出佛堂，只見堂前廣場上已站定了六個人，其中五個天竺客，另一個漢裝的和尚卻沒見過，不過他略一轉念，已知必是曾經臥底在少林寺的和尚。他跨出一步，冷冷地道：「見過諸位天竺朋友，這一位青年高僧想必來自少林寺吧？在下章逸，依約便服單刀赴會，哈，此刻連單刀也沒有帶在身上，應該說是便服空手赴會。各位好像……不像是要和章某一對一決鬥的陣仗啊？」

對方當前一人也冷冷地道：「在下天竺絕垢僧，今晚本來想在路旁林子裡迎接大駕，以免驚了師尊們清修，不料你竟像老鼠一般鑽地洞躲過了咱們，先來到此地，好本事，好本事。」

章逸以一對六，竟然絲毫沒有懼意，他滿不在乎地道：「原來是天竺來的『大師兄』，俺久聞你的大名，只是沒有機緣和你會會，倒是你派來暗殺小弟的『小師弟』們，俺已領教過了。怎麼樣？今夜就由大師兄來一對一給俺賜教如何？」

絕垢僧絕不受激，哈哈一笑道：「章逸，你膽敢單身赴會，真是好勇氣。你既來了，便不要想活著回去了，咱們是死約會，談什麼一對一？」他當面違信，似乎誠信兩字對他全無意義，而且還大言不慚，理直氣壯。章逸暗忖：「這一點倒是遠勝中土的武林敗類們，中土的敗類明明背信出賣，表面上還要裝得有情有義。」

其實絕垢僧心中還有一個疑慮，方才在黑暗中見章逸似乎是從佛堂走出，不知此刻佛堂內的情況如何？待要出聲相問，卻又顯得示弱，此時以六對一圍殺章逸的形勢已成，且先做掉章逸再作處理。

絕垢僧揮了揮左手，六個一流高手各佔合圍位置，眼看就要動手，忽見章逸也是一揮左手，卻見一道青色火燄直沖上天，「碰」的一聲在空中爆開，化為幾十條光燄有如流星。

六人一怔，只見青色燄光才隱，左邊天空沖上一道黃色的火燄，「碰」的一聲爆開，接著左邊山坡上出現了三條人影。那黃色燄火爆開的流光閃過，照著三人面孔，中間一個少年錦衣衛正是鄭芫，左右一邊一個老僧，正是鄭芫到靈谷寺搬來的救兵——潔庵禪師及天慈禪師。

緊接著右邊天空又是「碰」的一聲，滿天紫燄流光中，右邊的山坡上也站出了兩個人。其中一個少年錦衣衛正是朱泛，朱泛身旁立著一個高大的老婦人，手中持著一根細長的手杖。

這五人從山坡上直奔而下，當真是疾若奔馬，才一站定，章逸便哈哈大笑道：「俺章逸一人單身赴會，有心和你們天竺朋友一對一的幹一場，但在場諸位向來無信無義，咱們也不能不預做些準備吧？大師兄您說是不是？」

絕垢僧對章逸暗中埋伏了幫手的事倒並不驚訝，亦不覺惱火，這五人除了鄭芫、朱泛和天慈禪師曾在少林寺和天竺諸人交過手，另外兩人絕垢僧都不識得。燄火熄滅後又是一片漆黑，他朗聲道：「歡迎，歡迎，咱們最喜熱鬧。不知左邊那位和尚及右邊的老婆子怎麼個稱呼？」他身後的和尚楊冰道：「大師兄，那位法師是泉州開元寺的住持潔庵法師。」絕垢僧道：「潔庵？沒聽過。」

潔庵法師朗聲道：「沒聽過潔庵，那麼正映法師聽過嗎？」絕垢僧聽到「正映法師」倒吃了一驚，哼了一聲道：「又是少林的餘孽。那個老太婆又是誰？」黑暗中傳出朱泛的聲音：「好教各位天竺來的老兄們增些見識，這個老太太便是丐幫的錢幫主！」

這時一彎下弦月從烏雲中露出清輝，雖然是仄半之月，但此地四周幾無燈火，月光雖弱仍然照得清楚。微光下只見那錢幫主銀髮如絲，一根細鋼杖握在手中似有無比威嚴。天竺高手入侵中土，在少林寺一戰見識到丐幫的厲害，此時萬料不到丐幫幫主親臨，而且還是個老太太，都是又驚又疑，一時說不出話來。

錢幫主拱手道：「老身丐幫錢靜，咱們雖沒見過，但身邊這個紅孩兒及敝幫左右護法倒是與各位多次領教了。諸位千里迢迢從天竺來到中土，各種德行老身也聽了不少，原以為尊師們只是為了取得中土武林各派的武功秘笈而來，卻不明白何以又和官府錦衣衛攪和在一起？諸位要取各大門派秘笈，原也不關咱丐幫的事，只不知何以要殺我丐幫弟子，強奪我丐幫的先輩遺物？」

丐幫幫主錢靜極少在武林中現身，是以多年來丐幫威名最盛的便是幾個護法長老及堂主，正因錢靜幫主是個女流之輩，更增了她的神秘色彩。這時她突然長篇大論地興師問罪，連章逸也吃了一驚，暗道：「看來這位婆婆火大了。」

絕垢僧也沒料到這老太婆一上來便義正辭嚴地連訴帶說，倒有些不知如何招架。他左邊的師弟辛拉吉接口道：「老乞婆，你丐幫屢次壞我大事，今日叫花頭兒自投羅網，正好一起做個了斷。」

章逸正要開口，沒想到錢幫主立刻厲聲回道：「說得好，你等暗結官府，咱這紅孩兒也做了錦衣衛，這就算扯平吧。眼下這麼一大堆人擠到一塊兒，還怎麼談一對一的決鬥？我瞧你等六人，咱這邊也六人，便來個捉對兒廝殺，也算得是打群架的一對一決鬥吧？我老太婆便挑你這大師兄，咱們不死不散，開打了誰落跑便是王八蛋……喂，天竺話王八蛋怎麼說？」她轉頭問朱泛。朱泛道：「孩兒不知道。」卻用手比了一個烏龜的手勢。

錢幫主這番話十足江湖豪客的口氣，只是出自一位老太太之口，全場除了朱泛外都大吃一驚。鄭芫暗道：「原來朱泛的乾娘悍起來是這般模樣。」章逸卻暗道：「錢幫主要挑戰絕垢僧，搶了俺的對手，這倒是跟咱們原先的計畫不同……」他正要開口提醒大夥兒照原定計畫行事，錢靜已一揚手中鋼杖直指絕垢僧，同時口中叱道：「天竺來的大師兄，你有種接招麼？」極盡挑釁之能事。

絕垢僧一口怒氣塞在胸中，這一輩子沒見過如此凶悍的老太婆，一時竟氣得說不出話來，過了一會才大喝道：「妳要挑我？好啊，就依妳，誰落跑誰是王八蛋！」雙掌一錯，手中已多了一把烏光閃閃的軟劍，對準錢幫主一劍刺出。

鄭芫、朱泛及天慈禪師都有與天竺高手過招的經驗，但從來沒見過絕垢僧這把軟劍。章逸卻識得這種軟劍，大聲提醒道：「小心！緬鋼軟劍，削鐵如泥……」

說時遲那時快，錢靜揮起細細的鋼杖一迎而上，兩件泛烏光的兵器一碰之下，濺出一串火星。錢幫主笑道：「感謝提醒，老身這根討米杖也是緬鋼所造呢！」她話聲才了，立刻展開強攻，手中鋼杖急刺而出，杖頭發出嘶嘶破空之聲，招招都是生死相拚的險招，竟似想要立時將對手斃於杖下。絕垢僧運功於那把削鐵如泥的緬鋼軟劍之上，居然沒能將對方的細杖砍斷，卻引來對手一連幾招你死我活的進擊，實在大大出乎他的想像，一時之間竟然連退五步，顯得有些招架不住。

這一下不僅天竺諸人嚇了一跳，便是章逸、鄭芫也吃了一驚。潔庵和天慈雖然多年前曾見過錢靜以一人擊敗三個遼東高手，但和眼前所見仍有很大的落差，兩人都在心中暗忖：「想不到這老太太的功力竟到了如此境地！當年見她獨戰那遼東三高手，雖然厲害，顯然並未施出全力。」

這其中唯一不感意外的是朱泛，只見他樂乎乎地望著乾娘大顯威風。一時之間，在場其他人竟都無人動手，全盯著錢靜和絕垢僧惡鬥。

絕垢僧是天尊的大弟子，一身天竺神功已得乃師真傳，豈是易與之輩？只是絕沒想到一上來單挑自己的竟是一個老太婆，等到一招交手，緬鋼寶劍竟被對方緬鋼細杖擋住，這才感到這老太婆內力極強，不由收起輕敵之心。接著對方發起一輪狠攻，就像和自己有不共戴天之仇一般，他不得不連退幾步，避開錢幫主的凌厲攻勢。待得十招一過，絕垢僧便開始反攻。

只見他手中緬鋼軟劍揮動，劍氣陡然暴長，招式及運氣與中土劍法迥異，錢靜立即感受到對手強勁的內力透過鋒利的緬劍直透自己杖圈，而且一招比一招沉重，勢難與之硬拚。她於是杖法一變，使出一套變化繁複而陰柔的杖法，從威猛無比的狠勁，轉手之間變成無限柔軟的小巧，貼著對手的劍招轉動。三招過後，竟似人杖合一，黏上絕垢僧的緬劍隨他轉動。絕垢僧只覺砍之不可及，揮之不肯去，杖上的柔勁如陰魂不散，牢牢纏住自己的劍招，隨時隨地俟隙即入，不禁大為驚駭，不知這老太婆使的是什麼功夫。

錢靜此刻使出的，乃是丐幫鎮幫之寶「蓮花杖法」九套心法中的第三套，名為「藕斷絲連」，是一個「纏」字訣。看似小招小式，全無大開大闔之氣，其實運勁的細緻巧妙之處，天下杖法無出其右者。通常十數招過後，對手就被完全「黏」住，絕難脫身，出招變得愈來愈滯重，有如黏上龐然重物，愈動愈是拖泥帶水；一旦因此出現空隙，便被陰狠之力一湧而入，萬難抵擋。是以任何對手只要一被纏上，便不由自主地愈打愈不順手，出招也會愈來愈小心翼翼，什麼對敵氣勢也都不見了。凡和丐幫這一套杖法交過手的，都說這是叫花子「死纏爛打」功夫的登峰造極之作。

絕垢僧一面出招，一面焦急地暗思：「這是什麼功夫？怎麼那麼黏？我要怎麼擺脫老太婆的糾纏，才能逼她對上我的『御氣神針』？」黑暗中絕垢僧終於使出天竺瑜伽神功中最厲害的功夫「地火指」，一面揮緬鋼軟劍橫削錢靜，一面開聲吐氣，左手食指中指合指發功，一股強大的指力帶著熾熱的氣流疾射向錢靜顏面。

錢靜的鋼杖正以全力黏往絕垢僧的緬鋼軟劍，臉上陡然被一股不可擋的指力襲到，逼得閃身撤招，蓮花杖法中的「藕斷絲連」為之一滯，只好立即轉為威猛的內力揮出。便在此時，絕垢僧從指上發出「御氣神針」，同時大喝一聲：「進攻！」

錢靜曾聽朱泛告知，天竺的神針內力只可避而不可硬拚，於是她的杖法再一變，從「黏」字訣轉為「走」字訣，剎時滿天杖影，不出「敵來我走，敵去我進」八個字。絕垢僧使出這「御氣神針」，連續數招後便須停施一下，錢靜的杖法就自然而然變成連退數招後再以殺手突出，側擊絕垢僧。一時之間，漫天劍光杖影，竟無一招相交，直如兩人各自以最上乘的劍法及杖法相對演練一般，其實劍光杖影中暗藏著極端凶險的殺機。

其餘五個天竺高手聽到絕垢僧一聲進攻令下，立刻各自找著一個對手展開攻擊。章逸朗聲喝道：「屋裡的敵人全料理了，沙九齡和鄭娘子安然無恙，咱們沒有顧忌，全力廝殺吧！」

鄭芫、朱泛等人一聽此言精神大振，各自展開十成功力，捉對與天竺客動上了手。天竺諸人在來路的林子裡沒能堵住章逸，又見對方忽然冒出五個一等一的高手，心知設伏殺章逸的計畫已然失敗，此刻倒像是被對方設伏了，眾人都覺十分惱火，一肚子怨氣全部發洩在此番廝殺之中，不約而同地痛下殺手。

場中十二位當今武林一流的高手，各以絕頂武功拚命；有天竺的瑜伽神功、少林的達摩神功、明教的各種絕技，再加上丐幫的獨門杖法，天竺和中土頂尖的武學在這十幾丈見方的廣場上精銳盡出，各顯神通，實是武林中罕見的盛況。

就在這時，沒有人注意到右邊佛堂的門已被打開，天尊和地尊一聲不響地走了出來。這兩大天竺武林泰斗閉門修練了數月，此時悄悄地出關了。兩人默默環目看了一圈，接著對望了一眼，雙雙飛躍而起，在黑夜中無聲無息宛如兩隻巨鶴升空，足足上升五丈多高，然後盤旋而落，大袖飄揚有如神仙下凡，姿態極盡優美高雅。

潔庵法師正好面對此一方向，是以第一個見到，他大聲叫道：「天尊、地尊！」說時遲那時快，天尊地尊已經在廣場中央落了下來。天尊順勢盪向絕垢僧及錢幫主的頂上，低喝了一聲：「住手！」大袖揮舞下，絕垢僧被逼退五步，錢靜的鋼杖被捲得險些脫手，緊接著一股巨大無比的推力壓在自已胸前，連呼吸都感到困難，只得後躍。錢靜竟在一招之內被逼退一丈，總算手中鋼杖保住了，沒有脫手飛出，但她已驚駭得說不出話來。

那地尊卻飄向天慈法師及辛拉吉的頂上，同樣喝了一聲：「住手！」雙足在空中一盪，天慈和辛拉吉被迫向後一仰，地尊已落在兩人中間，雙掌輕向左右同時推出。辛拉吉只覺一股力道迫使自己連退五步；天慈卻感到那一掌飄忽不定，雖不是那陰狠的神針內力，但自己無論如何出招都將被封住，急切之間雙掌齊出，將達摩神功提到十成，正面迎向地尊那一掌。掌風相接之下，天慈驚呼一聲，他的少林神掌突然之間落了空，接著一股浩大的力道又從胸腹之間推來，自己竟不由自主被推得倒退一丈之遠。定眼看時，原來正是地尊一掌一袖之力所致。

天慈等人曾在少林寺見識過天尊地尊的絕頂武功，當時除了完顏道長可與他倆周旋外，少林群僧及明教、丐幫諸高手無一能與此二人匹敵。此時天尊地尊的功力與那時相較，似乎又有顯著的增進，難道是閉關修練數月後又有突破，已達超凡入聖的境界？

天尊見眾人皆停了手，便淡淡地道：「我說，地尊與我正在天人交會之際，竟然感應到各色各樣的氣息在此間縱橫飛揚。咱倆只差半步之遙便要修成正果，卻不能給堂外那幾道亂七八糟的氣息給毀掉了，便只好收功停修。出門一看，原來是你們十二人的真氣在這方圓之內活蹦亂跳，怪不得地尊和我用無上定力竟也壓捺不住，只好放棄一究天人之機，爾等該當何罪？」他說得嚴重，語氣卻溫和，心情似乎甚是平靜。

絕垢僧惶然躬身道：「弟子等原來是要在數里外的地方處決這……這章逸，卻不料這廝從地底下爬到這裡，又在此處埋伏了好些幫手。緊要關頭擾亂師尊清修，弟子罪該萬死。」

天尊還沒回答，地尊已問道：「章逸好本事啊，你從地底爬到這裡來，是要尋咱們倆麼？」章逸冷笑道：「章某來此之前，並不知道兩位尊者在此佛堂閉關苦修，所以也說不上什麼打擾清修。倒是章某的朋友被令徒擒了當人質，關在隔壁的佛堂裡，章某就不能不來了。」

天尊啊了一聲，道：「什麼朋友？」章逸道：「錦衣衛的沙九齡和鄭家好酒的老闆娘。那鄭娘子完全不懂武功，竟被你天竺埋伏在峨嵋派臥底的百梅尼擒住了關在此處，是不是有點敗壞天尊地尊武功天下第一的威名呢？」

天尊聽了這番話，心中反倒暗喜，忖道：「百梅尼既來，峨嵋的秘笈必已到手。」臉上卻是一沉，向絕垢僧問道：「什麼鄭娘子？亂七八糟。你們真拿不懂武功的人當人質？」絕垢僧熟知師父的個性，只要能把面子圓過去便行，當下道：「那鄭娘子到庵裡燒香，百梅師太請她來佛堂，原是要好好為她開示講經，講完了便要送她回去……」天尊重重哼了一聲，道：「不成體統。」

鄭芫忍不住大聲叫道：「不要假惺惺了，你們天尊地尊武功天下第一，卻聯手在少室山偷襲傅翔，難道就成體統麼？師父徒兒原是一丘之貉！」天尊聽了倒也不發怒，只哼了一聲，對絕垢僧道：「快把人放了。」

章逸冷冷地道：「不勞貴徒，章某已經將人質救了。」對著佛堂招呼道：「老沙，你和鄭娘子出來吧。」只見開門處，沙九齡扶著鄭娘子走了出來。鄭芫大叫：「娘，我在這裡。」章逸一揮手，朱泛和鄭芫便把鄭娘子接過，一左一右護著。

天尊揮手道：「爾等都走吧，莫要再來擾我閉關清修。」忽地轉向錢靜道：「這位婆婆好功夫啊，敢問……」錢靜適才和天尊過了一招，心中的驚駭和欽佩到此刻仍蕩漾不已。她暗思，咱丐幫兩位護法眼高於頂，但自從少林寺一戰後，把這天尊地尊兩人形容得有如天人，今日一見果然不得了。這時聽天尊問到自己，便將手中鋼杖在地上一頓，答道：「聽朋友告訴老身，天尊地尊武功蓋世。今日一會，果然名不虛傳。」

天尊咦了一聲，道：「妳從何人處聽得我倆的武功？」錢靜道：「敝幫左右護法曾與兩位尊者在少林寺有一面之緣。」天尊道：「敢問……」錢靜微笑答道：「老身錢靜，忝為丐幫幫主。」天尊盯著她瞧了一會，低聲說了兩個字：「難怪。」轉向眾弟子道：「回佛堂，為師有話要說。」又對章逸道：「請便。」便轉身進入佛堂。

章逸等人正待離去，那一言不發的地尊忽然朗聲道：「躲在山坡樹林裡的兩百名好漢也請便吧！」天竺諸弟子聽得嚇了一跳，不知意所何指。章逸更是驚駭，暗道：「這地尊如何知道？難道他有通天的耳力，竟是聽出來的？」章逸這隨便一猜，卻還猜對了，地尊真的練就了天竺的「通天聽音大法」。

原來山坡上隱秘的樹林及土石後，此刻靜悄悄地埋伏了二百五十名神箭手，個個都是連環強弩在手，只待一聲令下，便可將坡下佛堂射平。這是章逸請梅殷駙馬託徐輝祖從京師各營徵調出的強弩射手。按照章逸的計畫，如果天地兩尊者動上了手，己方招架不住時，便以暗號令己方各人閃避，二百五十支強弩立時瞄準天竺客，連環射出二千五百支利箭，天竺客能倖免的恐怕無幾。這是從于安江一句「民不與官鬥」想出的計策，當然最好是備而不用。

方才眾人全神貫注於拚殺，接著天尊出來說話，只有地尊默默施展了天竺神功的「通天聽音大法」，便聽出坡上林中隱伏著眾多呼息之聲，而且全非武林人士，估計當在二百人以上。而實際確是二百五十人之數，地尊這等聽音功夫，簡直神奇。

章逸對著山坡朗聲道：「錦衣衛感謝天弓弟兄們支援，咱們回營再謝。」山坡後仍然一聲不響，忽然一道破空之聲，一支利箭射向天空，箭頭上有個火頭，那箭力道極強，在空中劃過一道弧線後落入黑暗中，這是神箭部隊班師歸營的訊號。只聽到山坡上一陣唏唏嗦嗦的聲音，二百五十名弓弩好手整隊離去，端的是好訓練。

眾人正抬頭看著那支火箭消失，卻見城中忽地升起三道白色燄火，估測方位，應是皇城的上空。章逸喝道：「不好，是于安江的緊急信號，皇城出事了。」他向天慈及潔庵兩位大師一揖到地，道：「鄭家娘子拜託兩位大師了。」然後轉身道：「老沙、朱泛、芫兒，咱們快走，皇城前集合！」

∞

章逸率領朱泛、鄭芫及沙九齡加速回城，四人的功力在一陣疾奔中漸漸分出高下。沙九齡雖有聞名天下的點蒼「迴風舞柳」輕功絕技在身，但畢竟內力遜於其他三人，奔了一程便漸漸落後，他一面奮力加速，一面叫道：「章頭兒，你們快走，老于那邊事急，千萬不要等俺。」

朱泛對章逸使了個眼色，便放慢腳步，與沙九齡並肩而行。章逸知他有義氣，要陪老沙一程，便也不客氣，低聲對鄭芫道：「芫兒，咱們快走。」兩人施出十成功力，立時遠遠超前，宛如兩隻疾馳的羚羊輕巧地奔過大地，立刻便消失在山路的盡頭。

章逸和鄭芫在皇城的護城河邊遇上了于安江，章逸急問道：「老于，出了啥事？」于安江方才火燄訊號發得緊急，此刻見了面卻挺沉著，只見他不慌不忙地回道：「有兩個蒙面人從後宮方向夜襲皇宮，值班的侍衛有兩個被點了重穴，其中一個是錦衣衛。皇上倒沒有受到驚擾，只是後宮裡的嬪妃宮女們嚇得又哭又叫，當真是雞飛狗跳……」章逸道：「蒙面人呢？」于安江道：「俺沒見著，馬札帶弟兄們追下去，卻在皇城城牆外被那兩個人擺脫，竄入了民房中，他們在巷弄裡忽隱忽現，追到城中心便不見了。」

章逸問道：「馬札他人現在何處？」于安江答道：「馬札已回報。據他描述，那兩個蒙面人身材瘦小，身法奇快，他全力追趕竟沒能追上。實不知是何方神聖，來到皇宮裡鬧一場，卻沒做什麼便匆匆離去，不知用意為何？」他說到這裡停了一下，接著道：「俺倒覺得，那蒙面人在你們四人全都離城之際忽然偷襲皇宮，說不準是衝著咱們來的。」

鄭芫道：「咱們怕什麼？沙老哥和我娘都救出來了，咱們還怕啥？」章逸搖頭道：「咱們當然怕。他們的目的是要突顯皇宮出了事，咱們四人卻全在城外不知搞什麼，棄最重要的職責不顧，該當何罪？」

于安江道：「所以我也懷疑，這是魯烈他們搞的把戲。你瞧，皇宮出了事，新進的錦衣衛怠忽職守，屁用也沒有，還是老錦衣衛馬札管用，單槍匹馬便將敵人趕出皇城……」他抬眼看到沙九齡和朱泛也已趕到，便對章逸道：「咱們到齊了，章頭兒分派一下吧。」

章逸道：「老于的猜測大有可能，只有魯烈知道咱們去普天寺的確切時間，那兩個蒙面人不早不晚，就在這時候來鬧皇宮？咱們且先不管這些，朱泛和老沙從東牆往北搜，俺和老于從西牆往北搜，鄭芫到後宮御花園去安撫那些宮女嬪妃，咱們在玄武門會面。記住，一路敲鑼打鼓地搜查過去，儘量讓人瞧見咱們在努力辦事，好在咱們仗著有燄火傳訊，趕回來不算太遲。走！」

章逸一聲令下，五人分三組進入皇城。鄭芫一人落單，她從東華門進去，沿著城牆疾速北行。牆內一長排柳樹，在月光下一棵棵像是鬢髮垂地的老翁，模樣極是可愛。她疾走過十棵宮牆柳，便從東安門進入宮城，穿過兩條長廊，前面出現一片空地。空地四邊種了些松柏，半躲在濃密柳蔭中有一方池塘，池中荷花在微弱的月光下半斂著，荷葉田田，微風過處清香可聞。

鄭芫見長廊上一名太監和一名帶刀侍衛對站在入口處，她不願驚動他們，便從長廊曲折處悄悄躍入，低身沿池疾走，打算從側邊進入後宮。這時荷花池旁忽然傳來一聲輕嘆，一個低沉而溫厚的聲音道：「白荷，白荷，何事悄然掩面，不肯讓人月下欣賞？還是你風華暗斂，欣然待曉？」那聲調雖低卻充滿情意，彷彿把塘中荷花當作好友在款款傾訴。

鄭芫忍不住停下身來，只見池塘中荷花點點，雖然絕大多數的花朵都收斂了含苞不開，不過滿池荷梗頂著粉白的荷苞，更顯得亭亭玉立。她的目光移到塘邊的一座小亭，只見亭中坐著一個錦袍男子，髮頂繫著一方雪白絲巾，雖是背對著，仍可想見是個年輕瀟灑的書生。鄭芫暗道：「這書生的聲音真好聽。」她近日少林神功精進，雖在黑暗中，凝神望去仍能看到那年輕人的錦袍上繡了兩條五爪金龍，她不禁倒抽一口氣，忖道：「這人竟是建文皇帝？」

就在這時，遠方長廊入口處忽然響起呼喝之聲，那名侍衛大聲叫道：「什麼人？膽敢夜闖御花園，不要命了嗎？」鄭芫吃了一驚，抬眼望去，只見那名侍衛正和一個黑衣蒙面人動手，另一個黑衣蒙面人已經衝入御花園，更遠處兩個錦衣侍衛聞聲趕過來增援。那蒙面人一瞬間已到了小石亭前，亭中書生驚慌地離開石亭，眼見逃避已然不及。

那黑衣蒙面人伸掌抓向錦袍書生，堪堪就要到手，忽然一股勁風襲向他的左脅，蒙面人只好單掌縮回，再出招攻向左側時，手中已多了一柄精光閃閃的短劍。這一下撤掌、拔劍、出招一氣呵成，毫無一絲滯礙之處，劍招上內力泉湧，既凌厲又瀟灑，竟是名家身手。

然而出乎那蒙面人意料的是，他的劍招甫出便已落空，襲擊他的人已到了右側，一股勁風隨著有如鋼爪般的十指，抓向自己持短劍的手腕。黑衣人怒哼一聲，只好再次撤招，停下身來。那錦衣書生也退回到石亭之中。

那黑衣蒙面人飛快地轉身，只見一個少年錦衣衛正凝神注視著自己，他心中暗驚：「又是妳！」鄭芫只覺這蒙面客的招式似乎有些眼熟，一時卻想不起來在何處見過，她對著蒙面人道：「錦衣衛鄭芫在此。來人不可無禮，且通個名來。」

她明知對方不會曝露身分，否則也不會蒙面隱藏了，她這番話是說給石亭中人聽的。那蒙面人並不回話，一提氣，手中短劍已化為一片劍光，直向鄭芫胸前攻來。鄭芫見他無禮，便也不客氣，起手就使出少林擒龍手的功夫，雙掌凝聚了十成內力，十指中八指曲扣如爪，兩根食指卻直挺如筆，一爪之中暗夾著拈花指的功夫，竟在招式及運勁之間，將兩門少林絕技巧妙地融為一體。那蒙面人如何識得，短劍劃了半個圈，剛好繞過鄭芫的擒龍手，卻不料腕上神門穴已被拈花指點中，短劍脫手落下。

鄭芫使出近日私下才練成的絕招，尚未向潔庵、天慈兩位師父請教，第一次對敵便見奇效，不禁大為振奮。她左掌立時換為金剛掌，直取黑衣人前胸。那黑衣人怒嘿一聲，連退三步，正要重整旗鼓再攻鄭芫，長廊入口處兩個錦衣衛生力軍已經趕到。

入口處的蒙面黑衣人叫道：「敵眾，快退！」說完拔身便跑。石亭旁與鄭芫過招的蒙面人也借著退後三步之勢，猛然向後躍起，如飛退走。鄭芫聽到「敵眾快退」四個字，聲調竟是女聲，不禁恍然大悟，大叫一聲：「峨嵋的尼姑，妳們那裡走？」她叫歸叫，其實並未追上去，倒是那剛趕到的兩個錦衣衛跟著蒙面黑衣人緊緊追了下去。

鄭芫向小石亭走去，亭中的錦袍書生對她微笑，十分親切地道：「妳是章指揮手下的鄭芫是不？妳護駕有功，功夫很好啊！」鄭芫一怔，一時竟忘了晉見皇帝的禮節，也忘了回話。

年輕皇帝顯然已恢復平靜，見鄭芫呆在亭外不回話，也不動氣，仍然和顏悅色地道：「朕在靈谷寺妳師父處見過妳，妳……妳長大了。」鄭芫聞言一驚，建文帝未登基之前，曾在靈谷寺私訪潔庵大師時見過自己，想不到他做了皇帝居然還記得自己，驚訝之餘，心中有些感動。

長廊那頭的侍衛和太監趕過來跪在亭外磕頭，那侍衛奏道：「皇上受驚，臣下該死，請皇上暫饒臣命，待臣立時趕去捉拿賊徒，以贖死罪。」鄭芫才想起面見皇帝之禮不可廢，便也跪下，口稱有罪，想要再奏些得體的話，又不知該如何措辭。

豈料皇帝竟然上前一步，伸手將鄭芫扶起道：「妳非當職侍衛，何罪之有？倒是妳有何事來朕的御花園，恰好救了朕。」

鄭芫低頭答道：「皇宮闖入外客，章指揮命臣下到後宮來巡察情況，行經御花園時，正巧碰上有蒙面人欲對皇上不利，便出手將她擊退。來的兩個黑衣蒙面人都是峨嵋派的女尼，方才她們撤退之時，其中一人一聲吆喝便露了馬腳，聲音是女聲，武功是峨嵋。我曾會過她們，定然不會錯的……對了，加上先前闖宮的兩個蒙面人，她們一共是四個女尼。」

建文點頭，轉頭對侍衛及太監道：「暫不追究你們失職的事。侍衛快去辦事，辦得好了才能將功折罪。太監快去後宮傳朕的話，大家平安無恙，不得再喧譁哭鬧。」那太監有些遲疑，磕了一個頭，道：「待小人先去傳旨，要馬大人前來保駕。」建文揮手道：「朕有鄭錦衣衛侍駕保護，不需旁人。你們快快辦事去。」侍衛和太監磕頭去了。

建文回到石亭中央的石桌旁坐下，以手指了指對面的石凳，示意鄭芫坐下說話。

鄭芫見建文對自己客氣，便大著膽子仔細打量了這年輕皇帝一眼。只覺他坐上皇位才一年多，人倒似清瘦了一圈，雖然言語之間頗有皇帝架勢，但神情之中卻有一種隱然的落寞，一種淡淡的憂愁。鄭芫雖然不解，卻是甚感意外，那感覺和她想像中皇帝的威嚴氣度極是不同，但她卻挺喜歡眼前所見的這個年輕皇帝，因為他有一種溫文儒雅的氣質。

鄭芫坐在建文對面的石凳上，建文微笑問道：「鄭芫，妳救駕有功，在朕面前不需拘束。朕且問妳，妳一個……姑娘家，如何做了朝廷的錦衣衛？」他似乎對方才夜行人闖入御花園的事已不在意，卻對鄭芫當錦衣衛的事感到興趣。

鄭芫見皇帝問得隨和，便也答得隨興：「是那鄭洽鄭公子奉了皇上的旨意，要建立一支新錦衣衛，便找了章逸章指揮幫忙。章叔叔常到『鄭家好酒』，識得我有些功夫，有一日他來酒店找我說：『芫兒呀，俺瞧妳這鍾靈女俠的名聲雖不錯，但也不過在夫子廟一帶響亮，若要做天下聞名的女俠，須先跟俺做個錦衣衛。』我說錦衣衛裡全是壞人，我才不要幹什麼錦衣衛，章叔叔便說……」

建文打斷她說下去，問道：「慢來慢來，什麼『鍾靈女俠』？什麼夫子廟一帶？」鄭芫呵了一聲，道：「對不住皇上，忘了跟皇上說明，只因我娘住在夫子廟我舅公家，有幾回我在夫子廟附近打了惡霸，當地人便喚我作什麼鍾靈女俠。不過，那是夫子廟一帶好事之徒胡亂起鬨叫出來的，作不得數。」建文哈哈笑道：「鍾靈女俠，鍾靈兩字想必來自鍾山和靈谷寺，倒也不是胡亂起的。好，妳再說下去。」

鄭芫道：「章叔叔便說，咱們要成立一支新錦衣衛，穿著錦衣戰袍卻幹些好事，將來名傳天下，便勝過只當個夫子廟的鍾靈女俠。我想想也好，穿上朝廷給的錦衣去行俠仗義，專門替小老百姓打抱不平，不但有趣得緊，也顯得咱們新登位的小皇帝是個……是個好皇帝。」說到這裡，忽然想到自己在皇帝面前道他長短，似乎大為不敬，便突然住口了。

建文卻聽得有趣，尤其聽到鄭芫說「要顯得新登基的小皇帝是個好皇帝」，便有些感動，也對眼前這個少女錦衣衛更感興趣了，忍不住好奇地問道：「妳年紀還輕，妳娘便答應讓妳到錦衣衛當差？」鄭芫道：「我娘原本反對，但她和章叔叔是……熟朋友，加上我也想試試，便也就答應了。」

這時那個太監快步進來稟道：「馬札、章逸等錦衣衛大人都已在御花園外待命。」建文皺了皺眉，揮手道：「沒瞧見朕正在跟鄭錦衣衛說話？叫他們在外邊候著，沒有朕的傳話都不要進來。你也出去。」

鄭芫見建文一皺眉，臉上便閃過一絲方才見過的那種淡淡的哀愁，雖只是一閃而過，鄭芫卻敏銳地捕捉到那分憂鬱。她未加思索，脫口問道：「皇上您有心事？」建文聞言，臉上立現嚴肅之色。他瞪著鄭芫，鄭芫卻不畏懼，依然面帶關切地看著建文。

建文的臉色漸漸溫和下來，終於輕嘆了一聲，沒有說話。過了一會，他忽然望著鄭芫道：「朕便叫妳芫兒可好？」鄭芫道：「您是皇上，當然可以。」她想了想，又加上一句：

「皇上比我大好幾歲哩。」建文微笑點頭，不再說話。過了許久，鄭芫低聲道：「皇上，有什麼事可以派咱們去辦的？」建文搖了搖頭，彷彿十分不甘願地低聲道：「朕派在懷來的大將宋忠敗死，燕京周圍的據點全落入朱棣之手了。」鄭芫吃了一驚，說不出話來。建文望著鄭芫，說了一句：「芫兒，妳就跟著朕，在朕身旁當差吧。」

∞

一個月後，燕王朱棣親率燕軍，在滹沱河打敗了耿炳文，但他此刻的心情比開戰之前絲毫未見輕鬆。

耿炳文大敗之後退守真定，燕軍乘勝連攻三日，卻無法越雷池半步。一則因為耿炳文原本就是守城名將，曾在與張士誠決戰的時代，固守長興城達十年之久，擊退攻城敵軍不下數十次，因而被朱元璋封為長興侯；二則真定城易守難攻。而燕軍猛攻不克，也顯露了朱棣的心腹大患──兵力不足。

按照道衍和尚和朱棣商量的計策，是要向大寧的寧王「借兵」，但何時動手，如何動手，都是朱棣正在考慮的難題。繼續進攻真定，如果師老無功陷入僵局，如何能有餘力揮軍北上，和寧王朱權談「合作借兵」的事？朱棣於是當機立斷，引兵退回北平。

就在這時，敵前消息傳來，耿炳文遭朝廷撤換，召回南京去了，建文改派世襲曹國公的李景隆為討燕大將，增兵五十萬進駐德州。前哨部隊很快越過滹沱河，推進至河間。李景隆是開國名將李文忠之子，朱棣和李文忠父子皆熟識，對李文忠的彪炳戰功及見識極為傾倒，對其子李景隆的平庸保守及帶軍無能亦知之甚深。他聽說李景隆率五十萬大軍到了河間，不但不驚，反而大喜過望。當天晚上，朱棣在燕王府中定下了極其冒險的一著棋。

是夜北風緊急，燕京城內冷如凝霜，路上鮮有行人。燕王府議事廳中燭火通明，朱棣召集了道衍和尚、世子朱高熾、二公子朱高煦、大將張玉、朱能和丘福，七個人圍著一張長桌。張玉首先報告，李景隆拜將後出兵河間，卻又按兵不動，不知在打算些什麼，但他號稱擁兵五十萬，無論如何不可小覷。朱能接著報告從永平送來的消息：「江陰侯吳高奉朝廷秘命，起遼東之兵攻打永平，永平危在旦夕。」

朱棣指著地圖上山海關一帶的形勢，道：「永平離燕京雖有數日的距離，但地位十分重要，絕不容落入吳高手中。俺要親率大軍火速增援，張玉和朱能各自率領麾下全部兵馬，隨後趕來會合。」

朱能道：「那江陰侯吳高生性膽小，雖是開國大將吳良之子，其實並無乃父之勇。朝廷派他來攻永平，似不足成為大患，何需殿下親征？又何需傾兵而出？」朱棣點頭道：「問得好。估計俺率親兵到達永平，兩日內必可破敵。汝等大軍隨後趕到，兵不血刃便可佔城。」朱能問道：「然則要咱們傾巢而出，豈不浪費兵力？」朱棣微笑道：「朱能稍安勿躁，到了永平，汝等另有要務，到時自然便知。」朱能便不再追問。座中道衍法師聽到這裡，點頭暗忖：「明著是救永平，暗地裡燕王要偷襲大寧了。」

這時丘福提醒朱棣道：「如此一來，燕京城中留守軍隊只剩不足兩萬，殿下以為安全否？」朱棣道：「俺瞧那李景隆膽小如鼠，就算鼓足勇氣來攻燕京，咱們燕京城城牆堅固，城裡糧食充裕，雖然所剩兵力不多，只要守到俺班師回京時，咱們來個內外夾攻，管教他五十萬大軍抱頭鼠竄。」

朱棣說到這裡，轉頭對世子朱高熾道：「為父此去，實攸關我靖難大事的成敗，以『空城』燕京誘敵來攻是關鍵，吾兒務必堅守。只要九門不破，敵軍雖眾，也難攻垮燕京堅厚的城牆。為父一個月後必率大軍回師，解你之危。」

朱高熾行動不便，撐扶著坐椅跪下領命，再拜道：「父王放心去辦大事，燕京城固若金湯，高熾必親督留守諸將堅守城區，絕不開門出戰。同時妥善分配糧食及必用物品，城內百姓只要生活安全便不致生亂，全城軍民等待大軍歸來。」朱棣聽了大悅，雙手扶起世子道：「熾兒，你遇事沉著，能臨危不亂，是以為父將守燕京的大責交付於你，經此番歷練，異日可成大器。」

朱高熾聽得心頭一熱，便要再拜，卻被父王一把扶住。他感到父王有力的雙膀，似在這一扶之間，將無比的信心和力量傳給了自己，不禁雙目微濕，連忙強忍淚水道：「祝父王大事早成。松亭關守將須特加小心。」朱棣看了朱高熾一眼，暗忖道：「俺大軍從永平歸來不經松亭關，只有從大寧歸來才會過松亭。我襲大寧之策，高熾已猜到了。」不禁對著高熾點了點頭。

朱棣身旁的朱高煦從頭到尾沒有發言，只是面色冷峻地看著這一幕，不知心中在想什麼。朱棣回轉頭來對他說：「煦兒，你隨俺去救永平之危吧。」這一連串父子間的互動，全都看在道衍和尚的眼裡，他心中已經有了譜。

次日，燕京仍是朔風怒號的天氣。漫天枯葉飛舞之中，燕王朱棣的大軍悄悄東移，直奔永平而去，留下幾為「空城」的燕京城等待李景隆來攻。城裡百姓卻不知戰事即將兵臨城下，生活起居一切如常，只有傅翔和阿茹娜感受到了一絲不尋常的氣息。

燕王府中，阿茹娜訓練了十多位王宮女侍，教導她們急救、止血、包紮等活命之技，也教授了一些簡單的用藥之道。然後率領這十幾個宮女，每人再召募幾個不怕處理傷口流血的婦人，其中有的是產婆，有的是屠夫家幫忙清洗牛羊肉品及內臟的屠婦，每五人一組，訓練她們急救技術，這是阿茹娜答應徐王妃的事。

傅翔則在藥舖裡忙著配製療傷止血的成藥，分裝的工作就交給王府裡派來幫忙的醫務軍士，自藥材到齊後，數日之間已經趕製了數千劑。這日黃昏時，燕王府的醫官來到傅翔的藥舖，帶著徐王妃親封好的銀子，將數千份藥方點清搬運走了。醫官謝了又謝，臨走時低聲囑咐傅翔，請繼續配製更多藥方，並為王妃帶話，燕京城日內即將有劇變，要傅翔和阿茹娜搬進王府去住。傅翔暗忖：「燕京城防之戰要開打了。」

∞

曹國公李景隆的大軍從德州北挺，但是前軍始終未獲得攻擊的命令，是以數十萬大軍分散在滹沱河和夾河的易州、河間一帶滯留，主要原因還是主帥對大戰的布局有些猶疑不決。朱棣率精銳大軍離京東援永平的消息傳到李景隆營中，倒是幫助李景隆下定了決心：大軍直奔兵馬薄弱的燕京，一舉攻破朱棣的老巢，要教燕軍無家可歸。

李景隆所率大軍乃是各路兵馬的總匯，也包括耿炳文的敗兵在內。其中南方調來的部隊駐在早寒的北方，甚是不能適應，不少人水土不服，患了風寒腹瀉之疾。這些日在德州、河間一帶滯留，軍心不免渙散，此時聽得主帥一聲令下，大軍直取燕京城，倒是士氣為之大振。大軍疾行不數日便達燕京城郊，一路並無重大阻礙，一些零星戰鬥在大軍過處如秋風掃落葉，不但不足為患，而且從俘獲的燕軍兵士口中也探得不少消息。

李景隆將中軍推進到燕京城東的鄭村壩紮下營來。鄭村壩離燕京城的齊化門只有二十里之遙，李景隆召集諸將，下達了同時攻打燕京九門的命令，並依所獲軍情消息，分派攻打各門的主將及各軍的兵力。只要任何一處攻破城門，即舉火三次為號，中軍即派兵增援，擴大戰果。眾將聽了，無不摩拳擦掌，等不及要攻城建功，其中尤以耿帥留下的敗軍部隊為最。在前次大戰中，由於戰術過分保守僵化，幾無太大發揮便已大敗，官兵心中一股鬱悶之氣壓抑已久，這次換了李景隆這開國名將之子來指揮，無不希望旗開得勝，出了這口鳥氣。

燕王府中得到李景隆中軍紮營鄭村壩的消息後，世子朱高熾按照既定的防禦計畫，召集守城諸將確實交代，絕不可開城門迎敵，待敵兵集結城下準備攻城時，便從城上以弓箭射殺；如敵軍冒死突破箭陣架雲梯仰攻時，便沿梯以油澆下，點火燒毀。眾將得令。

這時一個內官走進議事廳來，悄悄遞了一張紙條給朱高熾，低聲道：「王妃等世子會後到後廳有事交代。」朱高熾瞄了那張紙條一眼，低聲道：「項副總管請回王妃，俺這邊處理完了，便去給母親請安。」那內官是燕王府的副總管，他向世子行了一個禮，又向眾將抱拳一圈，便退出廳去了。

在燕王府元朝舊宮的後宮外一間小書房裡，徐王妃坐在一張鋪了小羔羊皮的繡椅上，她身旁立著一個美豔少女，正是阿茹娜。內官回報後，也站在一旁侍候，等待世子朱高熾來向王妃請安。

王妃抓著阿茹娜的手，溫言道：「這回可把妳和方福祥累壞了，我要特別為燕京城軍民給你倆道謝呢。」這一句話更顯出了徐王妃的智慧。她與阿茹娜雖然交好，但阿茹娜畢竟是蒙古人，而朱元璋滅元，朱棣一生都在和蒙古軍隊作戰，這回感謝阿茹娜，只說為燕京城軍民道謝，而不說為燕王道謝，阿茹娜聽得當然舒服多了。她客氣地回道：「王妃仁慈善心，咱們不過是略盡棉薄之力。自古以來不分敵我，兩軍交戰最苦的是百姓，無辜受累，死傷遍野，咱們能多救一個便救一個吧。」

正說著，朱高熾已由兩個貼身侍衛扶著走進書房來，他正要對王妃行禮，徐王妃已制止道：「高熾休要多禮，娘為你介紹，這是燕京城的義醫烏茹大夫。」說著指了指阿茹娜。

阿茹娜落落大方地向朱高熾行了半禮，道：「見過世子。」

朱高熾也曾聽過烏茹和方福祥大夫救助窮病的義行，只是沒有料到阿茹娜竟是如此絕色美女，他看了一眼，竟然呆住了。

徐王妃笑道：「高熾見了美人忘了禮貌呢。」朱高熾這才回神，招呼道：「久聞烏茹大夫義行之名，今日得見，幸何如之。」王妃道：「烏茹大夫為燕京城訓練了五、六十個懂得醫護救傷的婦人，方福祥大夫為咱們燕京城配製了數千份療傷止血的急救藥。」朱高熾轉動他胖大的身軀，對阿茹娜拱手稱謝道：「烏茹大夫真是燕京的女菩薩，高熾這裡謝過……」徐王妃笑著打斷道：「今日請高熾過來，還不是要談這些，而是烏茹大夫年紀輕輕，竟然飽讀兵書，對當前大戰將起，燕京的城防之策大有高見。為娘聽了，便覺得高熾應該聽聽。」

朱高熾這一下可真愣住了，但他知道母親見識過人，便連燕王都極為敬重，她既這樣說必有原因，轉目看了站在一旁的項副總管一眼，見項副總管也微微點首，便正色答道：「不瞞母親及烏茹大夫，李景隆的大軍已到了鄭村壩，出兵攻城只怕就在一日半日之內。高熾方才召集諸將，交代了堅守城門、絕不迎戰的命令。烏茹大夫的高見，高熾洗耳恭聽。」

阿茹娜俏臉一紅，有些不好意思地道：「世子言重。只因和王妃熟了，便大膽談了些城防攻守的事兒，只怕都是些婦人之見，不能入大人之耳的……」

徐王妃在旁鼓勵道：「烏茹妳莫忒謙，便把妳對我說的那些策略，說給世子聽聽何妨？」朱高熾也道：「母親的見識向來高人一等，既如此說必有道理在，烏茹大夫便請直言不妨。」

阿茹娜這才正色道：「既然世子願意聽，我便大膽說了。今日聽項副總管向王妃報告，說那南軍統帥李景隆雖有數十萬大軍駐在德州，對於攻打燕京卻有些猶疑不決，等到燕王率軍東援永平，離開了燕京城，這才下定決心來攻，可見他已認定燕京城防空虛。」

朱高熾點頭道：「不錯，李景隆必然認定燕軍精銳全隨父王東去，燕京是座空城了。」阿茹娜道：「既是如此，李景隆必料燕京城的城防之策就是堅守不出，緊閉城門，以拖待變。」朱高熾點頭道：「不錯，咱們也確是這麼想。」阿茹娜緊接著道：「世子，您要出奇制勝，今夜便出兵偷襲李景隆大營，必然得手。」

朱高熾聽得嚇了一跳，燕王一再交代絕不可開城迎敵，這個少女大夫竟然開門見山地建議今夜立時襲擊敵方大營，不僅覺得震撼，簡直有點不可思議。阿茹娜說完後並不再加解釋，一雙美目只是瞪著朱高熾，等待朱高熾的反應。

書房中一時靜了下來，朱高熾暗忖道：「這烏茹女醫的建議，乍聽之下似乎草率無知，完全無視敵強我弱的處境，但仔細想想，李景隆既已認定我城裡空虛，必然全神貫注在規劃如何攻我九門，萬萬料不到我軍竟會主動出擊。若以出敵不意而論，這奇襲一著其實大有道理呢……」

書房中仍然一片寂靜，只有朱高熾一面沉思，一面拖著瘸腿踱著蹣跚的步子。他愈想愈覺這烏茹的建議大有道理，暗忖道：「倘若真要走這步，便索性儘量多遣部隊出擊，讓李景隆摸不清楚城中兵力究竟如何。」

書房中王妃、阿茹娜及那內官都靜靜地在等他回應。忽然，朱高熾停下了辛苦的走動，臉上露出堅定的光采，沉聲道：「傳我令，除九門守軍外，盡集中軍全體官兵五千人馬，一個時辰後在崇仁門待命。天一黑，即夜襲李景隆。」同時從懷中取出一支令牌，遞給項副總管。那項副總管為之振奮，接過這令牌朗聲應諾，出門去了。

朱高熾對阿茹娜道：「烏茹大夫年紀輕輕，居然熟知兵法，可敬可佩啊！」

阿茹娜道：「世子過獎。事實上以敵我兵力之懸殊，閉城堅守的確是唯一城防之策。但如能先給李景隆一個下馬威，必能困惑他一陣，我方就可多爭取一些拖延戰的時間。燕京城易守難攻，世子今夜突襲成功後便回城固守。再過數日即立冬，燕京天氣將會驟寒；到了小雪前後，咱們每日入夜著軍士澆水於城牆四壁之上，次晨城牆結冰，南軍攀登加倍困難。到大雪時節，燕王大軍應該回京了。」

朱高熾聽得衷心佩服，讚道：「烏茹大夫好計策，咱們便照這般守城，管教李景隆無功而退。」阿茹娜謙道：「這些都是從成吉思汗的攻防兵書中學來的，也不知管用否。還有一事，世子須得小心提防……」朱高熾對這位神秘女大夫已有信心，聞言忙問道：「何事須小心？」

阿茹娜道：「自來兩軍城池攻防之戰，如不能速戰速決，長期圍城時慣用的手段之一便是斷水源。燕京城內無論是積水海子、太液池、護城河，其水源皆來自高梁河及金水河，除了嚴防敵人斷水源外，須得召集城中知水的匠人，組織一些掘井的隊伍，在城內多打些水井。便是原有的水井，也要著人深整浚渫，以保出水豐沛。」

朱高熾聽了，面上神色變得恭敬。他以世子之貴，燕京城主帥之尊，竟對阿茹娜拱手拜謝道：「聞君一席話，勝讀百卷書啊！」

∞

五千燕軍在悍將譚淵率領下夜襲李景隆大營，南軍在毫無防備的情況下，被五千燕軍左右衝殺，折了許多人馬輜重；而燕軍一面衝殺，一面大聲吆喝，五千人馬的聲勢竟如萬人，天亮時全軍退回燕京城。李景隆原來預備第二天便對燕京九門同時發動攻擊，萬料不到燕軍居然有實力主動突襲，己方損失固然不輕，但最受打擊的乃是大軍士氣。李景隆是個小心謹慎的人，覺得應該對燕京城的攻擊策略重新考慮。其實他若是個有膽識的將軍，昨夜遭襲後最該做的，便是立刻派出未受損傷的部隊，尾隨歸城的燕軍，繼而發動全面攻城，以敵我兵力的懸殊，此時燕京城已攻破了。

可惜李景隆見識不及此，卻在此時召集諸將檢討損失，重新商議攻城戰略。李景隆聽完傷亡損失報告後，問了諸將一個問題，因為他要重新估算燕京城裡有多少兵力：「昨夜來襲燕軍究竟有多少人馬？」

諸將回答有很大的落差，幾位親自率部接戰吃了虧的將領，估計至少也有八千；另幾個駐紮在外圍未曾參與戰鬥的，卻估計頂多三千人馬，只是在黑夜中吆喝聲不絕於耳，假裝聲勢浩大而已。

李景隆在這種地方甚是仔細，他知道一場仗打下來，吃了虧的部下定是多報敵軍人馬，以為己方戰敗留個藉口，未吃苦頭的將領卻每每喜歡用壞心眼，故意低估敵軍人馬，以顯示同儕的無能；這是老油子軍人的通病。李景隆便折中一下：「八千加三千除以二，昨夜大約來了五千多敵軍。」這估量計算數字的事李景隆倒是異常精準。

他於是對部將道：「看來燕京城裡留下的兵力仍然不容小覷，咱們長途跋涉而來，方才紮下大營又遭突襲，兵馬有些疲憊，且在此地盤整兩日吧。務須將攻城器械及輜重供應準備萬全，候我的命令，對燕京九門發動攻擊。」

李景隆因此錯失一舉攻下燕京的良機。夜襲成功後，朱高熾及燕軍將領個個有如縮頭烏龜，從此絕不開城門迎戰，城外被團團圍住，城內卻是既不缺糧也不缺水。

世子朱高熾更聽了王妃的話，在立冬前就開始冬季賑濟，由徐王妃發動守軍將領眷屬、城中富戶及商舖捐錢捐衣物，傅翔和阿茹娜也帶動城中藥舖及醫師郎中捐藥義診，於是燕京城外儘管戰雲密布，城裡的窮苦百姓卻得到前所未有的照顧。城民領了救濟的錢糧衣服藥草，每日自動到各處衙門報到，有的參與掘井，有的協助軍士修建箭垛、補強城牆，還有些婦人每天到城裡的小石山及磚窯場去敲敲打打。原來是阿茹娜建議婦人們多弄些石塊磚頭，以備敵軍要是攻得緊了，便從城頭對準攀登的敵人砸下去，如果砸得準，威力不輸弓箭。

一時之間，燕京城裡人人動起來了，全城沒有懶漢閒婦。雖然被敵軍圍得滴水不漏，城裡卻一片欣欣向榮，宛如百年盛世到來，此情此景著實不可思議。

李景隆的部隊對燕京九門連續進攻了數日，在守軍井然不亂的防禦下，總是徒然無功，雖然也沒有很大的死傷折損，但是戰而無功，便有些軍心渙散。轉眼寒露已過，十月九日夜裡燕京突然變冷，李景隆率來的南軍禦寒裝備不足，許多兵士不耐冷寒，開始抱怨軍衣不夠保暖。諸將齊向李帥建議，必須速戰速決，否則往後天氣只會更冷，等到冰雪來臨，那時只有暫停攻城，留待明春再戰。李景隆身負朝廷重望，豈能就此罷攻？只好搶在小雪之前，發動一次全力猛攻。

這一次李景隆集中兵力攻城南。中都舊城的城牆較矮，牆垣偶有失修之處，雖經臨時補強，畢竟較為脆弱。李景隆麾下都督瞿能率領他的勇猛兒子，帶領千餘精騎猛攻彰義門。弓矢仰攻，巨木撞門，一整天不歇地輪番強攻，到日落之前，終於攻破彰義門。一時之間，南軍氣勢大振，便要整軍殺入。這時李景隆正親自以主力強攻麗正門，怕瞿能搶了頭功，便以攻入金舊都無益為由，急令瞿能父子率部轉戰麗正門下，唯一的一次破城之機遂失。

此時上萬大軍集結於麗正門外，李景隆親兵隊中有五百弓弩手，備有征西夷及百越時帶回的強力連環鋼弩，這時布置在舊金水河堤的古楊樹群之後，不停地以強弩射向城頭。城上守軍弓箭手不時被強弩射落，一時之間城上往下射的箭陣便疏了。南軍趁機發動全面攻勢，巨木撞門，雲梯攀登，聲勢大振。

城上弓箭下射雖然稍歇，待李景隆的軍士攀登到一半之際，城頭忽然大譁，兵士喝叱聲中夾雜著婦女的尖叫聲，箭如雨下，其中夾著數千塊磚石，瞄準攀攻的南軍砸下。南軍紛紛跌落，有的在半空中便被打中受傷，落地重重摔斃；有的並未受傷，只是受了驚嚇落梯，直接摔死。城牆上傳出陣陣驚呼及尖銳的笑罵之聲，還有究竟是誰砸中的爭論，數百名健婦在城頭跑來跑去，力大的運磚石，有準頭的砸磚石，有條不紊，蔚為奇觀。

直到天黑，麗正門始終沒有攻破。南軍鳴金收兵，準備明晨再戰。然而這一夜燕京的氣候再變，夜半之後開始結冰，燕軍汲水從城頭沿牆面澆下，凌晨便結了一層薄冰，冰表面與水融為一體，其滑更勝堅冰，南軍再也無法攀登。

夜深了，傅翔和阿茹娜累了十多天，此時總算歇了一口氣。阿茹娜從燕王府回到藥舖時，已過子夜。這時兩人對坐著，各持一杯烈酒取暖，昏黃的燭光照在臉上，兩人都顯得疲憊不已。

傅翔從方冀留下的藥典中，精研配製了數千份療傷及止血之藥，除了效果甚佳之外，最難得的是其中並無任何貴重的藥材，所用材料全是廉價量大易得之物。這全賴傅翔從各藥材的藥理中尋出巧妙組合，各種藥草或經焙煉或經熬製，再以最適當的比例入藥，試用於傷患後，視效果再作微細調整。最後定方的成藥，施服方便，最適合用於戰場及大災難現場，實是傅翔行醫以來嘔心瀝血的傑作。這幾日用在作戰負傷的軍士身上，確具神效，連燕王府中幾個御醫級的大夫見了，都嘖嘖稱奇。

照說傅翔應該感到安慰，可以舒一口氣，但他此刻卻陷入極為沉重的思慮之中。他默默地想，朱元璋殺了他的祖父和父親，是自己不共戴天的仇人；朱棣是朱元璋的兒子，而建文皇帝朱允炆又是朱元璋的孫子。現在朱棣和朱允炆叔侄打起仗來，自己卻盡心盡力地在幫助朱棣，這筆帳該如何算法？自己要如何自處？要是撒手不管，兩不相幫，任他誰輸誰贏，誰殺了誰，死的均是仇人之後，都該額手稱慶。但如果燕京城破巷戰，多少家庭將毀於戰火之下？南軍入城後，多少無辜百姓要遭殺擄姦淫？想到此處，他不由打了個寒噤。

坐在對面的阿茹娜也陷入沉思，但是她仍注意著傅翔的一舉一動，問道：「傅翔，你覺得冷麼？」傅翔搖了搖頭，低聲道：「我不冷，只是心寒。」

阿茹娜想的是，自己生為蒙古人，蒙古人在大都建立的元朝，原是所有漢族的統治者，就是這朱元璋帶著漢人起兵造反，推翻了蒙古王朝，建立了明朝。照理說明朝是元朝的死敵，朱家是所有蒙古人的公敵；現在朱家叔侄兩人興兵打仗，自己一個蒙古人夾在中間要幫誰？應該誰都不幫，反正死活都是漢人，管我蒙古人何事？但……但我又為何愛上一個漢人？

她在沉思時，雙眼盯著桌上微微閃動的燭燄，目光中流露出一種迷惘。這時她轉目望向傅翔，眼中卻充滿了溫柔的愛意，和傅翔的目光一接觸，那股愛意便化成了全心的笑。傅翔對著她雙目裡的笑，臉上終於露出了開懷的神情，他暗自忖道：「世上有誰能抗拒她眼睛裡的笑？」

阿茹娜輕聲道：「咱們別想了，該去睡一會了。」傅翔點了點頭，忽然道：「只待燕王班師回京解了危，我想要離開。」阿茹娜心頭震了一下，沒有馬上回答，過了一會兒才幽幽地道：「傅翔，你要去那裡？」傅翔聲音變得堅定：「我要去神農架找師父。」

阿茹娜在心底問自己：「阿茹娜，妳要去那裡？」這回她沒出聲，只呼了口氣，吹熄了桌上的蠟燭。

∞

朱棣的大軍只數日即解了永平之危，立冬之前，已經從小路疾行到了大寧城下。寧王朱權對建文皇帝削藩之舉極為不滿，很自然地便對朱棣「清君側以靖難」的造反表示同情。朱棣留大軍於城外，隻身帶了隨從入城，與朱權敘舊情訴苦衷，請求朱權上書朝廷，替自己請求免死。他的隨從長史金忠等人，早奉了道衍法師之命，在大寧賄賂結交，此時每日拜會舊好，與大寧的文武官員水乳交融。

七天後，朱棣灑淚告辭。朱權見這位兄弟中最為雄才大略的四哥，被親侄兒逼得走投無路，不禁大起兔死狐悲之哀，執手相送到了城郊。卻不料這個看起來闖了禍落難來相投的兄弟，突然「雄才大略」起來，在郊外埋伏精銳之兵，一擁而上擒執了寧王朱權。朱權的部將中受賄者也都紛紛叛變歸附，大寧的軍隊，尤其是精銳的騎兵朵顏三衛，都被朱棣收編。小雪之前，整編完備的燕軍在朱棣率領下疾歸燕京，順利過了松亭關，直指大營紮在鄭村壩的李景隆。

黃昏時，朱棣的前哨已到了白河邊，回報白河已開始結冰，但河中冰水相間，人馬若要強渡相當危險。朱棣望著灰暗的天際，朔風凜冽，過臉有如刀刮。他帶著二公子朱高煦和燕府總管馬和，縱馬走向白河，但覺愈近河邊愈是冷冽。他望著河中央的流水在冰塊空隙間潺潺而流，便停下馬來，對天祝禱：「老天如果保佑俺，這河冰就合了吧。」

是夜氣候愈冷，大地草木皆冰，曙光中前哨來報，白河已經冰合。朱棣和諸將徹夜未眠，聞報大喜。張玉向朱棣祝賀道：「恭喜殿下，這就和昔日漢光武渡滹沱河的故事相符，真乃上天保佑的吉象。」朱棣沒讀多少書，但也知道漢朝光武中興的故事，聽了張玉之言更是歡喜，道：「這話說得甚好。馬和，你就把這番話和漢光武的故事編得明白易懂，遍傳各營，讓兵士們知曉老天爺保佑我軍，此去過了河，便得大勝。」

終於，燕王朱棣的兵馬和李景隆的大軍在鄭村壩展開決戰。燕軍士氣旺盛，將士用命，連破了南軍七營。這場會戰一直戰到酉時，鄭村壩一片天昏地暗，殺氣更盛於寒氣，李景隆大軍潰敗。

朱棣率了朱高煦、長史金忠及總管馬和，親自巡視戰場，探視激戰後疲累不堪的軍士，對受傷的士兵格外慰問有加。戰後的鄭村壩有如人間煉獄，遍地屍首輜重，殘旗斷戟，到處可聞傷重軍士及馬匹垂死的嗚咽哀鳴。一彎冷白的月光偶從厚雲中閃出，為淒慘的戰場景況更添幾分悲涼。

這時村廟外傳來哨兵的叱喝：「什麼人？口令！」朱棣等人縱馬過去一看，只見廟前地上躺著數十具屍首，大都是南軍的士兵，三個叫花子在屍首堆中搜撿銀錢、水囊及乾糧，兩個燕軍的哨兵發現了正上前盤問。那三個叫花子中，倒有兩個是年少的小叫花，另一人是個高瘦的漢子，三人衣衫破爛，在寒夜裡不停地哆嗦。

那瘦子起身道：「兵爺，咱們本想在這些士兵身上尋些厚棉衣物擋擋寒氣，卻不料這些死鬼除了披塊甲，裡頭竟也是單衣。他媽的窮鬼凍得手指都要斷落，還能打仗嗎？活該被人殺死。」那哨兵笑道：「臭叫花還嫌人窮，你們快滾遠一點去，這裡仗還沒打完。」

那兩個小叫花還不甘心，換了兩具屍體飛快地搜了一陣，其中一個吐了一口口水，對另一個更瘦小的道：「真晦氣，不但沒有銀子，連酒也沒有一滴。巴根，咱們走吧。」

三個叫花拔足要走，那哨兵忽然制止道：「喂，誰叫你帶走那張弓……啊，還有一壺箭？快快放下，這可是咱燕王的戰利品，你不留下，老子便辦你一個盜取軍需，戰場上立時便斬了。」那瘦叫花也沒被嚇倒，嘻皮笑臉地道：「不過是揀張弓、幾支箭唄，俺揀回去做個紀念，也好在兄弟們面前射他兩箭，誇口幾句罷了。燕王今天打了大勝仗，你這廝何必那麼小氣？」

那哨兵在酷寒之中當班，樂得多聊幾句，便道：「臭叫花骨瘦如柴，便得了弓箭有個屁用，你還真能用這弓箭射飛鳥打野兔？」那瘦叫花道：「怎麼不行？俺可是咱弟兄中的神射手小孟哩！」他抓起弓來，胡亂擺個姿式便要開弓，豈料那弓倒是一張上好硬弓，小孟吐氣施勁拉了三次都拉不開來，只好道：「這幾日餓得乏力了，唉，常言說得好，英雄也怕餓來磨。」那哨兵哈哈大笑道：「你是英雄？笑死老子了，快快放下。」小孟見哨兵不肯放過，便將那壺箭矢放回地上，只留一支箭插在腰間，朝那兩個哨兵道：「兵爺們行行好，俺只拿一支箭總可以吧？」

那哨兵仍待刁難這三個花子取樂，忽然廟後閃出了朱棣及隨從。朱棣揮鞭笑道：「放這三個叫花子走吧。」兩個哨兵驚叫一聲，連忙跪下行禮。那三個花子頭也不回地跑了。朱棣心情甚好，轉頭對馬和道：「馬和，你這回隨我出征，也獻計立了戰功。咱們在鄭村壩打了勝仗，你就改姓鄭吧。」馬和跳下馬來，拜謝道：「謝王爺賜姓，小人今後便是鄭和了。」

這一夜，長史金忠在他的隨軍日誌上記著：

「日光寒兮草短，月色苦兮霜白；古今戰場奚有異焉？」

8

曙光才亮，燕京城外攻城之戰又起。城外南軍尚不知鄭村壩的戰事，仍然集中火力圍攻幾個主要城門，城牆西北的一段卻無戰事。

這時，城外一棵數丈高的大樹枝枒上，躲著一個瘦長的叫花子，只見他從背上取下一張硬弓，搭上一支軍用的長箭，那長箭的箭頭上綁了一塊小布條，對準城牆內裊裊輕煙起處，將硬弓拉到滿，一箭射出，端的如流星趕月，直入城牆之內。

那瘦子像隻猴兒般飛快地滑下樹來，樹下枯叢中躲了兩個小叫花。瘦子道：「巴根，你瞧俺這一箭射得可好？」那身材最小的巴根道：「神射手小孟射得好啊，這一箭只怕正好落在兄弟們的手中，不看那輕煙麼？他們一早就烤地瓜吃哩。」另一個小叫花嘻嘻笑道：「不得了，巴根不但不犯傻，這幾天愈來愈聰明，簡直可以料事如神了。」

燕京城裡，傅翔和阿茹娜一大早便忙著配製傷口消毒的用藥，這幾日城中傷兵大多為箭傷，剜出箭頭後最怕傷口灌膿生潰，傅翔的藥有些供不應求。這時門外忽聞叫花子在唱蓮花落，傅翔開門一看，一個馬臉叫花遞過一根長箭，一言不發，轉身便走了。

傅翔回房將箭頭上的布條拆下，阿茹娜湊過來瞧，傅翔道：「定是巴根他們從城外傳進來的消息。」阿茹娜讀那布條上的文字，歪歪斜斜地寫著「鄭村南軍慘敗燕軍即回城」十一個字。

阿茹娜喜道：「快報王府，該開城出兵了！」

∞

圍攻燕京城的南軍得知主帥大軍已敗，再無鬥志。這時燕軍在張玉率領下，先遣部隊已抵達東城外，城內的守軍在被圍攻一個多月之後，忽聞可以出城一戰，將士無不磨刀霍霍，興奮不已。南軍圍城部隊在內外夾擊之下，逐漸潰散。張玉的部隊一面攻殺，一面散播南軍主帥李景隆已經逃回德州的消息，南軍軍心更加渙散，士兵開始棄械逃亡，打到傍晚已潰不成軍，剩下困鬥的就成為燕軍屠殺的對象。

阿茹娜在燕王妃的書房中聽到得勝的戰報，固然為燕城轉危為安感到欣慰，但聽到城外殺戮之慘烈，心中竟是五味雜陳。自己這樣全力投入幫助燕軍，究竟是對是錯？所為者何？

王妃卻是大為寬心，喜悅之情寫在臉上，她握著阿茹娜的手，溫言道：「烏茹啊，燕京城這一戰可真多虧了妳的獻計，還有妳和方福祥大夫的好藥，救了咱們軍士性命無數。燕王知道了，不知要如何感謝你們哩。」阿茹娜搖了搖頭道：「事關全城安危，燕京城裡男女老幼無不出力。民女只略懂一些攻防之術，此戰全靠世子指揮若定啊！」

那內官項副總管道：「燕京城興亡，雖說全城人人有責，但烏茹大夫也忒謙了。小人追隨燕王多年，對這行軍打仗之事也聽過不少，如烏茹大夫這般料敵先機，用兵時機抓得如此精準的，確實不多見。」阿茹娜口中謙道：「過獎，過獎，我這不過是在兵書上學了兩三套攻防小計罷了。」心中卻在想：「說什麼燕京興亡大夥兒有責，你們漢人誰興誰亡，干我這個蒙古人何事呢？眼下的情形，倒是你漢人愈興，咱蒙古就愈亡了。」

這些日子來，這個問題始終縈繞在阿茹娜心頭，百思後仍然得不到令她心安的解答。耳邊聽得王妃道：「明日上午，燕王大軍便將凱旋歸城，我猜高熾定會報烏茹大夫為民間第一功。烏茹，妳想要什麼賞賜？可以先告訴我，免得妳見了燕王，面嫩說不出口。」

聽了這話，一個念頭忽然閃過阿茹娜的心中，她含笑對王妃道：「王爺出征，城裡民間所有的良馬都徵為軍馬了。烏茹想要王爺賜咱們兩匹駿馬，待開城了，到城外去痛快奔馳一回。」

燕王妃慈愛地望著這美豔又氣質出眾的少女大夫，微笑道：「烏茹說些孩子話，妳要兩匹駿馬現在就有了，何需向王爺討？」她隨即對內官道：「項副總管最是識馬，便著你在王爺的馬廄中挑兩匹又駿又乖的好馬兒，送與烏茹。」阿茹娜對項副總管屈膝行禮，道：「謝副總管。」

夜幕降下來，燕京城裡竟飄起雪花。傅翔對著一盞孤燈，心中思潮起伏不定。身後的床上已經收拾好了幾個包袱，少林寺藏經閣的二十四卷武功秘笈仍用那滿是檀香味兒的黃布包著，只是外面再多包了一層白布。

傅翔默默忖道：「我這一去，雖說是尋師父，但也不知師父是不是真的在神農架？就算尋到了師父，此後我將何去何從也無定計。阿茹娜一個不會武功的女兒家，豈能隨著我東飄西蕩，像個無主遊魂？好不容易在燕京城她的故鄉定居下來，她的醫藥之術在城裡也口碑載道，尤其得到燕王妃的鍾愛，實應留在燕京，過她平安幸福的日子……」

但想到今夜過後，便要與阿茹娜分手，實有萬分的不捨。傅翔不是個情感洋溢的少年，但是對感情卻用得很深。自從墜入那絕谷，第一眼見著阿茹娜，便為她的美麗與氣質動心；這一段日子的相處，慢慢認識到這個女孩子的豪邁義氣和聰敏溫柔，自己不知不覺間已經深深愛上了她。

他試著說服自己：「阿茹娜要過的是平安幸福的日子，終不能隨著我刀光劍影，行走江湖。她若留在燕京，我……我也還是可以常到燕京來探望她……」想到這裡，不但不能說服自己，反而更添不能與阿茹娜朝夕相對的恐慌。他想到「平安幸福」四個字，便接著想：「平安？她跟著燕王妃定得平安，但幸福呢？阿茹娜若是與我分離了，她會幸福麼？」他沒有答案，但可以肯定的是，自己如果沒有阿茹娜，便很難有幸福的日子了。

但他立刻想到：「可是我不能不走，這朱棣看來是個又狠又厲害的角色，恐怕就像是和他爹朱元璋一個模子做出來的。那建文卻似是個仁君，就位才短短一年多，便做了不少讓天下窮苦百姓過得好一些的事兒，何況他一登基就洗清了爺爺叛國謀反的罪名。這朱家叔侄之爭，我其實是該幫建文的……但我單槍匹馬一個人，常常陷入自保都難的困境，如何去幫人家的家國大事？他叔侄兩人不管誰輸誰贏，終究還是他朱家的天下，我既不想幫朱棣造反，便離開燕京吧。」

這時阿茹娜悄悄回來了，她輕輕推開傅翔的房門，看見傅翔對著一盞孤燈發呆，走近時又看見床上放著的包袱，她便明白了。

傅翔仍然一動也不動，阿茹娜挨著他坐下，鼓起勇氣問道：「傅翔，你終於要走了？」傅翔點了點頭道：「我要去神農架找師父。」阿茹娜道：「如果方師父不在神農架，你怎麼辦？」傅翔沒有回答，因為他此刻也沒有答案。阿茹娜追問道：「如果你方師父不在神農架，你會回來麼？」傅翔想了一會，搖頭道：「我暫時不會回來了。」阿茹娜聞言也想了一會，終於問出了關鍵的問題：「那我怎麼辦？」

傅翔轉頭盯著阿茹娜，道：「妳便留在燕京吧。我先去少林寺，將這藏經閣的二十四卷秘笈歸還了，然後便去神農架，不管找不找得著師父，我會……總會回來看妳。」說到這裡，傅翔伸手緊握著阿茹娜的手，也許她剛從外面回來，雙手冰冷。

傅翔雙掌輕輕搓著阿茹娜的小手，接著道：「妳自幼跟妳娘逃離燕京，這次回到小時生長的舊地，在燕京好不容易過得平安又……又好，這是屬於妳的地方。而我呢？命運注定我必然漂泊江湖。報祖父和父親的大仇，是我幾年來苦練武功的支撐力量，但仇人一死，我便不知何去何從。師父想要我變成天下第一的高手，他沒明講，但我清楚地曉得，每次他望著我時，總是恨不得我立刻能挑起重振明教的大任。師父待我恩同親生父親，他的心願我定要盡一分力，但我隱隱感覺到，愈是走進那條路，愈是攀上那巔峰，我也愈來愈接近危險。我說危險，是殺身之禍的那種危險。阿茹娜，妳可明白？」

阿茹娜輕輕搖了搖頭，也不知她是說不明白，還是不同意傅翔的說法。傅翔接著道：「上一次在少室山上，天竺的第一高手天尊和地尊，居然聯手用偷襲的手段想要一舉殺死我。我本來也百思不得其解，這回練了少林《洗髓經》，和完顏道長印證之後，我突然明白了……」

阿茹娜抬眼望著他，聽他繼續道：「我從師父手上得了明教十大高手畢生的絕學，我照著教主的內功法子，同時修習十種武功和內力。本來這十種武功，每一種都需以一生的努力浸淫其中，方能臻於絕頂境界。但我隨興跳著學，一面練，一面就順著武學道理，自然地把十種武功做了前人不曾做過的各種組合。碰到完顏道長後，懂得了如何從不同的武學路子中，體察其出招運氣的精微奧秘，我的隨興出招便成了後發制人最有力的武器。其妙處在全出於自然，絲毫沒有規劃。對手一出招，我也立即出招，自然而然必指向對手要害，而且十種絕學隨需要組合，絕無重複。這種境界我得之於偶然，自己全不以為意。直到完顏道長告訴我，我才知道這一條路可說前無古人，究竟能走到何種境地，也無人可以預測。顯然天尊和地尊也看出了……」

阿茹娜接口道：「於是天尊和地尊便要在你更上層樓之前，不擇手段地置你於死地？他們其實是怕你！」傅翔嘆了一口氣，道：「我自練我的功夫，也沒礙著任何人。但天尊地尊這些人總想爭天下第一，號令武林，見著可能威脅他們的，便定要及早除去。」阿茹娜道：「傅翔，你不聞『匹夫無罪，懷璧其罪』的話嗎？你獨創的武學之道，便是價值連城之璧啊！」

傅翔想了想，道：「自從完顏道長說明這道理後，我感覺到自己雖已走在這條無人走過的武學之路上，但離去蕪存菁、化繁為簡，而後融會貫通的境界還有段差距，天尊地尊他們也忒心急了。」阿茹娜道：「這兩人眼光獨到，便在你尚未成大氣候之前，已經看準了你是個危險人物。」傅翔道：「但是天道無常規，任他天尊地尊眼光多厲害，我還是死裡逃生了，而且……而且……」說到這裡，傅翔忽然也躊躇了。

阿茹娜追問道：「而且什麼？」

傅翔的雙眼瞪向深邃的黑暗，低聲緩緩地道：「自從我苦練少林《洗髓經》後，過去練功時許多不可及便跳過的地方，現在輕而易舉就做到了，過去練到難以融合的各路深層武功，現在似乎也出現了新的融合法子。天尊地尊如果發現了，勢必更要傾全力取我性命，我時時處於極度危險之中。阿茹娜，妳原本就屬於大都，留在燕京過日子最是舒適安全。燕王妃是個仁慈有智慧的人，我瞧她極是喜愛妳，妳就跟著她吧。」

傅翔雖然說得憂心忡忡，阿茹娜卻從他雙目中看到一種極為罕見的驕傲神色，彷彿對著黑暗說，天尊地尊你們費盡心機，我傅翔不但死裡逃生，我的武學又要有新的突破，你們等著瞧吧！阿茹娜深深望著傅翔，不再說話，心中有一股熱流，如波濤般洶湧著。

傅翔道：「阿茹娜，妳說呢？」阿茹娜卻低聲道：「傅翔，你抱著我。」傅翔一怔，阿茹娜已投入他懷中，伸臂緊抱著傅翔，把頭埋在傅翔胸前。溫存了許久，她才輕聲問道：「你就捨得離開我？」傅翔重重地搖頭，卻不言語。阿茹娜幽幽地道：「你講了半天都白講了，我聽了覺得全是廢話。」傅翔奇道：「怎麼是廢話？」阿茹娜道：「只有你用搖頭說捨不得離開我，這一句才不廢。」傅翔道：「我方才說的可都是事實……」

阿茹娜不讓他說完，打斷道：「你都說過了，我不要再聽一遍。我絕不離開你，你的危險就是我的危險，你到處流浪我也流浪。天尊他們要殺你，有我在，只怕他們要多用些腦子才行。如果來蠻的，你只管動手，我又不會拉住你的手腳，我不會武功恐怕更安全；但有人若敢殺了你，我必想盡方法殺他為你報仇。你在武林中行走，有沒有聽過一句話？不會武功走江湖的女人最可怕……」

傅翔搖頭道：「我沒有聽過。」阿茹娜哈哈笑道：「我也沒聽過。」她忽然站起身來，拉著傅翔道：「傅翔，阿茹娜是絕不會離開你了。你過來，我帶你看一樣東西。」

她拉著傅翔從後門走到院子，院子裡的水井上搭了一個草棚，原是汲水時擋雨雪的，這時棚子中多了兩位稀客，傅翔驚得張口說不出話來。

原來草棚欄杆上拴著兩匹黑毛駿馬，馬身上都披了厚毯禦寒。馬兒見到有人走近，輕嘶一聲，呼出的熱氣結成一片白霧。傅翔驚喜地問道：「阿茹娜，妳從那裡弄來如此駿馬？」

阿茹娜道：「你不是要離開燕京麼？咱們總要有匹好坐騎吧？是我問王妃討來的，項副總管親自為我挑的。」

院子裡寒氣逼人，阿茹娜讓傅翔看過了她的寶貝馬兒，忙拉著他回到房中，笑道：「你看咱們的坐騎都備好了，要走明早一起走。」

傅翔萬想不到，自己婆婆媽媽想了許多的難處，阿茹娜只是一句「絕不離開你」，好像什麼都不需顧慮。他拉著阿茹娜的雙手，滿心都是感動，情不自禁地說出心底的話：「就依妳，咱們今後絕不分離。」阿茹娜靠在他懷裡，讓傅翔好好抱住她，她彎腰吹熄了桌上的燭火，低聲道：「今夜我就不離開你了。」

【第十六回】神農試藥

石板上放了一把一把的藥材，一些搗藥臼，煎藥鍋，研磨的器皿，還有小刀小剪。洞裡靠著石壁一塊天然的石台上，似乎躺著一個人。

傅翔燃亮了火摺子，一步一步走近。一看之下，手中火摺子險些掉落在地，只見那石台上仰臥著的正是師父方冀。

伏牛山為秦嶺的支脈，以西北往東南走向，綿延在河南西部達八百里長，整條山脈寬達百里，千仞之峰相連，氣勢十分雄偉。經此山脈發源的河川不少，有的流入黃河，有的流入淮河，也有流入長江的，於是伏牛山脈就像是黃河、淮河、長江的分水嶺，地理條件十分奇特。

山南是一大片低地，便是有名的南陽盆地。這裡物產豐富，春秋時楚國即建「宛城」，歷代出了許多驚天動地的大人物，如周朝的太公姜子牙，越國大夫范蠡，《傷寒論》的作者張仲景，造地動儀、渾天儀的張衡，三國的諸葛亮，大詩人庾信、岑參……說也說不完，真所謂地靈人傑，物華天寶，是個好地方。

這時山南麓一條寂靜的黃土路上出現了二人二騎，一對少年男女各騎一匹通體黑毛的駿馬，風塵僕僕地從山外進入南陽。兩匹馬兒雖然神駿，看上去已跑得相當累了，不住噓氣低嘶，馬步也略顯沉重。馬上的少年人正是傅翔和阿茹娜。

來到平地，兩人反而放慢了馬步，這大半日都在翻山越嶺，正該讓馬兒喘口氣了。傅翔指著前面的蔥綠原野和蒼翠山林，對阿茹娜道：「前面就是南陽，過了南陽便是鄧州，再過去就到漢水邊了。到那裡咱們要雇一條船，渡過漢水走南河，就到神農架了。」

阿茹娜道：「一翻過伏牛山，氣候就不同了。這裡沒有山北那麼乾，呼吸也覺溫潤得多。」傅翔道：「好地方啊，咱們要不要多留一兩日，訪一訪臥龍崗，諸葛孔明躬耕的舊居？」阿茹娜笑道：「都聽你的。」

兩人放慢了坐騎，緩緩進入南陽城，找到一間乾淨的客棧，要了兩間上房，賞了夥計一些銀錢，囑咐要給坐騎上好的草料。兩人梳洗過後，便步出客棧到城裡閒逛。

南陽城裡十分熱鬧，商店櫛比鱗次，旅人絡繹不絕。在兩人投宿的客棧左邊一條大街上，不時還能看到一些異服的回族人和蒙族人，便如在燕京城一般，阿茹娜頗感親切。走到街頭，右轉一條街，路面更寬，行人倒少了。原來這條街上一邊是富戶的住宅，另一邊是些大批發商家，遠處丁字路頭是個大衙門的建築，看上去便是南陽的府衙了。

在兩人站立的街角，有一間三層樓高的酒樓，門前客人進出好不熱鬧。兩人聞到酒樓裡傳來的酒菜香氣，便駐足張望，只見那酒樓門前掛著一塊黑底金字的橫匾，上面龍飛鳳舞四個行草「太白遺風」，雖是陳詞舊調，書法倒有幾分味道。傅翔道：「咱們餵了坐騎，是不是也該餵餵自己？」阿茹娜笑道：「想吃便吃，幹麼要扯上坐騎？」

兩人走進酒樓，掌櫃的櫃檯後面一片白壁上，還真有四行李白的詩句：

「走馬紅陽城　呼鷹白河灣

誰識臥龍客　長吟愁鬢斑」

正是李白詠南陽詩〈南都行〉中的句子，傅翔默默讀了一遍，便思登樓一覽。他向店小二道：「三樓有座麼？」店小二大聲回道：「兩位客官，三樓雅座侍候。」

兩人登上三樓，臨窗有四張方桌，此刻只有一張桌子有人。小二便將傅翔及阿茹娜帶到遠邊的一張桌坐定了，上了兩隻茶碗，提個短嘴綠釉的大壺倒滿了兩碗。此地茶道大異燕京及江南，當地喚作大碗茶，茶具和侍茶有些粗獷，茶水本身倒還飄出淡淡茶香。

窗口邊另一桌上，坐著一個身著絳色長衫的中年官人和一個青衣後生，兩人正在高談闊論，見傅翔二人上樓來，便放低了聲音。傅翔見那中年人深目隆準，似乎是色目人之裔，其說話聲調和眼神皆甚年輕，但面容卻有些蒼老，看上去年齡三十幾不到四十，清癯中有風霜之態。那個青衫後生則是相貌英俊，劍眉星目，充滿活力。

傅翔請店小二幫忙點了幾道南陽當地的名菜：南陽豆腐、燒雞、肘子，加上醬麵條及黃牛肉餃子，另外要了二兩當地釀的白酒嚐嚐新。耳邊卻聽到那後生道：「鐵大人，此次好不容易經過鄧州老家，何不多留兩日？」那中年官人輕嘆一口氣，道：「為官在外，又逢此天下大亂之時，居然能得便回老家拜辭高堂，已屬非分了，豈敢再多留？此去便將投入戰事，與父母妻兒見了一面，便心無牽掛了。」

傅翔內功深厚，這邊兩人雖然壓低了嗓子，仍然聽得一清二楚，心想：「此人姓鐵，若是從軍做將軍，倒是個好姓氏。」卻聽那後生道：「鐵大人到河南來督糧，公事提前辦完才返鄧州，只過一夜便又上路，實是因公忘私啊。」那官人道：「北方情況不樂觀，這批糧草縱能及時運到德州，也未必能助我軍得勝，咱們這位主帥……唉……」他沒有說下去，搖了搖頭，把桌上一杯白酒一口乾了。

傅翔正在琢磨這兩人是何來頭，樓下忽然傳來一陣鼓譟聲。傅翔和阿茹娜向窗外一看，不禁大吃一驚，原來清靜的大街上這時湧進了百十條漢子，為首的十幾個手中拿著短棒和麻繩，衝進對街一間門面甚寬的店鋪。阿茹娜低聲道：「啊，是間賣玉的舖子。」傅翔也見到那店舖一塊招牌上寫著「和闐美玉」四個大字，另一塊招牌上則寫著「丁家玉舖」。

另一桌的兩人也被窗外的情形嚇了一大跳，那個後生道：「鐵爺，您瞧這是怎麼回事？」那中年官人瞧了一會，低聲道：「怕是暴民要生事。」這時街心的鼓譟之聲更響了，陸續聚集的民眾也更多了，一陣夾著歡呼的喝叫聲中，先前衝進那間玉舖的十幾個壯漢，用粗繩綁了三個人，從舖裡拖出來。

那三人為首的是一個花白鬚髮的老人，穿著一身寶藍色的綢衫，眼凹鼻隆，看上去似乎不是中土人氏。另外兩人一個是中年貴婦人，耳上及胸前都掛戴著翠玉飾物，另一個年輕的少年人，一面掙扎，一面破口大罵。

那三人都被綁著拉出來，群眾的情緒立刻高漲起來，有人開始叫打。前面幾人大喝道：「奸商，跪下！」眾人跟著吆喝。阿茹娜在傅翔耳邊道：「帶頭的不過二十幾人，其他全是跟著起鬨的閒雜人等。」人群中又起了一陣鼓譟，有人叫道：「官兵來了，官兵來了。」

樓上四人居高下望瞧得清楚，那街盡頭的衙門處，一名軍官騎著大馬，帶了數十個士兵小跑步趕了過來，隊伍後面跟了一頂棗紅頂的轎子，四個得力轎夫抬得行走如飛，不一會都到了人群前。那軍官停在馬上瞅著群眾鬧事，並不制止。

這時群眾中帶頭的有人叫道：「韃子奸商，韃子奸商，打啊！」便有人衝上前去，掄起拳頭就往那三個被綁者打下去。

樓上那後生見狀大怒，叫道：「當街私刑，還有王法嗎？」起身一個箭步跨到窗邊，便要躍下。那官人伸手制止道：「且住，你不見知府到了嗎？先看知府如何處置。」

傅翔見那後生一個箭步跨出，便知他練了一身外家功夫，大約是那鐵姓官人的隨身侍衛。轉目再看那街心，只見那頂大轎門簾掀處，一個蓄著山羊鬍的官員走下轎來。那鐵姓官人居高下望，一瞧他的服飾，便暗道：「四品地方官，該是南陽知府祁奐吧？」那官員一出現，一些閒漢便紛紛退後，讓出一片空地來，等候知府大人說話。豈料那知府一言不發，只背手靜觀。

人群前面帶頭的壯漢對那三個被綁者一陣拳打腳踢，那少年叫得凶也挨得重，一下子就被打得頭破血流，嘶啞不能成聲。那婦人早已昏了過去，只剩下那外族老人一聲不響，默默挨著拳腳，卻仍然倔強地跪在地上沒有倒下。

這時，那玉舖後方忽然冒出二十幾個穿著回族和蒙族衣服的壯漢，人人手持刀棍，一路衝過來。為首一人是個回人，雙手揮著一柄朴刀，大聲喝道：「王金豐，光天化日之下，你糾眾施暴，還有王法麼？」

傅翔暗道：「不好，要族群械鬥了。」那鐵姓官人見到樓下形勢愈發險惡，而地方官仍然負手不管，頗覺不解，正要交代侍衛有所動作，樓下情況又有變化了。只見那幫帶頭衝進玉舖綁人的十幾人，各自從腰間掏出了兵刃，為首的幾人衝向那群回人和蒙古人，見人就砍殺。一時之間，街頭上血肉橫飛，一些跟來起鬨的閒漢一看情形不妙，已經有人轉身就逃，脫離現場。

那為首的回人矯捷力大，雖然沒有高明武功，但一柄朴刀使得虎虎生風，一直衝到那三個被綁者的面前，對那老者道：「丁老爺，俺來遲了。」那老者面上血肉模糊，瞧不真切，但聽聲音可以辨出，他費力地用嘶啞的聲音回道：「沙老弟，多謝你……」

那抓人的頭兒一手牽著綁住老者的繩子，一手指著姓沙的回族漢子道：「你他媽一個死回回，憑什麼在咱們的地方耀武揚威？姓沙的，你是活得不耐煩了？」那姓沙的回回一橫朴刀，回罵道：「王金豐，你仗著官府裡的裙帶關係給撐腰，就無法無天了？告訴你，我沙某的親哥哥沙九齡在京師幹上了錦衣衛，誰怕誰？」

一提「裙帶關係」，那四品官員立刻就有反應了，突然發話道：「這批化外之民，竟敢在我南陽府鬧市裡動刀槍，全給我拿了！」那騎在馬上的軍官一揮手，厲聲喝道：「把這批回回和蒙古韃子全都抓下帶回審問！」

這時，一句清亮的喝聲：「住手！」發自街角的酒樓之上，只見三樓窗戶邊站著一個清癯的中年人，雖著便服，但神情及口吻卻有官威。樓下眾人被這一聲「住手」鎮住了一下，但隨即又恢復了嘈雜。那四品官員仔細看了一眼，卻不識得那個中年官人，他對軍官使了個眼色，那軍官便大聲道：「那裡來的狂徒，竟敢阻撓公幹。張二、梁大，你倆上樓去抓他下來。」

那肇事的頭兒王金豐大笑道：「軍爺不勞你們，看俺的！」忽地雙手連揮，對準窗口一連串發出十枚飛蝗石。樓上那後生侍衛叫聲不好，抓起一張木凳擋在鐵姓官人前，啪啪數響，擋住了幾顆飛石，木凳也被打斷了，但仍有兩顆飛石沒能擋住，直向鐵姓官人臉上襲來。

說時遲那時快，一條人影如閃電般搶到窗前，雙手一伸，便各接住一顆飛石。那人接石後，轉身對中年官人道：「沒驚著您吧！」同時頭也不回地向後一揮，一枚飛石如長了眼睛般朝下飛去。接著樓下一聲慘叫，那擲石在先的王金豐被傅翔這一石打得滿嘴鮮血，牙齒掉了好幾顆。樓下那官員吃了一驚，叫道：「小舅子，你被打傷了！」他見到王金豐的狼狽模樣，不由大怒，轉身對著窗口喝道：「你們快上去，把樓上的狂徒抓下來！」樓上傅翔暗笑道：「原來是你小舅子，難怪那姓沙的回回要罵『裙帶關係』。」

那中年官人再次現身窗口，朗聲道：「山東參政鐵鉉在此，是祁奐祁知府在樓下麼？」樓下的官員十分強悍，並不回答，翻起一雙三角眼瞪著鐵鉉，冷冷地道：「什麼人打著鐵鉉鐵大人的名號，從山東一路招搖撞騙到河南。嘿嘿，我南陽府可不是那麼好騙的！」

樓上那後生侍衛再也忍不住道：「鐵爺……」鐵鉉點了點頭。那侍衛會意，先向傅翔道了一聲：「多謝您護著鐵爺。」接著從窗口跳了下去，落在那官員面前，從背囊中抽出一道黃色的錦幡，高高舉起，上面一行字：「欽派三品參政鐵鉉」，同時大聲喝道：「鐵大人請祁大人上樓說話。」

那官員見到這欽命的錦幡，不禁有些心虛，朝樓上拱了拱手道：「見過鐵大人，下官南陽知府祁奐。原以為大人在洛陽公辦已畢，啟程回山東去了，不知大人到了南陽，有失遠迎……」鐵鉉打斷道：「祁知府免客套，快請上樓來說話。劉侍衛，你將那位王金豐及丁老爺子一併請上樓來。」

這邊官方一出面，群眾的械鬥便停了下來。玉舖中自有一些夥計出來，將受傷的婦人及少年扶回舖去止血療傷。

那祁知府帶了兩個隨從上得樓來，見到鐵鉉桌邊的傅翔和阿茹娜，便問道：「這兩位……」傅翔搶著答道：「咱們是鐵大人的隨從。」祁奐又再望了傅翔一眼，冷笑道：「小哥兒好身手啊。」傅翔拱手不答，退一步站在鐵鉉身後，倒真像是鐵鉉的隨從一般。

過了一會，幾個士兵扶著那王金豐及丁老爺上樓來，大家坐定了。鐵鉉道：「好教諸位知曉，鐵某這個參政雖然駐節山東，但我奉皇上欽命，此行主要的任務乃是提調河南山東山西各省的糧秣，供應河北的討燕軍事。是以北方諸省的巡撫、布政使司都收到了廷寄，只要與徵調糧草相關之事，鐵某的職責不分省界，倒不是從山東招搖到河南來行騙的。」

祁奐連忙長揖謝罪道：「祁某眼拙，適才有眼不識泰山，諸多得罪之言，還望鐵大人包涵則個。」他雖說得客氣，心中並不驚慌，暗忖這裡的紛爭和徵糧有個屁關係？

鐵鉉道：「也罷。方才樓下的紛爭已然釀成族群械鬥，我見祁太守這廂按兵不動，任由帶頭鬧事者私刑加諸百姓，想必另有別情，鐵某請教。」

那王金豐聽了這話，不顧臉上傷重，搶著道：「丁家是西域來的韃子，到咱們南陽來，

欺侮我南陽的百業商家……」他急著要說話，但門牙掉了幾顆，說得漏風難懂。祁知府接口道：「讓下官來說吧。這丁家從西域來中土已有兩三代，在南陽做玉石、絲綢及藥材的生意，專門壟斷商市。任一門生意，只要丁家一插手，他便用盡各種方法打擊同業，手段又狠又準，別家生意便做不下去了，是以南陽府眾多商家對他恨之入骨……」

那丁老爺正要開口，鐵鉉先問道：「祁大人，令妻舅做些什麼生意呀？」祁知府怔了一下，回道：「王金豐主要做玉石和絲綢的生意。」鐵鉉點了點頭。

丁老爺強忍傷痛，拱手道：「草民丁爾錫，幼時隨祖父從波斯國到中土來經商。父親一代在南陽定居下來，實因南陽物產富饒，水陸方便，南陽人也和善好客，對外族人十分客氣，是以此地回族和蒙古族人口眾多……」

那祁知府聽得不耐煩，便打斷道：「你快說汝等如何恩將仇報，欺侮南陽商家，使大家生意做不下去。」丁爾錫道：「丁家經營的主要是玉和寶石，只因我等在畏吾兒及西域朋友多，各種良玉寶石的精品自然容易得手，南陽地方其他玉店的生意便做不過敝店。至於絲綢生意，由於咱的絲綢買家有波斯國的、羅剎國的、羅馬國的，此地的絲綢商如何與咱競爭？」

說到這裡，那王金豐怒道：「那藥材呢？」他口齒漏風太厲害，眾人聽成「阿喲咳咿」，聽了兩三遍才聽懂。丁爾錫道：「藥材的生意更不能說咱們了，丁家其實是和西域買賣香料。西域人最愛異國香料，好些中土藥材都可以做為香料的原料，咱家便自行調配出各種香料的秘方，將自配的香料在東西兩方買賣，實在沒有犯著當地的藥材商。說丁家壟斷，完全沒有道理。」

鐵鉉愈聽愈對這丁老爺子另眼相看，他不但做生意精明，而且漢語極為流利，侃侃而談，辯才無礙，就連那祁知府也被他一席話說得啞口無言。但丁家在南陽每從事一行生意，那一行生意別人便做不下去，也確是地方官的壓力。

那王金豐愈聽愈急，搶著告狀：「他……他們又要做穀糧的生意……」鐵鉉一聽出「穀糧」兩字，便加倍留意。

丁爾錫嘆了一口氣道：「咱們糧食生意的存貨還沒開始上市呢，你們便要來傷人打人，也未免太心急了吧。」王金豐怒道：「你到處搜購麥子，現下河南四處都買不到，不是想壟斷是什麼？」丁爾錫道：「怪只怪你們不用點腦子。去年咱們得到燕京城裡的回族朋友通來的消息，說燕王府在大量搜購糧食，咱們幾人一琢磨，這下不得了，恐怕要打仗了，就趕緊四處買麥子。咱們出的價錢比市價還高了半成，公平交易，又那裡犯著你們了……」

鐵鉉打斷他的話，問道：「丁家從去年至今買進了多少麥子？」丁老爺子扳手指算了一下，道：「大約有兩萬石左右。」

此話一出，連傅翔和阿茹娜都嚇了一跳。他倆才從燕京來，在燕京經營醫藥舖又義貸窮人，對糧價在這一年來受打仗影響的波動知之甚詳。這兩萬石食糧，以今年暴漲的價錢賣出，至少就可賺進萬兩銀子。其他商人眼睜睜看著糧價暴漲，就是買不到貨，對這賣玉的丁家坐擁兩萬石麥子，焉能不恨得牙癢癢的？

鐵鉉在心裡飛快地算了一下，暗忖：「這個波斯商人實是一個了不起的人才，他若能為朝廷所用，定能替朝廷籌糧備秣，審收度支。這些蠢人自己不用腦子，就用私刑毒打別人，咱南陽府的父母官居然也是這般見識，唉……」他抬起頭來，很客氣地對丁老爺子道：「這次鐵某來河南調糧，尚缺一萬石沒有著落，剛好丁老爺子這邊有兩萬石存貨，不知能否打個商量？」丁爾錫沉吟道：「鐵大人的意思是……」鐵鉉道：「不知丁老爺子能否以官定價格，賣一萬石糧給朝廷？」

那祁奐初聽鐵鉉說到缺糧一萬石，心想只怕下一句便是要由官方出面徵收丁老頭的屯糧了，果然鐵鉉提出要以官價收購，也就是徵收價格了，那官價比去年的市價還要低兩成，這丁老頭要倒大霉了。倒想看看這奸商如何拒絕調糧大臣鐵鉉的請求。

丁爾錫睜著一雙血跡模糊的老眼盯著鐵鉉看，灰藍色的眼珠看上去給人一種深邃的感覺。他緩緩地道：「鐵大人，您在河南調糧短缺的一萬石，全部由咱丁家出了，一文錢也不要，算是咱們捐給朝廷做為軍需。您瞧這麼辦可好？」

此言一出，大夥全都怔住了，就連王金豐和祁知府也說不出話來。鐵鉉心中暗讚丁老爺子的智慧和氣魄，拱手道：「丁老爺子能為國家疏財，令人欽佩不已，這一萬石糧，可供十萬大軍吃二十天。敝人當即奏請朝廷褒揚，傳令丁家為地方楷模。祁知府，您看如何？」

祁奐心中縱不樂意，也只得答道：「丁家勇於捐輸，應該，應該。」那王金豐原有一肚子的憤恨，這時見丁老爺子一句話便捐了一萬石麥子，心中不得不生了幾分佩服之意，瞪著丁老爺子的雙眼中恨意也消了一些。

鐵鉉想不到辦完了公事回鄧州老家一趟，在南陽酒樓碰上這一場地方商家的鬥毆，竟然白白得了一萬石的糧食，正好補上了河南籌糧的缺口，心中的喜悅形諸於色，盛讚丁老爺子之餘，忍不住問道：「丁老爺子，你從去年陸續進了兩萬石糧，丁家原來又不是做糧食買賣的，你有那麼大的糧倉來存放麼？」

丁爾錫笑道：「丁家那有兩萬石的糧倉？但南陽一地有回族六七千戶，加上蒙古族，總數達到萬戶，咱就分存於族人家中便了。」

鐵鉉知道，中土的蒙族、回族等外來族人在聯手對外時十分團結，丁家既是南陽大富商，平日對族人的公益需求定然出錢支持，是以大夥兒都願幫忙，居然不用建造大糧倉，就解決了兩萬石糧食的屯放問題，著實了不起。他忍不住讚道：「丁家與族人平日相處一定有情有義，才能與上萬戶族人建立起如此互信，實屬難得。鐵某報請朝廷褒獎，從此丁家在地方上是楷模之家，地方官府有保護之責，再也不必煩惱被人欺壓。鐵某倒是有句建言，不知丁老爺子聽不聽得？」

丁爾錫忙道：「鐵大人請吩咐，丁某洗耳恭聽。」鐵鉉道：「回、蒙族人團結互助，固然值得嘉許，但外來諸族人等既已在中土定居，便該自許為華夏臣民，多與當地漢民和睦相交。大夥兒不分族別，互相幫助，一起過好日子，豈不是好？便是生意上也可以商量合作，謀求共榮共利，何必弄得刀劍相向，流血街頭？丁家爾後既是地方楷模，鐵某甚望丁老爺子能帶頭走出族群隔閡，善莫大焉。」

丁爾錫聞言，立刻走到王金豐面前，長揖到地道：「金豐兄，多有得罪，尚請包涵。今後咱們生意上可以好好談一談，好比玉石寶石的買賣，丁家主外，金豐兄與其他幾位同業主內，咱們來個聯營，把生意做大，從南陽走到大江南北，從南陽走到西域諸國，豈不是好？」

那王金豐聽到這話，心中的氣憤早已拋到九霄雲外，對丁老爺子的度量及見識油然而生欽佩之意。只是欽佩之心一起，慚愧之情便隨之而來。想起自己居然仗著是知府大人的內親，又練了幾年把式，就到人家私宅裡綁人，行為有如土匪，便紅著臉不住點頭作揖，卻說不出一句話來。

傅翔和阿茹娜見這兩人臉上血跡猶在，卻已化干戈為玉帛，不禁對那鐵鉉甚是佩服。傅翔心想：「朝廷有鐵大人這樣的好官，實是天下百姓之福。」阿茹娜則想：「但願天下各族確能如鐵大人所言，大家和睦相處，不再爭戰。」那南陽府的祁知府卻暗道：「這鐵鉉從山東來到河南，在我的轄地上管事，大剌剌地便如處理他的家務事一般，實在可惡。不過他三兩下便把火爆的小舅子擺平服氣，倒也有些本事。」

鐵鉉見此事的結果是兩相歡喜，心情更佳，便對傅翔道：「還沒請教小哥的大名。」傅翔道：「小可方福祥，這一位是烏茹女大夫。」他指著阿茹娜介紹，接著道：「鐵大人處理這場族群械鬥，舉重若輕，爭執兩造無不心悅誠服，在下好生欽佩。」

鐵鉉連忙拱手道：「原來是方兄弟，多謝適才出手相護。鐵某雖姓鐵，頭殼顏面可不是鐵打的，若非兄弟你接住那兩顆飛石，鐵某早就頭破血流了。」

王金豐聽到這對話，方才消退的怒氣又回到胸中，暗道：「好啊，原來這小子不是鐵大人的隨從，你憑什麼插手管咱們的事？接了俺的飛蝗石還打傷俺，小子你橫啊！」但他馬上想到，傅翔反手擲回的飛石疾如流星，準如神箭，自己閃避都來不及就已被打傷，便洩氣了。他用力哼了一聲，喃喃自語道：「看在已經和丁老頭和解的分上，你這小子得罪俺，俺就大人大量不計較了。」

鐵鉉對祁奐拱手道：「祁太守，鐵某便借貴府紙筆，寫一封奏請褒揚的文書，立時便請劉侍衛他錦衣衛的同仁派快馬急送京師。」那劉侍衛應諾了。

傅翔道：「原來劉侍衛您是錦衣衛？」劉侍衛道：「小的原在京師錦衣衛當差，這回侍候鐵大人到山東任新職。方才那個姓沙的回回說，他的親哥哥沙九齡在錦衣衛當官，此話確實沒有錯，沙九齡是章逸章指揮新組成的錦衣衛成員。」

傅翔一聽到章逸兩字，忍不住問道：「章逸章指揮？他是在下舊識，不知他新組了什麼錦衣衛？」那劉侍衛道：「這事問我可問對了人。章指揮奉欽命召募了幾位新錦衣衛，除了沙九齡原是龍騰鏢局的鏢頭外，于安江是我原先的上司，另外一個姓朱的原是丐幫的紅孩兒，還有一個叫鄭芫的女錦衣衛，在南京喚作鍾靈女俠。他們個個武功高強，在京師做了幾樁大快人心的事，很得好評呢。」

傅翔不敢相信自己的耳朵，暗道：「芫兒做了錦衣衛？這是怎麼一回事？」

鐵鉉便要和知府祁奐去府衙寫奏章，他再次向傅翔和阿茹娜道謝：「兩位與鐵某萍水相逢，蒙方小哥出手相護，這分情義鐵某銘感於心。異日有緣再見，鐵某必當泉湧以報。」

他說這話一方面是感激之語，一方面也流露出鐵鉉對自己未來的前途充滿了信心，隱約道出來日再見時，自己必已發達，有能耐好好報答今日之情；所謂「杯水之恩，泉湧以報」的意思。然而鐵鉉和傅翔此時都萬萬想不到，他們這一見如故、互有好感的兩個好漢子，後來再見面時卻完全不是鐵鉉所想的樣子。

∞

南陽臥龍崗是東漢末諸葛亮躬耕讀書的舊地，魏晉時在草廬處建了祠堂，紀念這位預見三分天下，輔助昭烈帝兩代，鞠躬盡瘁、死而後已的偉人。延佑四年，元仁宗命中書平章政事與翰林合議，將這古祠命名為「武侯祠」。

天色漸晚，遊人漸去，武侯祠外林木森森，後院便見草廬，廬邊不遠處有棵古柏，高達十數丈，相傳是諸葛孔明手植。祠內外有自漢代以來的文人所留下的詩文碑刻，其中南宋岳飛於紹興戊午秋夜宿此祠所書的〈出師表〉尤其珍貴。

傅翔和阿茹娜在祠堂裡外流連盤桓了一個多時辰，這時坐在古柏旁的巨大石塊上，石後兩棵山茶花開得熱鬧。兩人默默望著臥龍崗遠近的林木和天邊的暮色，遲遲不肯離去。過了一會，暮色漸漸隱入昏暗和迷濛之中，四周愈來愈靜，遊人已經盡離。武侯祠院裡，就只剩下一個管事的道士搖著一柄羽扇，正在四處巡視。時節已過立冬，他還搖扇，大概自以為是武侯孔明的遺風。

道士走過傅翔和阿茹娜身邊時也不打招呼，傅翔卻聽到道士搖頭擺腦地低吟：「三顧頻煩天下計，兩朝開濟老臣心。出師未捷身先死，長使英雄淚滿襟。」

傅翔和阿茹娜正在談昨天在酒樓上邂逅鐵鉉的事，兩人都覺有幸巧遇這樣一位正直而能幹的官員。阿茹娜尤其欣賞丁老爺子的氣度，讚道：「一萬石麥子，只鐵大人一句話他便捐了。想想一萬石糧，能救助一萬戶窮人家過三個月的日子，委實是大手筆啊！」傅翔輕嘆一口氣道：「可惜這些糧食是用作打仗的軍糧，卻不是用在救助貧民。」

阿茹娜聞之默然，兩人望著天邊最後的餘暉沉到山崗之下。阿茹娜輕聲道：「咱們走吧。」傅翔卻道：「我還想再坐一會。」兩人坐在大石塊上，卻不再交談，只是默默地望著臥龍崗上漸漸變成幢幢黑影的樹林，最後一批烏鴉歸回到那棵古柏上的巢窩，四面靜極了。管事的道士在祠堂門前點上了燈，然後關上了祠堂的木門。

阿茹娜早就發覺，自從那日離開了燕京，傅翔就忽然變得沉默寡言，只要一閒下來，他便陷入沉思；有時即使在談話之時，他眼中仍然流露出一絲淡淡的哀傷。阿茹娜不知道為什麼，只覺得那股哀傷的神色雖然淡，卻隱藏著一些很深的東西。傅翔不說，她也不敢問，好像一旦知道了，會變得很可怕。她穿著一件燕王妃送給她的狐裘，雪白的毛領襯著她白裡透紅的面容，一雙美目中流露出不安，但她只默默地望著傅翔，不敢相問。

這時傅翔忽然開口了，他低聲道：「十多天前，我們還在燕京城裡幫助燕王，抵抗南京朝廷的軍隊。但昨日，我們保護朝廷派來的鐵鉉，助他籌糧給朝廷軍攻打燕軍。我們的行止難道完全沒有方向？沒有原則？」

阿茹娜聽傅翔講到這上頭，再也忍不住道：「我也想過這個問題，心中的矛盾不安又何止於此？我是蒙古人，我爺娘都是蒙古人，但燕王朱棣是朱元璋的兒子。咱元朝為朱元璋所滅，而朱棣的燕軍從元亡到今日，三十年來仍在不斷地與蒙古殘部打仗廝殺，我為什麼要幫朱棣？」

傅翔接著道：「我的祖父及父親皆死於朱元璋之手，他是我不共戴天的仇人，雖然他已一命歸天，但我在燕京城便幫燕王，離開燕京城我又幫朝廷，豈不成了反覆小人？更可笑的是朱棣和建文皇帝，一個是朱元璋的兒子，一個是朱元璋的孫子。」他說到這裡，心中又想到章逸。明教前輩被朱元璋派錦衣衛一舉毒殺，章逸現在卻成了錦衣衛的紅人、建文皇帝的親信，連芫兒也變成了錦衣衛，這一切變化豈不荒謬至極？

阿茹娜又道：「傅翔，你看昨日那場紛爭，鐵大人最主要的考量不是誰對誰錯，也不是那邊勝那邊敗，而是不同族人之間應該和平相處，但天下世道誰會信這一套？過去一百多年裡，蒙古人殺了多少漢人？近三、四十年來，漢人又殺了多少蒙古人？還有契丹人、女真人、回回、色目人；吃的穿的不同也可以打仗，講話寫字不一樣也可以打仗，拜不同的菩薩也可以打仗。大家打殺來打殺去，身為渺小的個人，在這打打殺殺的大洪流中，怎能保有自主的方向？」

傅翔陷入沉思。阿茹娜問他：「傅翔，你若是個南陽府的蒙古人或回回，昨日在那般情形下，當那姓沙的回回對著漢人一聲喊殺時，你能不加入隊伍麼？」

傅翔沒有回答，他正在努力壓抑，因為心底最深層的思緒正在洶湧翻騰。終於他決定不再隱瞞，顫聲對阿茹娜道：「阿茹娜，妳記得離開燕京那天清晨，咱們去了白雲觀嗎？」阿茹娜點了點頭，立刻憶起那天清晨，傅翔帶著她到白雲觀去向完顏道長道別，她也要去爹娘的骨灰塔前拜別。在白雲觀沒有見著完顏道長，他正在閉關修道中；在爹娘的骨灰塔前，她告訴爹娘，自己這一生一世和傅翔永不分離……

傅翔接著問道：「妳記得咱們留下什麼話給完顏道長？」阿茹娜嘴角泛起一絲微笑，道：「咱們留下一箋，你在箋上寫著：『等不及大駕出關，咱倆去尋道長之醃菜也』。」

傅翔續問：「妳還記得在妳爹娘骨灰塔之前，咱倆讀了什麼？」阿茹娜道：「讀一篇蒙古文的碑文，蒙文中夾有三個漢字，你識得的，便要我將蒙文譯給你聽……」傅翔的聲音變得更加顫抖，低聲道：「妳還記得碑文的內容麼？」

阿茹娜被傅翔的聲音和神情嚇到，她的聲音也開始發顫：「我怎會忘記？那碑文說，我爹爹蒙古軍『下萬戶』札赤兀第．脫里．札薩克，在遼河之圍中英勇殺敵數千，終因兵力懸殊，力戰拒降，為明軍所殺。」傅翔咬了咬嘴唇，終於問道：「那明軍的將領是誰？」阿茹娜道：「那三個漢字便是將領的名字，傅友德……」她望著傅翔激動的表情，心中忽然似有所悟，顫聲問道：「傅友德……傅翔……他是你的……」

傅翔道：「穎國公傅友德，正是我的祖父。」

傅翔終於說出了這些日子以來一直沉壓在他胸中最底層的隱痛；阿茹娜總覺得傅翔有一個可怕的東西藏在心中，這時終於明白了……

「傅翔的祖父殺了我爹！」她再也忍不住，雙手蒙著臉大哭起來。傅翔雙目含淚，緊緊地抱著阿茹娜，說不出話來。

除了極度的哀傷，傅翔和阿茹娜同時感到一種莫名的恐懼，似乎大禍即將臨頭，但究竟是什麼大禍，卻又模糊不清。五味雜陳之中，只有在想到對方所遭受的極度苦痛時，才能稍微理清一些自己的慌亂。傅翔想到阿茹娜在茫茫人海中偏偏愛上了自己——殺父仇人的孫兒，那種打擊、失落和絕望，自己要如何去安慰她？

阿茹娜從意識到「傅翔的祖父殺了我爹」的一剎那起，腦海便陷入一片空白，淚眼再也看不到任何東西，有的只是一片漆黑，無窮盡的漆黑，彷彿已經永遠告別了光明的世界。也不知過了多久，她終於從黑暗中聽到自己微弱的聲音：「阿茹娜，妳要堅強！阿茹娜，妳不能被命運打倒！」那聲音漸漸清晰，漸漸響亮。她感受到傅翔擁抱她的力量也愈來愈堅強，她的淚眼中再次出現一道光亮，她看到了傅翔堅定、溫柔又愛憐的眼神，那眼神是在斬釘截鐵地告訴她，地老天荒，唯此情不渝。阿茹娜輕嘆一口氣，停止了哭泣。

傅翔吐出了一口長氣，似乎也吐出了胸中的隱痛，心頭突然清明起來，似乎有一道靈光閃過他的心田。他輕輕地放開了阿茹娜，雙腿盤坐在石塊上，雙掌上下相疊，一股純淨的真氣從丹田升上來。他不知不覺間練起了「洗髓功」，那股真氣每經一穴便清一穴，每過一脈便淨一脈。他默唸著達摩《洗髓經》，待真氣轉了一周天，只覺全身輕鬆清淨，心頭卻抱著一團透明的、暖洋洋的純陽之氣。他的腦中一片空明，只因揭開了最底層的隱痛，所有的疑問在這一剎那間，忽然煙消雲散了。

他感覺自己進入到一種無疑無惑、無憂無慮的境界，彷彿世上所有的問題都能迎刃而解，皆大歡喜。那《洗髓經》不但洗伐了經絡血氣，也淨化了精神心靈，這是他從未有過的感受。他默默地悟道：「契丹人殺漢人，女真人殺契丹人，蒙古人殺女真人，漢人又回來殺蒙古人；朱元璋殺我爺爺我爹爹，我爺爺殺阿茹娜的爹，阿茹娜的爹也不知殺了多少漢軍和百姓。朱棣和建文誰死誰活，誰勝誰敗，也不過是一幕大戲。朱元璋的大戲才落了幕，恩仇全入了泥土，只有天理和人道長存。此後傅翔誰都不恨了，也誰都不幫了，任何人任何事符合天理，我就全力以赴，其他的何必去理會？《洗髓經》說天理因人而顯，人應替天行道，傅翔再無困惑了。」

他抱元收氣，一聲長嘯而起，滿心的徹悟，有如得了一次新生，但張目四看，阿茹娜卻不知何時已經不見人影。

傅翔大急，一長身形，飛身躍上那棵古柏，驚起一樹宿鴉呱呱嘈雜了好一會。從高樹上四望，黑漆漆的一片，那裡看得見阿茹娜的身影？傅翔又憂又急，忙從樹上飄身躍下，回到方才打坐的巨石邊，赫然發現阿茹娜蜷著身軀，在巨石後枯草地上睡著了。寒風被巨石擋住，卻將兩棵山茶樹上的花朵吹落了不少，白嫩的山茶花散落在阿茹娜的頭上和身上。

傅翔為眼前這幅美麗的景象震住了，他不敢驚動，只靜靜地望著，雙眼充滿憐愛地望著熟睡的阿茹娜，直到他聽到阿茹娜喃喃的夢語：「傅翔，我已告訴了我爹娘，我們不分離。」傅翔再也忍不住，感動的淚水流了下來。

他解下身上的羊皮襖，輕輕蓋在阿茹娜的身上，自己在巨石上盤膝坐下，心中喊道：「等阿茹娜醒來，我要告訴她，咱們幫燕京全城百姓守城沒有錯，幫鐵鉉止住一場族群械鬥也該做。只要咱們為的是百姓，是正理，就勇敢去做。我爺爺殺了她爹，我不是她的仇人，朱元璋殺了我爺爺，建文也不是我的仇人。」思慮既明，運功片刻後，頭頂上又冒出了陣陣熱氣。

∞

臨漢水的「老河口」與谷城隔江相對，此地從春秋時建國，歷經各朝各代，郡、縣、鎮的名字屢有更迭，但在當地人的口中，反正就是這老河道的河口罷了。

傅翔和阿茹娜牽著那兩匹燕王妃賜的黑色駿馬，在河口碼頭上想要雇一條船，過漢水到谷城，再駛入南河，向南到神農架山下。大多數的船老大只願渡他們到谷城，卻不願走南河。傅翔不斷增加盤資，用兩倍的價錢終於雇得一條可載三十人的木船。

船老大咬著一枝旱菸桿兒，一面把船靠好，一面對傅翔道：「不是俺要的價高，實在是你家這兩條牲口太過高大了，怕不有八到十個漢子重吧。載了你們，俺這條船不但不能搭別的客人，什麼貨也不能上了。那南河水淺又是逆流，這低水季節若不是俺走得熟路，別的船還不敢走呢。」

阿茹娜聽他囉哩囉嗦說了一大堆，便道：「船老大放心，你的船走不動了，咱們就上岸走旱路，又不要你退錢。」船老大點頭道：「就是這個道理囉！」

為免上了船一搖晃讓馬兒受驚嚇，傅翔拿出兩條黑布來，將馬的雙眼蒙上，牽馬上了船。渡江一路上還算平順，那兩匹駿馬經過嚴格訓練，對那波動搖晃並不驚慌，只在一開始時低嘶了兩聲，便努力站穩身軀不再嘶鳴，那模樣十分可愛。

船行南河不久就要擱淺，船老大道：「兩位，就只能到這了，這季節往上是愈走愈淺，咱這船載了這兩個大傢伙，吃水多深啊，再上不去了。」傅翔點點頭道：「好，就這裡，咱們上岸。」他和阿茹娜牽了馬兒上岸，河岸雖然崎嶇難行，兩匹馬兒卻是歡嘶連連，似乎在相慶終於蹄踏實地了。傅翔要阿茹娜騎上馬，再把行囊馱在另一匹馬背上，自己雙手各牽一匹，就沿著南河岸向神農架慢慢行去。

經過整日跋涉，岸邊終於出現一段較為平坦的小路，看上去也是被人走出來的。傅翔躍身上馬，天亮時終於到了那個熟悉的小鎮。那幾間小店依舊立在河邊，四周景色一點也沒有變，便如當年每次下神農架來辦貨的情景一模一樣。

傅翔在鎮外下了馬，囑咐阿茹娜在河邊等候。他牽了兩匹馬走進小鎮，直奔那兩間熟悉的店家。這一段日子，傅翔長得更加健壯成熟，更兼留了點鬍鬚，村人一時也認不出來。直到他開出要買的貨色，包含兩罎當地出的白酒，雜貨店老闆好像想起了什麼，臉上露出笑容，問道：「小哥要上山去？這回離開有兩年了吧？」

傅翔暗暗吃了一驚，便回道：「老闆好眼力，居然一下便認出我了。」老闆道：「小哥的師父年前先回來了，他每次要辦的貨也是這幾樣，見你也要買這些，我就想起來了。」傅翔一聽到「小哥的師父年前先回來了」這幾個字，心中一陣狂喜，臉上卻不顯露，只淡淡地道：「是啊，山上缺的也就是這些。」那老闆一面拿麻繩捆紮傅翔的貨品，一面道：「你師父好久沒有下來辦貨了呢，上回我大兒子送貨到山腳石洞已經有……三四個月了。」傅翔聽了，心中有些不安，但面上只微笑道：「我這一批貨送上去，正好補給上了。」老闆笑道：「倒省我兒子搬運的腳力。」

老闆幫忙將什貨分在兩匹馬背上馱好，隨傅翔牽馬到了河邊，見著阿茹娜，便笑道：「小哥兒倒能幹啊，出山一趟，便帶個媳婦兒回來。」傅翔正色道：「老闆莫胡說，這是我親妹子。」老闆訕訕地笑了笑，道：「要上山便得即刻動身，下午要起霧了。」這裡的氣候傅翔知之甚詳，他抬頭看了看山景及天色，點頭道：「老闆說得不錯，下午要起大霧了。咱們快走吧。」

傅翔和阿茹娜各牽著一匹馬走入山區，從山腳進入山地才幾十里路處，傅翔停下身來，指著一大片石筍對阿茹娜道：「那叢石筍後面有個石洞，他們送貨來便送到這裡，再往上路更不好走了。」他將馬韁交給阿茹娜，自己走入石筍叢中，過了片刻，忽然飛快地奔回來，一臉驚疑之色，對阿茹娜道：「奇了，那老闆三四個月前送來的貨物還全在石洞裡呢，難道師父出了什麼事？」

阿茹娜知他焦慮，便道：「咱們快上山去吧，到了便知。」傅翔點點頭，牽馬在前帶路，心中仍然忐忑不安。上山的路原本難行，去那山頂秘坪的路更是隱秘，走到一半以後便再無路可行。此時兩人帶著牲口及貨物，阿茹娜又不會輕功，只得一步一步慢慢地繞著山向上爬。

那兩匹駿馬原是草原上奔馳的良駒，這時在這等崎嶇難行的山地上馱貨攀登，照說應該不如驢騾，虧得這兩匹燕王府的良駿確是受過極嚴格的訓練，不但不畏乘船，走山路居然也腿健蹄穩，履險如夷。想來是為了馬主人指揮作戰所需，不只是馳騁平原，水上山地都要去得，王府才將精選的馬匹做了各種特別訓練。傅翔道：「阿茹娜，燕王妃問妳想要朱棣賞什麼，妳不要金銀財寶，單要了這兩匹駿馬，可真是聰明啊。」阿茹娜笑道：「我更聰明的是猜到你第二天便要離開燕京，剛好替咱倆準備好坐騎。」

傍晚時分，大霧忽然升了起來，漸漸濃到對面的景物完全看不見了，天色也漸漸暗了下來。傅翔對這一帶的路十分熟悉，便對身後的阿茹娜道：「妳不要害怕，前面不到百步便有一個小山坳，山石後有一塊可避風雪之處，咱們人畜就在那歇一夜吧。」

果如傅翔所言，那個小山坳十分隱秘，不但遮風避雪，山壁有好幾個凹處，都能容兩三人躲藏。坳底還有一小池清水，馬兒一聲歡嘶，馱著貨物快步跑到池邊飲水。傅翔是個經驗豐富的野宿人，第一件事便是生火取暖。阿茹娜提了鐵鍋到池邊汲水，發現池水清澈可飲，但她還是舀了一鍋，架在柴火上煮開。

傅翔拿出一條羊皮毯子，把阿茹娜和自己緊緊裹著，擠在一個天然的石縫之中，火堆就在外面，兩人各捧了一大碗熱水喝著。在這大霧之夜的荒山中兩人相擁在一起，竟然感到無比的溫暖幸福。傅翔摟著阿茹娜的肩，低聲耳語：「明天日頭升上來霧就退了，妳累了一天一夜，放心躺下睡吧。」阿茹娜仰著臉，在傅翔臉頰上親了一下，低聲道：「你不睡？」傅翔道：「我打坐運功一樣恢復體力，也可警覺著呢。」

次日中午時，兩人兩馬終於到達神農架上秘密的坪頂，傅翔一面奔向那熟悉的山洞，一面大聲叫道：「師父，我回來了！」四面傳來他的回音，卻無人答應。傅翔衝進石室，不見師父蹤影，又叫了兩聲也無回應。

阿茹娜一進入石室，便聞到一股淡淡的藥味，她循著藥味走到石室最裡面一個洞穴，過了片刻退了出來，悄悄走到傅翔身邊，拉著他的衣袖，顫聲道：「傅翔……你……你看裡面……裡面……」傅翔見她這般神情，一顆心整個沉了下去，連忙快步走進石洞。昏暗中依稀可見，一塊石板上放了一把一把的藥材，一些搗藥臼，煎藥鍋，研磨的器皿，還有小刀小剪。洞裡靠著石壁一塊天然的石台上，似乎躺著一個人。

傅翔燃亮了火摺子，一步一步走近。一看之下，手中火摺子險些掉落在地，只見那石台上仰臥著的正是師父方冀。

傅翔強忍住驚慌，深吸了一口氣，隨著那口真氣的運轉，心情很快地沉靜下來。他冷靜地伸手試了一下方冀的鼻息，感覺他呼吸已停止，再搭上方冀的手腕，指頭感應不到任何脈搏跳動，觸摸之處但覺方冀的身體已涼。

「師父死了。」

傅翔想哭卻一時哭不出來，他再湊近探視，身後的阿茹娜低聲道：「方師父雖無氣息，但氣色容顏仍然栩栩如生，也許才斷氣不久。傅翔，你能不能度他一口真氣？」

這一語提醒，傅翔果然發覺方冀面容安詳，臉色仍有光澤。他提起一口真氣，雙手扣住方冀雙腕，三指向內搭在方冀太淵、大陵、神門三個穴道上，從這三穴中同時輸入真氣，卻沒有感到任何反應。傅翔提氣再試，半盞茶時間過去了，仍然沒有變化。正要放棄時，阿茹娜已點了蠟燭走進來，她仔細觀察傅翔的施救動作，忽然輕叫道：「傅翔，方師父的手腕！」傅翔廢然鬆手道：「沒有辦法了。」阿茹娜道：「不，你見過手腕那麼柔軟的死人嗎？」

傅翔駭然一驚，雙手抓起方冀的雙掌，雖入手冰涼，卻並不僵硬。他雙掌繼續送出真氣，忽然在拇指上感到一絲微弱的震動，雖然極弱，但這似有似無的微震連續跳動了數次後，傅翔已確定那是一種生命的跡象。他摒除一切思緒，專心感受那回震，忽然之間，一個似曾相識的感覺回到腦中。

「那是什麼感覺？我曾經有過一次的……一種像是『敲門』的感覺……」一想到「敲門」兩個字，他忽然記起來，那一年他在泉州開元寺初拜方冀為師，方冀帶著他到晉江摩尼草庵的途中，他曾和師父攜手奔馳，過程中他突然感到掌心有一股微弱而似有節奏的震動，當時的感覺如被「敲門」，自己便不由自主地順著節奏微微送回氣息，師父的內力立刻大湧而入，與自己的內力合而為一，於是自己一絲力氣也不用，便能借師父之力縱躍如飛。當時一樂分神之下，那奇妙的連繫便不見了。之後師父和自己試了許多次，那次的奇特經歷卻一去不復返，再也沒有出現過。

這時，那「敲門」的感覺忽然再現，不過主客易位，變成了自己在敲師父的「門」。想到這裡，他便順著那極其微弱的節奏緩緩推送自己的內力，同時意識到自己雙手的大拇指按捺在方冀掌心的「勞宮穴」上；而那一次，師父的拇指也正是壓在自己的「勞宮穴」。

就在此時，方冀冰冷的掌心勞宮穴忽然大開，傅翔的內力就如長江大河找到了入口，浩浩蕩蕩進入了方冀的體內。一關又一關，一脈復一脈，竟然在方冀全身經脈中通行無阻，一周天後便返回到傅翔體內。傅翔驚駭地發現，師父雖然已無氣息，體內的內力居然絲毫未損，兩人的內力以相同的節奏，在彼此的經脈之間來回運行。更令傅翔震驚的是，這股內力的合流每運行一周回到自己體內，自己的內力就增了一分。於是他試著輪流送出十種不同的明教內力，方冀體內也自動以相同的各種內力回應。

很快地傅翔已明白，他等於在藉師父和自己的合力，幫助自己突破修練這十種截然不同內功的極限；自己原來最多只能將每種內功練到七成，便無法更上層樓，師父縱然功力深厚，也只能臻於此地。而此刻，隨著兩人合流內力的運行，自己正一點一滴地突破極限，而且累積的速度愈來愈快。

猶記師父當年曾告誡自己，同時練這明教的十種獨門武功，因受限於十種內功練到愈深時便不能相容，在沒有想出解決方法以前，千萬不可強度關山，硬幹的後果可能是走火入魔，不堪設想。完顏道長也曾贈己箴言，自己武功進境太過順利，日後如遇困境，千萬不可強求。這些話言猶在耳，傅翔牢記於心，但此刻卻出現了完全意想不到的狀況。自己和師父的內力匯為一體後，竟一周接一周地順利打通十種內力的瓶頸，自己完全不須用力，也無從用力，然而全身並無任何滯礙之感，自己也不知道是什麼原因，只能全神貫注地調引內力運行，無暇去細想。

站在一旁的阿茹娜見了也大為震驚，她望著傅翔漸漸進入完全忘我的境界，儘管汗出如漿，臉上神采卻愈來愈飛揚奪目。她知道某種神奇的事發生了，雖然不知是什麼，但很明顯地，傅翔尋到了某種與方師父連接的門道，儘管方師父躺在那裡氣息全無，已是一具冰涼的死屍。

又過了一炷香時間，阿茹娜的想法動搖了，她在燭光下發現方冀的臉上開始泛出血色。她不禁問自己：「阿茹娜，妳有沒有看錯？死人臉上泛血色？」她持燭靠近方冀的臉，仔細瞧了一盞茶時間，終於確信自己沒有看錯，因為她又發現方冀的額上竟然冒出極細的汗珠。阿茹娜壯起膽子來，伸出一根指頭在方冀額頭上摸了一下，豈料才一接觸，一股力道立刻將她的手指彈開，但方冀的皮膚仍是冰涼的。

也不知過了多久時間，傅翔感覺到自己身上的十種明教內功愈來愈接近功德圓滿的境地，於是全心全意地準備迎接「攻頂」。忽然之間，那股暢行了無數周天的內力，就在方冀的掌心勞宮穴吃了閉門羹。由於發生得太過突然，傅翔的內力忽地分離彈回，他必須全神引導，在體內運轉兩圈才能抱元歸一。

他還不知發生了什麼事，耳邊已聽到阿茹娜驚叫：「方師父，你還命活過來了！」接著便是方冀微弱的聲音道：「好熱呵，好熱。」

傅翔睜開雙眼一看，只見方冀正從石台上緩緩坐起，吃驚地望著阿茹娜，然後轉過頭來看到自己，驚喜道：「啊，翔兒你沒有死，你終於回來了！」傅翔再也忍不住哭出聲來，一把抓住方冀的手，那手依然冰涼。他喊道：「師父，師父，我就知道在這裡可以找到您。您……方才是怎麼一回事？」

方冀沒有回答，默默盤坐了一盞茶時間，才又睜開雙眼。他望著阿茹娜，問道：「這位姑娘是誰？」傅翔忙道：「她是阿茹娜，我跌入少室山下那個秘谷，全賴阿茹娜母女救我性命……」他沒有再說下去，匆促之間也不知從何說起。

方冀又問：「今日是幾月幾日？」阿茹娜記得幾天前是圓月，扳著手指數了一下，答道：「今日是十一月十九吧？不然就是二十。」方冀也扳著手指算了一下日子，微笑道：「我這一覺睡了足足十八天。」傅翔已察覺方冀的雙手漸漸從冰涼恢復溫暖，他聽了方冀的話，驚訝地問道：「睡了十八天？原來師父並沒……死去？」

阿茹娜出洞去捧了一碗羊奶進來，笑咪咪地道：「方師父十八天沒吃沒喝，現在一定餓了。咱們現下只帶得有一袋羊奶，您先將就著喝一點，待會我煮好東西給您吃。」

方冀見阿茹娜大方自然，便笑道：「妳不提我還不覺餓，一提到十八天沒進食，立刻就餓了。」阿茹娜道：「方師父，您幹麼要睡那麼久？睡得氣息都沒有，全身冰冷像是……像是死了。」傅翔也問道：「師父是在練什麼龜息大法的功夫嗎？」

方冀緩緩喝了一口羊奶，笑道：「都不是，師父在以身試藥，學那神農氏呢。」說著又喝了一小口；他熟知醫理，知道久未進食，絕不能猛然吃大量食物。

阿茹娜聽他說「以身試藥」，馬上大感興趣，忙問道：「方師父，您調製了新藥，可以讓人長睡不醒？」傅翔猛然記起《方冀藥典》中夾了數頁師父到南京後補寫的方子，啊了一聲道：「師父在試那什麼『三疊白』？」

方冀又喝了一小口羊奶，盤膝運氣片刻，這才回答道：「不錯。我根據醫道藥理，揣摩出可以利用『三疊白』花製作長效麻醉的方子，但那畢竟是憑想像的。雖有人見過用在兔子身上有效，但用在人身上卻未必有效，甚至有害也未可知。我在神農架苦等翔兒，卻總是不見你歸來，便思量何不把『三疊白』配製成藥，試它一試。豈知就在快要醒過來時，你們就到了。看來我這方子還算管用，我方才運氣走了幾周，沒有發覺有啥不妥……」

傅翔暗忖道：「您的真氣走了幾百周天也不止了，看來師父對昏睡中發生的事完全不知。」忍不住問道：「師父，您方才真氣運走全身，您的內力有沒有……有沒有變化？我是問，有沒有增進？」

方冀一怔，望了傅翔一眼，道：「沒有變化呀？為何會增進？」傅翔聽了，覺得十分困惑，經過方才兩人內力合流運行，為何自己的內力大有突破，而師父卻沒有？他一時也想不通，便道：「我……我也不知道，待會再向師父請教……」方冀心知這個徒兒於武學之道是個難得一見的奇才，他如此問必有原因，但一時之間要搞清楚的事太多，便也沒有再問。

阿茹娜這時卻插口道：「方師父，您長睡時氣息脈搏皆無，身體冰涼，分明便如死屍，但面容氣色卻保持栩栩如生，關節也不僵硬。是以我猜，您那三疊白製成的藥，主要是將生命運作的各種活動降到接近停止，但體內的真氣卻不受影響……」

方冀驚道：「原來阿茹娜姑娘精通醫藥之道，趁我睡死的時候，已經驗過屍了。哈哈，改日倒要和姑娘好好切磋一番。」

方冀喝完了那碗羊奶，肚子才真正感覺到餓起來。阿茹娜把石室的存糧及此次帶上山來的新補給，湊合材料做了一頓飯，還特別為方師父煮了一鍋濃粥。傅翔這才將自己跌入少室山深谷的經過說了一遍。方冀也把他製作「手帆」空降山谷，卻未能尋到傅翔的經過也說了；兩相一對照，便知方冀落到此谷的時間，正是傅翔和阿茹娜躲在熱井中做炙療，而錦衣衛屠殺了谷中的蒙古人後離去不久。方冀在谷裡見到那倒斃在血泊中的蒙古女醫師，應該就是阿茹娜的娘了。

阿茹娜感傷之餘，聽到方師父用「手帆」下降到谷底，居然安然無恙，不禁佩服得五體投地，便問製作那「手帆」的細節。方冀笑道：「方師父餓了十八天，醒來頭一頓飯便是姑娘做給我吃的，看在這分上，我便將那『手帆』的製圖送給妳吧。我事後把它的造型、尺寸和材料都做了不少改良。姑娘照著製一個，明年春天時，尋個高崖去踏青，別的姑娘放風箏，阿茹娜姑娘就從崖上飛下來，豈不是天女下凡，羨煞大家了？」

傅翔見師父和阿茹娜才見面沒多久，談起話來竟然妙趣橫生，實是大出意料，心想：「師父可從來沒這樣跟我和芫兒說話。」不禁感到十分欣喜。

方冀「死」睡了十八天，睜開眼睛映入眼簾的第一人，就是阿茹娜那張美麗的臉，從那一剎那起，他就對阿茹娜有了好感。後來見阿茹娜說話天真大方，又知她對蒙漢醫藥都有相當造詣，不免肯定有加。等到傅翔談到在燕京城義診濟貧的事，又協助燕王妃訓練緊急救傷人手，更是豎起大拇指稱讚。最後聽到她獻策守城，動員婦女參與戰鬥，鼓舞士氣，方冀覺得她的所作所為簡直就是當年明教的風範，便對阿茹娜更加欣賞，連聲讚歎：「了不起，了不起啊！」

阿茹娜提了一壺新沏的花茶進來，聽到方冀的讚歎，好奇地問道：「方師父，誰了不起啊？」方冀哈哈笑道：「我在聽傅翔說妳的事，忍不住要讚一句了不起。阿茹娜，妳雖不會武功，卻是不折不扣的俠女。」

阿茹娜聽到方師父當面誇她，不禁臉紅起來，有些不好意思。但她生性落落大方，見方冀和傅翔都在看自己如何回應，便正經地雙手交疊放在小腹，低目屈膝行了一個漢人的萬福禮，不但尷尬之情全消，嫵媚中更流露一種漢人女子身上少見的英爽之氣。

阿茹娜給方冀添了茶，笑嘻嘻地道：「石室中原來就有兩個床鋪，我只在外邊再弄一個簡單的床，今晚便湊合了。明日我再出去多撿些乾茅草，好好替我自己弄個舒服的窩。」

方冀聽到這裡，忽然想起一事，正色道：「咱們這個石室有外人來過。不但來過，還在洞裡住了些日子，你們說怪不怪？」

傅翔和阿茹娜對望了一眼，忽然同時笑出聲來。方冀再聰明也猜不出怎麼回事，便問傅翔何事好笑。傅翔道：「在您回到這裡之前，有個不速之客曾住在這裡，把咱們離開後剩下的糧食吃得一乾二淨便走了……」方冀奇道：「一點不錯。我初歸來，便發現洞內的東西亂七八糟，一粒存米也不剩，更不要說老酒了。我著實納悶，誰會跑到神農架頂來洗劫咱們……奇了，聽傅翔你的口氣，好像你倒知道是誰來過了？」傅翔笑道：「那位不速之客便是完顏道長。」

方冀奇道：「他來這裡？還住了一陣？是為啥？」傅翔道：「他估計弟子若仍活命，必定會回到神農架來，於是到這裡來等我，這石室他老人家倒是熟門熟戶的。」想到完顏道長對自己的愛護及情義，不禁又有些哽咽。

阿茹娜接口道：「道長把最後剩下的一些菜蔬，製成了獨門的醃菜，據他老人家說是人間美味，吃得糧盡酒絕後便留不住了，咱們反而在燕京城碰上了他。」方冀笑道：「那醃菜的確被吃得乾淨。我整理石室中的亂象時，發現了一隻空的醃菜罈子，除了酒味，還有一股濃烈的酸味，不太可能是人間美味。」

提到完顏道長，傅翔便正色道：「道長現在燕京城白雲觀中閉關修行。在燕京城時，弟子和這位武功極強的道長有一番奇特的經驗，在武學上有一些新的心得，要向師父請教。」

方冀知道這個徒兒在武學上的天賦及造詣，也知道全真教的完顏道長是創教祖師王重陽之後武功最高的一人，聽到這兩人「有一番奇特的經驗，在武學上有一些新的心得」，便知傅翔要告訴自己的一定非同小可，便道：「今夜師父要將這讓我睡了十八天的藥方及施藥的細節好好記載下來，武學的事明日再談吧。」說到這裡，忽然問道：「天尊、地尊偷襲你時，那一包少林秘笈也掉落懸崖，後來有沒有落在谷中？」

傅翔道：「那包秘笈在半空中就被我一把抓住，後來又隨咱們帶到了燕京。這回離開燕京城，第一站便上了嵩山少林寺，弟子將這二十四卷秘笈歸還少林時，全寺上下皆高興無比，無為方丈和羅漢堂首席無嗔大師都激動得連宣佛號。弟子隨即向兩位高僧告罪，說二十四卷少林秘笈中，自己私下練了《洗髓經》，乃是為了療傷活命，其餘二十三種神功都沒有私自修練。如今完璧歸趙，也圓了一分奇緣。」

方冀聽了暗暗點頭，對這個愛徒的光明磊落由衷激賞。阿茹娜在旁插嘴道：「咱們離開少林寺時，無為方丈對傅翔說，少林這二十四卷武功秘笈曾隨傅翔同生共死，如今重回少林藏經閣，今後藏經閣中的所有收藏，特許傅翔隨時取閱，要讀要練，皆無禁忌。」

傅翔搖頭道：「師父傳授弟子的明教十大武功，任一門皆不在少林神功之下，練武到這境地，其要在於融會貫通，絕不在多多益善。」方冀點頭道：「說得好。你練了少林《洗髓經》，除了助你療傷，可對你『融會貫通』有所幫助？」傅翔暗暗佩服師父的眼光，一問便問到重點，忙回道：「正是，明日要向師父請教。」

方冀又問道：「少林寺有無南京方面的消息？我知道靈谷寺的天慈法師是少林在南京的聯絡人……」傅翔皺著眉，對師父道：「少林寺並未聽到南京的消息，反倒是日前我和阿茹娜在南陽碰到南京來的人。聽說章逸奉了建文皇帝的欽命，組訓了一支全新的錦衣衛，除了協助防治南京安全，更在京師一帶行俠仗義，很得好評呢。」

方冀驚道：「錦衣衛行俠仗義？有這等事？」傅翔也覺困惑地道：「不錯。咱們還聽說，芫兒和朱泛也加入了章逸的錦衣衛，師父您說奇不奇怪？」

方冀聽了這話，先是覺得匪夷所思，繼而一沉吟，慢慢悟出一些道理來，緩緩地道：「就算芫兒少年好事，朱泛可是少年老成，機警而經驗老到，又是未來丐幫的接掌人，他加入錦衣衛，必然得到錢幫主的首肯。試想，這代表什麼意義？」

傅翔心中一驚，脫口道：「這代表丐幫要介入錦衣衛了！」方冀緩緩地點頭，進一步道：「章逸奉建文之命組訓這支新錦衣衛，且把丐幫拉進來，必然有什麼復仇大計的深意……」他雖不知詳情，但推想到這裡，心情不由振奮起來，又沉吟了一會，對傅翔道：「你倆累了一天，快去歇下了。我把這十八天來『三疊白』的施藥反應記載下來後，也要練一會功夫。」

阿茹娜眼睛倦得快要睜不開了，隨口問道：「方師父，你還不睡？」方冀看她那隨時要睡倒的樣子，哈哈笑道：「方師父睡了十八天，這一會不想睡了。」

傅翔躺在石床上，雖然累了一整天，卻遲遲睡不著，心中不斷在思索一個問題：「我和師父的內力相連結時，那情形便如當年兩人手牽手飛馳時一模一樣，只是為何這一次在兩人內力合璧運行之下，自己的十種明教內功皆不斷增進，而師父卻對這一切全無感覺？這是什麼道理？」

他把當年的情形和此次的情形一點一滴地回顧剖析，比較其中的異同，並在暗中模擬，默默地潛運內力。每運行一周，便激起他一些細節的回憶。到了第九周時，腦海中忽然閃過一道靈光，使他大為震動。他停止了運功，努力凝集心思，暗忖道：「這兩次經歷有幾點共同處：其一，兩次都是透過掌心勞宮穴做為連結點；其二，兩人都有相同的明教內功；其三，兩人之一須完全不知或不會運用內力，或者是在無意識的情況下……」

他想到第一次在晉江時，那時他雖身具明教內力，卻完全不會運用，他和師父疾行如飛，大喜之下待要加一把力時，連結便立即中斷。而這一回，師父在用藥昏睡如死的情形下，自己的內力透過勞宮穴和他合流，他雖身具十種明教內力，卻處於全無意識的狀態中，是以兩人的內力合流通行無礙，直到師父從昏睡中醒來，那連結立即中斷。前後兩次的情形完全一致。

想到這裡，傅翔為之精神一振，更無睡意了。但接下去的問題是：何以在內力合流通行於兩人之間時，自己的內力得以增進突破，而師父卻沒有任何變化？他沿著前面的思路細細想了一遍，終於得到答案：「是了，是『洗髓功』！」他想通了這一點，不由興奮地坐了起來，暗暗叫道：「對啊，只有洗髓功是我練過而師父不會的功夫，只有洗髓功可以『洗』盡十種內力之間的阻隔，生出流動的空間來儲存新增的內力，原來這就是突破的關鍵！」

傅翔忍不住回想，此次藉內力合流之助，自己體內的十種內功在快要功德圓滿之際，師父就醒了過來；而兩次和師父的內力合流，都是在極為湊巧的情況下發生，可說是可遇而不可求，這種機會不可能再有。因而他的明教十種內功終究還是差了那麼半步，沒能修到十成完滿之境。

但他立刻便釋然了，完顏道長的話在耳邊響起，他告誡自己練功絕不可強求。想到完顏道長，便想到當他突破萬難將「後發先至」的功夫練到無所不適時，曾經哈哈大笑說，道家不求全勝，但求不敗。自己的十種內力從「無礙」走到「融會」，留下一點不足，說不定正是走向「脫胎換骨」的契機。自己未能一舉練到十成，冥冥之中自合天道吧。

想到這裡，他便覺舒適泰然，倦意漸起，安心地進入夢鄉。不遠處的石桌上，一盞油燈發出微弱的光，照在振筆而書的方冀臉上，他一口氣將這次用「三疊白」配製的藥方、施藥分量、用藥後的效力……一一詳加記錄，完筆時露出了一絲滿意的微笑，他知道自己創造了一個前所未有的奇妙方劑，於醫藥之道增添了全新的知識。

方冀聽到章逸奉建文之命組訓新錦衣衛時，心中第一個想法便是此舉背後必有復仇大計，但是他卻完全想錯了。明教的血海深仇隨著朱元璋死去，在晚一輩心中的感受和方冀已有相當的差距。傅翔和阿茹娜經過一番痛苦的心理掙扎，終於擺脫了前人種下的仇怨宿命，他們心中已經沒有什麼不共戴天的仇恨。

章逸埋伏在錦衣衛十多年，為刺殺朱元璋苦心策劃了妙計，但在方冀乾坤一擲功敗垂成，而後朱元璋死新皇登基，明教的仇恨在他心中已然淡去。他為建文組訓新錦衣衛，是真心想幫助朝廷建立一支能做好事、保護良民、打擊惡人的親兵。朱泛、鄭芫等人更與前人的恩仇不相干。

只有方冀，仍然對當年神農架頂的慘事不能忘懷，時時縈繞在心，但他心中也清楚地知道：「乾坤一擲沒有成功，朱元璋已死，這仇是報不成了。」只是他對朱家王朝仍懷有極大的恨意，如果他發覺章逸等人是真心真意為朝廷效力，恐怕將受到很大的打擊。

∞

南京的百姓日子過得如常，朝廷裡的氣氛卻是愈來愈緊張。戰爭雖在北方進行，但戰報傳來，卻讓京師的君臣一再受到驚嚇。燕京城外鄭村壩大戰，李景隆的大軍折損十餘萬，朝廷辛苦從各省徵調而來、供數十萬大軍所需的輜重糧草，幾乎全落入了燕軍之手；李景隆在戰事尚未結束前便開溜逃回德州，讓北平城外圍城的朝廷軍成為群龍無首的亂軍，全遭燕軍殲滅。

兵部尚書齊泰及推薦李景隆拜將的黃子澄都被免了官銜，不過仍然留朝參議，一時引來朝中諸臣議論紛紛。

鄭洽在翰林院中起草兩份詔書，正在為一兩個用詞推敲之際，看到大學士方孝孺氣急敗壞地走進來。鄭洽素知方學士練就一副泰山崩於前而面不改色的鎮定工夫，極少看到他如此怒氣沖沖的模樣，不禁暗驚，連忙站起身來道：「孝孺兄何事動氣，快請坐下……」他一面勸坐，一面將桌上一壺新沏的茶倒了一碗，遞給方孝孺。

方孝孺坐下喝了一口熱茶，這才平息下來，臉上恢復了常色。他嘆了一口氣道：「燕王朱棣又來了一道奏章，鄭老弟你是知道的了？」鄭洽道：「不錯。燕王抱怨前次所奏遭奸臣扣留不報，故再上書，直指齊泰和黃子澄為奸臣，請皇上除之。」方孝孺道：「方才皇上居然罷了齊泰和黃子澄的官銜，雖仍留廷參議政事，但看在天下文武百官眼中，那是什麼意思？」

鄭洽聽了也大吃一驚，低聲道：「皇上此舉豈不擺明是在回應燕王『清君側』的請求麼？那……」方孝孺一掌輕拍在桌上，道：「所以我又急又氣，一怒疾走而來，氣急敗壞之態真是貽笑大方了。」鄭洽道：「方學士何出此言，此是大事，對朝中主張削藩的諸大人面上極不好看也就罷了，小弟尤其怕影響北方戰事的士氣。」

方孝孺道：「談到北方的戰事也的確令人氣憤，李景隆損兵折將，輜重盡失，躲回德州不敢出戰。皇上若要處置鄭村壩之敗，該問罪的是李景隆呀！如今李景隆不撤換，反而是當時力主削藩的齊、黃兩人去官，此事助長敵方之威勢，而削弱我方之士氣，莫此為甚啊！」

鄭洽點頭不語。方孝孺接著道：「齊泰和黃子澄的意見，有許多條我並不贊成，但朝廷既已決議削藩，豈可因一個庸將在前方一時之敗便罪責朝中重臣？倒像是在呼應朱棣的要求了。唉，這消息傳到前方，只怕要壞大事。」

鄭洽忽道：「這事的確透著些蹊蹺。孝孺兄，你瞧是不是皇上故意這麼做，好造成南北休兵的局面……或者，後面另有更深的計較？」

方孝孺聞言怔了一下，閉目思考了一會，輕聲道：「說實話，我倒真希望是如鄭老弟所言。不過無論怎麼看，留著李景隆繼續做征燕大將軍，都是千錯萬錯之舉。唉，難道舉國上下再無良將？」

鄭洽聽他這一問，心裡的話忍不住衝口而出：「太祖自作自受呀！」他話一出口，猛然省覺不該在官署中議論大行皇帝，便閉了嘴。方孝孺卻不管那許多，拍手叫道：「鄭老弟說的一點不錯！太祖把開國名將一個個除去，最後能帶兵打仗的良將只剩諸藩王。他卻不曉得現在便是強藩在造反，朝廷只有弱將可用，真是自作自受啊！」

鄭洽點頭道：「傅友德、藍玉、馮勝，這些都是我朝最後剩下的開國大將，卻都在過去六年之內一一遇害。這三人中只要有一人在世，怎會讓朱棣如此囂張？」方孝孺道：「無論如何，今日之事必將影響前方戰局。我要找徐都督、梅駙馬等人集思廣義，預為規劃對策，否則……李景隆若是兵敗，燕軍長驅直下，朝廷如何因應？」

方孝孺認為皇帝罷齊泰、黃子澄官銜之事定將影響北方戰局，鄭洽認為皇上此舉或許另有深意，兩人的想法都沒有錯。過完年，燕軍和南軍之間的對峙開始有了變化。按照李景隆原來的計畫，是在新加入的兵力整編妥當後重整旗鼓，待天氣回暖，便要再次北伐。然而二月底時，李景隆寫了一封信給朱棣，要求暫時停戰。朱棣收到這封密函，不能確定這是李景隆自己的意思，還是建文皇帝的授意，如何處理頗費思量，一時難以決定。

李景隆在德州大營裡焦憂地等待燕王朱棣的回信，密使持函送燕王已過數日，仍未有任何回音。他把使者喚來問了兩次，使者只道燕王收下了信，卻沒有交代任何話，便令使者快快返回。李景隆完全摸不清這封密函會導致什麼樣的後果。

到了黃昏時分，帳外親兵來報，說是燕軍有使者來求見。李景隆連忙接見，只見來人披了一件又厚又大的毛氈，連頭帶臉都裹住，只露出一雙精光四射的三角眼。那人進了大帳，便對李景隆道：「大帥請摒退左右。帳外親兵已經搜身，俺身上沒有任何兵器，只有一封密函，但只能給大帥一個人看。」李景隆轉頭望了兩名親兵一眼，兩名親兵同時點頭，李景隆揮了揮手，親兵便退出大帳。

來人緩緩把裹在頭臉上的毛氈取下，只見他頭上還戴著一頂羊皮帽，顎下鬍鬚略顯花白，竟是個六十來歲的老者，李景隆不禁一怔。那老者伸手把頭上的皮帽一掀，露出一顆光頭，原來是個和尚，他點首為禮，輕聲道：「貧僧道衍，從燕京慶壽寺來。」

李景隆暗道：「原來是他，燕王的第一謀士親自來了。」便也點首為禮，道了一聲久仰。道衍從懷中掏出一封信來，鄭重地交在李景隆手上，低聲道：「燕王請大帥先看完這信，另外還託貧僧帶了幾句口信。」

李景隆拆開信封，掏出一張摺了好幾摺的白紙，上面寫著「我之奏摺屢為奸臣扣住不報，請轉奏皇帝，必誅齊泰黃子澄方可休兵」寥寥二十幾個大字，字跡粗獷有力，墨汁淋漓，一看便認得是朱棣的親筆。李景隆不禁皺了皺眉頭，道：「燕王的意思是……不肯暫時休兵囉？」

道衍和尚道：「燕王託貧僧帶幾句口信：第一，令老太爺曹國公文忠將軍與燕王十分熟稔，可說是忘年的交情，燕王二十歲習兵法之時，曹國公便以實戰案例相授，燕王對曹國公的豐功偉蹟與正直敢言極是欽佩。」

這段話說得極是誠懇而實在，絕非恭維的客套話，李景隆聽得出必然出自燕王親口，便點了點頭，等道衍說下去。道衍壓低了聲音道：「第二，這靖難之戰一旦開打，不到你死我活絕無休時，自古以來多少史例可以佐證。燕王的用兵及他手下大將的能耐，想來李帥知之甚深，不用貧僧多費口舌。以貧僧默察天象人道數十年的功力，可以料知燕王必成大事。燕王希望大帥慎重考慮，臨行前託貧僧轉告一句話，他說即使今日戰場相爭，他日未必不能同享富貴。貧僧言盡於此，拜別大帥。」說完合十行了一禮，重新裹上毛氈，低頭快步走出大帳。

李景隆在帳中踱來踱去，想了又想，終於停下腳步，喚帳外親兵速傳隨軍書記。過了一會，親兵帶了一個年輕文官進帳，李景隆劈頭便道：「替俺擬個奏章，就說大軍整編訓練仍需月餘，北伐時間另函密奏。」

∞

鄭洽推測建文如此做法可能另有深意，也有一些道理。這一個月來，建文並未因前方戰事失利而顯得慌亂，與眾臣的焦慮形之於色比起來，皇帝反而有著出奇的自信。齊泰和黃子澄被罷了官，雖然面子上不好看，但數月來留在朝廷裡參與議政，皇上垂詢頻仍，看不出任何跡象顯示這兩個大紅人已經失勢。

黃子澄因力薦李景隆，所以對被罷官自覺罪有應得。齊泰在當時是極力反對李景隆拜將的，這時一併罷了官，朝中諸臣有些就為他感到不平，但他本人倒還想得開，自忖：「六十萬大軍派出去，不到一年就打成這樣，咱這兵部尚書總不能說沒有責任吧。」

退了朝，建文摒退太監及侍臣，只留了一個錦衣衛，說是有話要交代，那錦衣衛便是鄭芫。太監奉上茶退出後，議事廳中只剩下建文和鄭芫兩人。

建文先揮手要鄭芫坐下用茶，鄭芫聞那茶香氣撲鼻，茶色鮮潤明亮，葉片綠褐相間，有些葉片還鑲了紅邊，十分美麗。她細細品嚐了一口，只覺滿口郁馥，久久不去，忍不住讚道：「皇上，您這茶好極了。」建文微笑道：「這是從福建武夷山來的『大紅袍』。芫兒，妳喝完這碗茶，朕有重要事交代。」

那茶雖好，茶碗卻小，鄭芫一小口一小口地啜著，心中在想：「皇上幹麼要單獨召自已密談？」自從上次在御花園裡湊巧為建文擋了刺客，建文便要鄭芫到宮裡來當差。她每日除了巡視的工作移到皇宮裡來，皇上也常召她入宮，派些特殊的差務，但從來沒有像這一次這樣神秘兮兮。

建文道：「芫兒，朕要派妳到山東跑一趟。」鄭芫吃了一驚，道：「山東？」建文點頭道：「朕派妳去濟南和德州辦一件事，不要讓任何人知道。」鄭芫瞪著一雙大眼睛，點頭道：「是。皇上要臣去濟南和德州做什麼事？」

建文從袖中拿出兩個厚厚的黃色信封，對鄭芫道：「這兩封密函，須由親信之人親送到濟南和德州給兩個人，其中一人是在濟南的山東參政鐵鉉，另一人此刻在德州一帶軍營中，乃是參將盛庸。」

鄭芫聽得一頭霧水，心想皇上有的是六百里快馬的軍情投送體制，有要緊的事兒交由兵部送去就好了，何必要找我去送信？心中十分狐疑，卻不敢直問。建文見她一臉的不以為然，便道：「這兩封信關係到前方戰事的大局勝敗，乃是朕親自和魏國公、梅駙馬幾個人研擬出來的計畫，必須安全送到鐵鉉及盛庸的手中，卻不能透過兵部……」說到這裡，他嘴角忽然浮現一絲笑容，那笑容卻帶有一絲淒苦的味道。

鄭芫每次見到皇帝這種表情，心裡便覺得十分震動。卻聽建文接著道：「兵部那邊要替朕傳另一封信，直接給大將軍李景隆。」他望了鄭芫一眼，道：「妳一個女兒家卻武功高強，悄悄換裝上路無人注意，最適合辦這樁大事。」鄭芫道：「皇上想得周全，臣謹領旨。」就把兩個信封接過，只見信封上各只寫了一個字，一封上寫個「鐵」字，另一封上寫個「盛」字。建文道：「妳回去報告章逸，行程細節便由他決定吧。」

鄭芫回到錦衣衛衙門，立刻去找章逸。章逸正和朱泛等人商討城外普天寺天竺人的動靜。

這一段時間裡，天尊和地尊又閉關不出，門人也都閉門躲了起來，直到過了年才查到一些動靜。不久前，天竺手下的新都魯及阿蘇巴會同百梅師太，帶著四個女尼浩浩蕩蕩地往西走了；絕垢僧和沙格則和點蒼的新科掌門人丘全，帶著三個點蒼弟子亦往西去。兩批人馬都是沿長江而行，卻分成前後兩批。章逸接到手下探子的回報，對這情況頗為納悶，正在猜測這些人向西而行的目的。

朱泛道：「最簡單的解釋便是，百梅師太要回峨嵋，丘全要回點蒼，這兩夥人分批走，恐怕是各有各的任務……」章逸接著道：「百梅尼姑回峨嵋，肯定是去爭奪峨嵋派掌門人的大位，這賊尼對萼梅庵住持覺明師太說，她來京師是為了避開掌門之爭，還贏得董堂主好生敬重呢，他媽的其實是來領天尊地尊的指令。這回天尊著新都魯和阿蘇巴去助陣搶掌門人，好徹底控制峨嵋派。」朱泛連連點頭道：「章頭兒料得不錯。但另外那一夥呢？天竺人跟丘全他們去點蒼幹麼？」

大家的眼光都落在沙九齡臉上，沙九齡恨恨地道：「媽的，你們不要看著我，我那知道丘全那個那個王八蛋在搞什麼鬼。」他自從被丘全擒住，心中一直憤恨難消，只要有人提到丘全，他便王八蛋出口，而且一定會連說兩次「那個」。章逸他們卻知道，只要聽到一串「那個那個」，便是老沙生氣了。

朱泛卻追問道：「那丘全潛伏在點蒼派多年，竟讓他當上了掌門人。沙大鏢頭，您那點蒼派的武功秘笈，必定早已獻給了天竺人，天尊地尊還要派弟子跟著丘全去點蒼，必然有個道理吧？」沙九齡狠狠瞪了朱泛一眼，道：「那個那個王八蛋如何當上掌門，恐怕大有內情，俺師父好好的怎麼就死了也有問題。我看天尊派絕垢僧和沙格去點蒼，多半是丘全那個那個王八蛋邀他們去點蒼當幫手的……」

朱泛又問道：「幫什麼手啊？難道點蒼山上有什麼難言的秘密？對了，沙鏢頭當年是怎麼離開點蒼的？」沙九齡怒道：「朱泛，你不要那壺不開就專提那壺！老子為啥離開點蒼干你屁事？你那麼好奇，便自己跟丘全那個那個王八蛋去點蒼山查個清楚……」他還待發作，章逸連忙制止道：「大家先別鬧。朱泛，你把你丐幫兄弟探到的事先說給大家聽聽。」朱泛伸了一下舌頭，仍不服氣地喃喃道：「媽的，問問也不行，幹麼發那麼大的脾氣？」鄭芫道：「朱泛，你少說一句不成麼？」

朱泛這才對眾人道：「這兩批人離開南京時，各自包了一條帆船。長江這一段江面寬，水流較緩，更兼東南風季節，逆水向西行很是順利。咱們料知他們將走水路，便在兩條船上都安排了丐幫的弟兄，扮作船上的船伕，混在裡面打探……」

鄭芫驚喜道：「丐幫弟兄中有會駛船的？」朱泛道：「只要是幹粗活的事，俺幫裡弟兄中都有人會一手的。他們隨船逆江而上，經過各舵所在，都有信鴿回報。峨嵋及點蒼兩批人中，都曾提到感謝天尊地尊指點功夫，將峨嵋及點蒼本門武功與天竺武功相結合而有所突破。另一件重要消息是，兩夥人都談到回去後希望儘快完成任務，接著要到武當山會合。你們說這是什麼意思？」

章逸首先道：「聽你這麼講，天尊地尊蒐集中土武功秘笈，也有將中土和天竺武學融合、更求精進的意思，以這兩個武學奇才的能耐來說，倒未必全是壞事。只是不該用強奪霸取的姿態加諸中土各門派……」鄭芫插口道：「何況中土的主要門派如少林、武當，其本身武學絕不在天竺之下，如何能接受天竺這一套搞法？」章逸笑道：「俺知道鍾靈女俠的武功是佛門正宗，怎會希罕旁門外道的東西。」

鄭芫道：「我潔庵師父說，天下武學萬流歸宗，各門各派交流切磋都是好事，就是不容以霸道硬加諸人。天竺武學再高明，天尊地尊武功再高強，就算他們是好意要幫助中土各派精進武學，強加諸人就是霸道。霸道雖勢強，卻不能久，終究無法得逞。師父還說，只聽過咱們的聖人說『己所不欲勿施於人』，不曾聽過有『己所欲必施於人』的道理。」

朱泛拍手道：「你們瞧，有誰說得過鄭芫的？怪不得她十四歲就把燕京來的道衍和尚問倒了。俺倒是覺得，這兩批人各自回峨嵋或點蒼當然各有目的，但是幹麼要相約到武當山會合？這裡面有大大的陰謀。」

這時，一直未發言的于安江開口道：「我猜他們要再攻一次武當，這一次定要把武當派給滅了。不信的話，到時候各位只需看天尊地尊是否也會出關趕到武當會合，就知道了。」章逸道：「願聞其詳。」于安江道：「我這麼猜，是用最小人之心來替天尊地尊策劃。聽你們講了一大堆，前一次天竺人攻少林和武當，有一件事你們都沒有注意到，俺這小人就注意到了。」章逸道：「老于，別賣關子了，大家都在洗耳恭聽呢。」

于安江把手中茶碗重重放下，啪的一聲，差點敲破了碗，他乘著這勢朗聲道：「你們都沒注意到，少林有難時，武當五子會挺身相助；但武當有難時，少林卻不會相助，差別就在這裡。俺這個小人看到了，天尊地尊和那些天竺小人也都看到了。」于安江見章逸等人個個聽得聚精會神、面色嚴肅，自覺這幾句話講得十分有力，便停下來，環目深深看了大家一眼。

朱泛第一個反應道：「于指揮這看法還真獨到啊。想那少林無痕大師讓地尊給擒住時，人家武當派可是全力在襄陽營救，致使武當老窩差點讓絕垢僧他們給挑了，五俠道清子差點犧牲了性命。是以天竺的小人便計畫全力再攻一次武當，反正少林寺獨善其身，是絕不會馳救的。」

章逸道：「朱泛說得不錯。上次絕垢僧、絕塵僧和辛拉吉三人襲擊武當時，只有道清子、天行子兩人留在武當山拒敵，其餘三俠都去了襄陽搶救無痕，若不是完顏道長和傅翔趕到武當山相助，武當弟子恐有滅門之禍。這一回他們若再傾全力圍攻武當，到那裡去找完顏道長和傅翔？」

朱泛冷笑了一聲，道：「佛門正宗奉行獨善其身，不管外事；咱們叫花子可是奉行摩頂放踵，專愛管江湖閒事。咱們盯住天尊地尊的動靜，他們兩人如不動，就憑那兩批天竺弟子加上峨嵋點蒼，武當五俠也不見得就怕了。但若天地兩尊行動了，咱們丐幫錢幫主只要得了消息，必傾全力從武昌殺到武當，打得過也打，打不過也要打。」

鄭芫卻在這時宣布道：「皇上命我報告章頭兒，要派我出差到北方一趟。我辦完事想去神農架……」章逸皺眉道：「去神農架？」鄭芫道：「章頭兒，您方才不是問那裡去找完顏道長和傅翔嗎？我猜此刻若要找他們倆，還有我方師父，便要上神農架一趟。」

章逸心想，鄭芫這個推測有幾分道理。皇帝派她去北方辦的事一定十分機密，她卻當著四人的面說出來，乃是因為咱五人一體，一人出了公差，不可能瞞住其他四人，不如挑明了講，反而顯得彼此間沒有親疏隔閡，小姑娘確是聰明過人。他也不問去「北方」是去那裡，只沉吟了一會，便道：「妳一個人去北方畢竟有些風險，便要朱泛陪妳去吧。妳辦完公差回程去神農架的事，先詳細計畫一下，行程路線拿給我看，再作道理。」

朱泛喜孜孜地對章逸行禮道：「章頭兒處理事務又明快又睿智，佩服，佩服。」鄭芫啐道：「馬屁精。」沙九齡搖頭道：「噁心啊！」

8

鄭家娘子自從在莫愁湖畔萼梅庵發生遭擄一事，每天「鄭家好酒」打烊後，便由章逸、鄭芫和朱泛輪流護送她回家。這一晚，鄭芫在宮城裡巡邏完畢，便趕到「鄭家好酒」，正好陪母親回家。

鄭娘子見鄭芫提著一隻大竹籃，籃子上蓋了一塊黑布，好奇地問：「芫兒，妳那籃子裡是啥東西？好像還在動呢。」鄭芫將竹籃放在桌上，一手輕輕掀開那塊黑布，只見籃子裡蜷著一隻毛長眼藍的貓，正睜著一雙大眼睛瞪著鄭娘子。

鄭芫笑咪咪地道：「她叫『妹妹』，朱泛送我的貓兒，一直帶在身邊。」鄭娘子見那「妹妹」模樣可愛，忍不住伸手摸牠一下，妹妹只溫柔地喵了一聲，十分乖巧。鄭娘子道：「這貓與咱們這裡的貓長得不一樣，怕是外國來的。」鄭芫道：「娘猜得對，這貓是從波斯國來的。」鄭娘子道：「芫兒，妳用竹籃帶著牠到處跑？」鄭芫道：「娘，我有公差要離開南京，會到北方去一陣子，想把妹妹寄放您那兒。」

鄭娘子吃了一驚，半晌沒說話。過了一會，她拉著女兒的手道：「貓兒放我那挺好。可是外面那麼亂，北方的仗打得火熱，妳要去北方，娘真不放心啊。」鄭芫道：「章指揮派朱泛和我一道去呢。娘，妳儘管放心吧。」鄭娘子搖了搖頭道：「上回在萼梅庵和普天寺，你們仗著武功高強，將娘救了出來。這回妳去北方，倘若碰上了千軍萬馬，武功再高也保不住平安。妳……你們不是要去打仗的地方吧？」

鄭芫心想：「上回在普天寺，咱們這邊固然實力極強，但天尊地尊出現後，情況便不同了。最後大家全身而退，恐怕還是那一百五十名神箭手的硬弓強弩發揮了一些作用吧。」她知母親擔心，便道：「我們自會避開打仗的地方。娘，您是上次在萼梅庵被幾個峨嵋賊尼擄走，嚇得一朝被蛇咬，見著草繩也怕呢。」

鄭娘子回想那天發生的事，確實心有餘悸，輕嘆道：「那時娘正要擲一副筊杯，忽然有人在我背後一推，接著頸上一麻，便不省人事了。現在想起來，還覺得可怕之極，妳說娘怎能不憂心？」

鄭芫道：「當時我在後面看到黑衣尼一擁而上，便覺不妙，等到越過一干信徒衝上前去時，已經來不及了，只看到娘擲出的筊杯在地上，卻是一個『聖筊』呢。」

鄭娘子聽了這話，忽然眼睛發亮，抓住鄭芫的手，低聲問道：「芫兒，妳說『聖筊』？」鄭芫道：「是聖筊。」鄭娘子舒了一口氣，兩頰有些發熱，提著那竹籃道：「芫兒，咱們回家吧。」妹妹睜著一雙藍色的大眼珠望著鄭娘子，又喵了一聲。

∞

回靈谷寺辭別了天慈及潔庵法師後，鄭芫才告訴朱泛，此行的目的地是山東濟南和德州，要去見的人是鐵鉉和盛庸，見著兩人是為了要親交一封聖諭。

朱泛是個用心的人，他聽完鄭芫的話，便道：「鐵參政駐在濟南，濟南目前尚在戰場之外，找到他投一封信不難。那盛庸參將雖說是在德州軍中，但那一帶戰事正在進行，要找他只怕不容易。咱們就先到濟南，再去德州吧。」鄭芫笑道：「朱泛，你別把我當作沒出過門的小姑娘，我雖然沒去過，但也曉得濟南在南，德州在北。」

兩人正要下山，忽然身後有人招呼：「鄭姑娘，兩位請留步。」聲音有些耳熟，一時卻想不起是誰。回頭一看，只見一個書生模樣的年輕人，穿著一身藍色絲棉袍，頭戴一頂兔皮帽，正快步走過來，原來是曾見過面的胡濙。

兩人等胡濙走近，抱拳道：「真巧，在此碰上胡相公。」胡濙跑得氣喘，忙還禮道：「兩位錦衣指揮使請了，可是要回城去？胡某想託兩位帶個口信給鄭洽鄭學士。」鄭芫道：「胡相公怎會在此？」胡濙道：「下月便是春闈大考，今年比以往晚了一些，在下想效法鄭洽兄三年前的做法，躲在靈谷寺潛心溫習一個月，再進城去應試。前日鄭洽兄託信來，說他已經和天禧寺溥洽方丈說好，要我這幾天就搬到天禧寺去住，那兒離江南貢院只一箭之遙，方便得多。便請兩位為在下謝謝鄭兄好意，我是一動不如一靜，決心留在靈谷寺到考前一天再進城，好在我早已在秦淮河畔一家客棧訂好了房間。」

鄭芫暗忖：「咱們下山見過章頭兒，明日就北上了，未必能有機會碰到鄭洽呢，只好請章頭兒轉告了。」口中答道：「胡相公放心，咱們一定把話帶到，預祝你金榜題名啊！上次我也祝過鄭相公，他就高中了。」胡濙道：「多謝，但願如姑娘金口良言。」朱泛也道了祝福，心中卻想：「今年的春闈乃是建文就位以來第一次大考，聽鄭洽說，參試士子人數較多，要想榜上高中較為困難呢。」

兩人別了胡濙，回到城裡去找章逸，聽取章頭兒的行前交代。章逸正從玄武湖邊的刑部辦完公事出來，便和鄭芫、朱泛約在湖畔一間視野優美的茶館見面。他走進茶館，見朱泛和鄭芫已經到了，三人要了一間小隔間，茶博士走進來請安道：「三位貴客要點什麼茗茶，敝館都備得有，只除非皇宮裡今年新進的貢茶，咱們就沒有了。」

章逸聽得有趣，便問道：「茶博士，此話怎麼講？」

那茶博士談吐頗為不俗，解釋道：「宮裡的貢茶乃是各產茶地的地方官進貢的，皇帝皇后加上嬪妃也吃不完，總有一些流出宮外，只要有門路便能得著。敝館在京師開了三十多年，凡到玄武湖遊湖的雅士，沒有不到這茶館坐一坐的。您瞧這窗外，湖光山色便在眼前，又像一幅圖畫框在窗裡面，文人高士們觀景品茗之餘，便在此談論天下大事。是以宮中貢茶每年外流，敝館動用關係，總有辦法得到供應。只除非今年新進貢的春茶，皇帝皇后都還在嚐新呢，客官們便要等一等了。」

朱泛拍手道：「咱們也不點什麼貢茶，就你茶博士替咱們挑一種好茶嚐嚐就行。」那茶博士應了，便出去備茶。鄭芫道：「京師之地，果然事事不同凡響。咱倆便要動身北上，章頭兒還有什麼交代？」

章逸道：「皇帝要芫兒去辦的事，一定與北方戰事有關。我上午才與鄭學士談起來，他對大局頗不樂觀，他說大將軍李景隆不是朱棣對手，恐怕大敗之日就在眼前。你們此去的任務即使順利完成，恐怕於大局也起不了作用呢。」

鄭芫先岔題道：「您提到鄭洽鄭學士，咱們方才碰見了胡濙，他正在靈谷寺借住苦讀，準備下月的春闈。他託咱們告訴鄭學士，他不去天禧寺了，謝謝鄭學士為他安排的好意。

這些話就託章頭兒轉告鄭學士吧。」章逸應了。

朱泛道：「那伐燕大將軍李景隆若是不成，朝廷為何不換人？」章逸道：「換誰啊？朝廷若是有良將，根本就不會拜李景隆為大將軍了。唉，明朝開國以來猛將如雲，竟被朱元璋殺到無將可用，這也是氣數……」鄭芫忽道：「若是傅翔的爺爺還在呢？」章逸壓低聲音道：「傅翔的身世咱們還是守著些。若有穎國公傅友德在，我猜燕王根本不敢造反。」朱泛道：「傅友德有那麼厲害麼？」章逸道：「魏國公徐達曾說，傅友德是我朝的霍去病。我問你，徐達厲害不厲害？霍去病厲害不厲害？」

這時那茶博士端著一隻精緻的茶壺和三隻瓷碗進來，他將三隻茶碗放好，喝一聲：「客官看茶。」唰的一下把茶壺舉到肩後，那姿式便如背拔寶劍，茶水就像一道劍光般直射入桌上茶碗。茶博士倒滿了三杯茶，一翻臂，茶壺便轉回到前面，輕輕地提在手中，桌上沒有濺出一滴茶水。

鄭芫拍手叫好，那茶博士笑容可掬地道聲獻醜，便退下了。朱泛道：「這茶博士練得一手好功夫，這等眼力、腕力、臂力，倘若來練暗器，肯定是個高手。」鄭芫道：「你怎知他不會暗器？」朱泛道：「說的也是。」章逸搖頭笑道：「兩個沒見過世面的少年人，不要胡扯了。大江南北乃至北方的大城裡，有歷史的茶館師傅，多有這套祖傳的功夫，跟打暗器扯不上關係。」

他啜了一口茶，讚聲好茶，接著道：「我瞧皇帝和京師裡知兵法的將軍，如徐輝祖等人，已對李景隆失去信心，要尋可用之人重新布署，近日內就要和燕軍決一死戰。你們這次的任務一定與此有關。」

鄭芫點頭道：「咱們此去濟南和德州，辦完了事便立刻遠離戰場，然後到神農架去找傅翔和方師父。」章逸道：「你們沿著大運河，可經濟南直到德州。辦完公事後，從德州沿古黃河道到洛陽，再下襄陽，從漢水支流南河到神農架。」朱泛道：「後面一截俺知道，俺第一次碰到方師父和傅翔便是在襄陽。」

章逸點點頭，接著從懷中掏出一個紙袋，再從紙袋中拿出一張地圖，對兩人道：「這是一張去神農架頂那秘坪的路線圖。神農架經常大霧瀰漫，山勢更加詭奇，你倆就算到了那裡，也未必能順利找到方軍師和傅翔的居所……」

朱泛見了大喜道：「我原本還在擔心呢，忘了章頭兒對那邊的地形地勢原是熟門熟戶，有了這張圖便沒問題了。」章逸正色道：「到了神農架，無論是找著方軍師或傅翔，便告訴他們天下將有大亂，請他們到南京來。如果都不在神農架，你們留下消息便趕回來，沿途儘可能用丐幫的信鴿傳訊。」

朱泛道：「只要到了襄陽，咱們就能用飛鴿傳信了，就算經過武昌做為中繼，也只需三天時間就能傳到南京。」章逸點了點頭，忽道：「武當若真有難，少林不來援救，還有丐幫和明教在呢。」鄭芫一本正經地道：「章頭兒，您這話說得不全對……」章逸笑著改口道：「是啊，忘了還有鍾靈女俠在。」鄭芫道：「我的武功全是潔庵、天慈兩位師父所傳，芫兒便代表少林吧。」

8

「濟南」之名，源自其地處濟水之南的意思。幾百年來黃河改道頻仍，南宋時奪濟水河道入黃海，「濟水」已成了「黃河水」，但濟南之名還是沿用下來。

濟南城的山東布政使司衙門前，有一對造像十分典雅的鐵獅子，鑄造之功細膩，神態威猛生動，不知出於何代名家之手。這時從街南走來兩個年輕的錦衣衛，向守衛的衙役亮了錦衣衛的腰牌，要入內求見參政鐵鉉，說是從京師來，有重要事相商。

兩個役卒每天在衙門前檢查出進人等，一雙眼睛練得銳利非常，見來人雖然身穿全副錦衣衛的服裝，但看上去實在太過年輕，便狐疑地把住兩塊腰牌看了又看。只見橢圓的兩塊牌上，外圍雕著兩隻猛獸環抱著牌兒，那猛獸似虎非虎，似犬非犬，有點神獸的模樣，牌中央刻著來人的名字，一個是朱泛，另一塊上刻著鄭芫。

兩個衙役瞧那腰牌不假，對望了一眼，其中一個咧嘴的壯漢道：「兩位指揮稍候，俺要進去請示一下。」朱泛道：「大哥請，咱們等著。」另一個濃眉的瘦子擋在兩人面前道：「兩位京師來的錦衣指揮好年輕，怕不到二十吧？」朱泛雙眼一瞪，隨口答道：「俺今年二十五。」說著指了指鄭芫道：「她比較年輕，才二十一呢。」鄭芫聽朱泛信口開河，拚命忍住笑意。那瘦子是何等眼光，一聽便知朱泛誆他，但見朱泛說話時瞪著自己，一雙眼睛射出一道精光，便不敢再言。

過了一會，先前進去請示的壯漢出來，揮手道：「進來進來，算你們走運，鐵參政正好有空見你們。」那態度倒像是他私人施恩惠放兩人入內一般。鄭芫沒說什麼，朱泛經過那壯漢身旁時，瞪著他道：「多謝老哥開恩，不然咱們就要誤了公事。」鄭芫終於忍不住噗嗤一笑，那壯漢竟然不以為意，反而點頭道：「小事，小事，別說什麼開恩。」朱泛還想逗他，鄭芫用肘頂了他一下，要他適可而止。

兩人在衙門中轉來轉去，轉過一個天井，後面是一間獨立的公廨，門前又有兩個帶刀的親兵守在兩邊。其中一人上前一步，問道：「京師來的？」鄭芫道：「正是。」心想那咧嘴的衙役已通報過了，便該立刻放入吧，豈料那親兵一伸手攔住兩人，要再驗腰牌。兩人心中暗道：「大概是戰事吃緊，官府裡怕細作潛入，查得還真緊呢。」那親兵仔細驗過腰牌，這才引著兩人進入。

那公廨外面兩間，坐著一個師爺和一個軍官，再進到裡面一間，只見一個面色清癯的中年官員正襟危坐在案前。

鄭芫和朱泛行了一禮，鄭芫恭聲報名道：「京師來的錦衣衛鄭芫、朱泛，拜見……」說到這裡，抬眼看到案桌左邊一個黑木圓架上放著一個青花瓷的長頸瓶，瓶中插的不是花枝，卻是一道錦幡，上面繡著「欽派三品山東參政鐵鉉」。

朱泛也瞧見了，暗道：「咱們這一路進來，被層層盤查，本來也該反過來要這鐵鉉驗明正身一下，才把聖諭交給他。看他案後那欽命官銜，大概錯不了啦。他媽的，錦衣衛不是應該最會玩這一套嗎？芫兒和我也太沒威風了。」

鐵鉉倒是極客氣，連忙請兩位上坐。鄭芫心想：「先把公事辦了再說話。」便從懷中掏出那厚厚的黃色信封，仔細認清了上面一個御筆親書的「鐵」。她舉信過頂，朗聲道：「鐵鉉接聖諭。」鐵鉉跪接過信封，肅客坐定了，從信封中掏出一頁書信及一疊文件。他飛快地把那一頁信箋看完，翻閱了文件，然後向南再拜道：「臣領欽命。」這才回座來與兩人說話。

鐵鉉一面將文件信箋收回信封，一面帶著驚奇之色，望著鄭芫道：「兩位年紀未及二十，便被皇上選為錦衣衛指揮，實是難得。這位鄭指揮還是女兒之身，巾幗英雄，不讓北魏的花木蘭專美於前呢。」

鄭芫道：「皇上欲行仁政，過去錦衣衛的作風頗有相悖之處，便組訓新錦衣衛。主事者不斷告誡我等，務必除暴安良，行仁仗義，不可再恃特權濫法濫刑。」

鐵鉉聽她說得天真，毫不隱藏對舊錦衣衛的不滿，不禁替鄭芫捏一把冷汗，心想：「這等作風在朝廷為官，只怕做不長久。」口頭上道：「佩服，佩服。皇上密諭託兩位專程送來，鐵某十分感激，便請今晚到舍下便餐，嚐嚐舍下廚房的山東小菜如何？」

朱泛聽他說山東小菜，心想參政大人的家廚定然有幾下子，便搶著答道：「鐵大人如此說，咱們叨擾了。」鄭芫暗罵道：「貪吃鬼。」口頭卻只好謝道：「打擾鐵大人，不好意思。」鐵鉉道：「鐵某家眷全在河南老家，現下單身在濟南，偌大一幢參政的寓所，便我一個人獨寢獨餐，兩位肯賞臉來喝上兩杯，高興都來不及呢。再說，大局緊張多變，京師裡的情形，鐵某還想向兩位請教一二呢。」鄭芫、朱泛兩人便行禮告辭，約好傍晚遣差役到客棧接兩人到鐵府赴宴。

走出衙門後，鄭芫白了朱泛一眼，道：「就沒見過那麼貪吃的錦衣衛，丟人啊！」朱泛道：「俺聽于安江說，魯菜是天下四大菜系之一，濟南菜是其代表，名堂繁多，咱們兩個傻呼呼的到了館子也不會點菜，不如到鐵府去吃好的。我猜那鐵府的廚房定然高明，到了濟南，總要嚐他幾樣吧？再說，咱們可以順便瞧瞧鐵府的派頭，看看皇上看中的這個官兒，是清官還是貪官。」

鄭芫笑道：「明明是貪嘴，還要說成是考察官箴。朱泛呀，我盼那鐵鉉是個鐵錚錚的清官，晚上請你吃碗麵，外加幾個饅頭就打發了，讓你空歡喜一場。」朱泛口中道：「笑話，那裡會這樣。」心中卻有些嘀咕，莫要真如鄭芫所言，今晚便哭笑不得了。

鐵府的筵席果然簡單，一共四五道菜，還真全是濟南小菜，但風味絕佳。鐵府的廚房確是不凡，一道簡單的爆腰花香脆滑嫩，竟是兩人從未嚐過的美味；一道奶湯蒲菜也是色香味俱全，口感極佳。最後上了一條黃河鯉魚，鐵鉉道：「詩云：『豈其食魚，必河之鯉。』可見孔夫子之時，古人便懂得黃河鯉魚之妙。兩位務請嚐一嚐這道地的糖醋黃河鯉，這是濟南菜的代表作呢。」

鄭芫吃了一筷，果然鮮美無比，便笑道：「怪不得當年齊國的馮諼吃不到魚，便要唱彈『長鋏歸來乎，食無魚』了，那魚肯定是山東的黃河鯉魚吧。」鐵鉉喜道：「鄭指揮妙言，當浮一大白。」

菜上完了，接著上了兩道點心：糖醋煎餅及水餃，一甜一鹹，味道及分量都恰到好處，朱泛和鄭芫吃得十分舒暢。

熱茶上來時，鐵鉉移席到客廳，面帶憂色地道：「兩位少年英雄，咱們雖是初次見面，卻是一見如故，自覺可與兩位深談，尚望兩位不要以鐵某交淺而相拒。」朱泛拱手道：「不瞞鐵大人說，咱們兩人都不習慣於官場中的規矩，是好朋友便無話不可談，不是好朋友便一句也嫌多。」

鐵鉉看得出來，鄭芫是天真聰明，朱泛表面上看似較為粗俗，其實精明而有歷練，真想不到皇上藉著召募新錦衣衛，還真找到了些不可多得的人才。於是他還禮道：「如此最好。不瞞兩位說，鐵某在山東負責為前方籌運糧食，卻對前方戰事相當不看好。」鄭芫道：「願聞其詳。」

鐵鉉嘆了一口氣，想了想，忽然單刀直入地道：「皇上六十萬大軍所託非人，李景隆不是好統帥。」他啜了一口熱茶，道：「其實李景隆陣中並非全無猛將可用，他的先鋒平安，便是一個熟悉朱棣戰法的勇將。可惜無論先鋒如何善戰，朱棣只要發動攻擊中軍，李帥必敗。最糟糕的是敗了便潰走，一發不可收拾，鄭村壩之役便是如此結束的。」

鐵鉉停了一下，繼續道：「皇上既能派兩位親送密旨，必然對兩位信任有加，我就不瞞兩位。數日之內，兩軍將在白溝河一帶展開決戰，皇上要我密備十萬軍糧藏於濟南，我知這是未慮勝先慮敗的計畫。萬一白溝河兵敗，燕軍必將南攻濟南，朝廷的計畫是要死守住濟南，再將燕軍殲滅於濟南城外。」

鄭芫聽了覺得不可思議，兵敗之餘，還想將敵軍殲於濟南城外，暗忖：「是不是太一廂情願了？」朱泛卻領會到這裡面有一條用兵的計謀，點了點頭道：「前幾個月，燕軍死守燕京城，之後朱棣從遼東回師，內外夾擊，大敗李景隆大軍於城外鄭村壩；這計畫是用朱棣的戰法來打朱棣，妙啊！但咱們從外而來的援軍在那裡？」

鐵鉉想不到朱泛年紀輕輕，居然一下就看到問題的核心。他卻不知道，鄭村壩之戰的失敗原因，朝廷已命徐輝祖兄弟及駙馬梅殷等詳加研究，鄭洽曾與章逸、朱泛談及其中種種緣由，所以腦子轉得快的朱泛立刻想到，這回朝廷想用濟南城當作是鄭村壩之戰中的燕京城，造成一個內外夾擊、殲敵於城下的契機。

問題是，誰從城外燕軍的後面發動攻擊？

鐵鉉微笑道：「兩位是否還有密諭要交給另外一人？」朱泛和鄭芫心中同時一震，暗道：「難道是那盛庸？」

【第十七回】

殊死之鬥

金寄容三尺寶劍在手，再加上一尺長的劍芒，四尺之外便能制敵於死，章逸要想不停地殺到近身，以重拳痛擊對手，勢必愈來愈吃力。

他兩拳落空，這時掩月烏雲更濃，四周更是黑暗，藍色劍芒閃過，章逸左邊從肩頭到上臂被金寄容的劍芒所傷，鮮血長流。

鄭芫和朱泛兼程趕到德州，正是四月春暖花開之時。德州距濟南雖不遠，但因李景隆大營在此，北望便是河北戰場，感覺上戰事已近在眼前，街市上店門緊閉，只見到軍士及馬隊匆匆往來，百姓或躲或走，城裡一片冷冷清清，和濟南的情形大不相同。

鄭芫和朱泛好不容易找到一間仍在營業的客棧，進門要了兩間房，立刻發現客棧中一半客房住的都是軍官，進進出出的大半是軍人。兩人對望了一眼，私下問店小二：「你這客棧難道被軍方包了？」那店小二道：「自從去年底朝廷的部隊在北方吃了敗仗，李大帥回到德州來，各路的敗軍陸續歸隊。營裡納不下的，暫時編不上缺的，全在城裡找地方住。大營下了命令，要軍官住到客棧裡，德州城裡城外的客棧大多給包了。只剩下少數如咱這客棧的，還有一半留作客用，做點百姓的生意。」

朱泛呵了一聲，道：「原來如此。」心裡卻想：「你以為咱是老百姓，等到咱們要去辦差，穿了錦衣衛的官服出門時，你這店小二看了還不昏倒？」

兩人梳洗完畢，便商量如何在這幾十萬大軍中尋找盛庸。正商量間，樓下客棧外響起一陣馬嘶之聲，只見一個大鬍子中年軍官帶著一個年輕軍官進得門來，那大鬍子一身風塵僕僕，手中持著一支馬鞭，一進門便對店小二道：「咱們不過夜，但要趕快吃頓飯。你叫廚房裡快快弄幾個熱菜，飯麵都行，咱們吃了還有事要辦。」

那店小二作揖道：「軍爺恕罪，咱們這是客棧，廚房小，只供得住宿客人的便餐。軍爺們要叫飯菜，還是請到飯店去吧。」那大鬍子軍官道：「小二，你當俺不知道客棧和飯店的差別？他媽的，老子一路走了三條街，就沒看到一家飯店是開門的，這才找到你這客棧。咱們從前線來，三天沒吃過熱食了，你便著廚房胡亂弄些熱麵菜，咱們吃了便走人。」

那店小二搖頭道：「小店住了二十幾位軍爺，沒有生意，廚房裡三個廚子倒走了兩個，就剩一個瘸了腿的跑不了，再加一個小廝在對付著，軍爺您還是去別家吧。」

那大鬍子軍官脾氣倒好，聽了也沒有發作，只把那支馬鞭啪啪地拍打自己的左掌，便待轉身離去。他身後那個後生軍官卻不依了，上前一掌擊在櫃檯上，喝道：「掌櫃的呢？咱要和掌櫃的說話。」那店小二道：「掌櫃的也不在了，這廂沒有生意可做，他老人家回濟南老家去省親了，這間客棧現下便是小人在管。」

那年輕軍官喝道：「不過便是吃一餐熱食罷了，又不是白吃你的，為何推三阻四的！小二，你先給咱們打點酒來。」他將腰間一隻酒囊解下遞給小二，那店小二道：「這班軍爺在小店住了兩個多月，坐吃山空，茶都沒了，那裡還有酒？」幾個坐在一旁閒聊扯淡的軍官鼓譟起來：「小二你說人話麼？說啥坐吃山空，兵部又不是沒付你老闆銀子？咱們住你這鳥店是你祖上有德，還怎地囉哩囉嗦？」

那店小二也有些動氣了，將一條布巾往肩上一搭，冷冷地道：「兵部給的那點吊喪的銀錢，餉湯還是餉水啊？俺老闆氣得沒法子，只得躲回老家去，眼不見心不煩。」那年輕軍官肝火升上來，大喝道：「反了反了，你這賊廝鳥店小二，竟敢汙言辱及兵部，你活得不耐煩啦！」他手按腰刀，便要肇事。店小二仍不知收斂，冷笑道：「軍爺們從前方來，有本事去殺燕軍啊，幹麼打敗仗回德州來耍威風？」

這一下可激怒了眾人，不止是那年輕軍官，店裡所有的軍官全被罵到了，店小二話一出口已經後悔。眾人吆喝聲中，那年輕軍官唰的一聲拔出腰刀，揮刀便向店小二腦袋砍去。卻見那大鬍子軍官也是一揮手腰刀在握，「噹」的一聲，架住了年輕軍官的腰刀，那店小二早已縮頸躲到櫃檯下。

大鬍子軍官緩緩地道：「小程，你莫激動，這廝鳥雖然嘴上言語可惡，倒也道出幾分百姓的苦處。唉，咱們當軍人的上戰場殺敵，這個死老百姓就饒過他吧。」他招招手，那店小二從櫃檯下出來，褲襠濕了一大片，三步作兩步便往廚房跑去。

店中眾軍官看了方才這一幕，也都有些感受。在二樓迴廊上的鄭芫和朱泛也從頭到尾看了這一幕，鄭芫輕聲道：「大戰還沒有開打，這裡已經是一片蕭條了。」朱泛卻低聲道：「大戰還沒有開打，這裡的民心士氣便似已經敗了。」

就在這時，樓下廚房布簾掀處，一個瘸子和一個小廝每人抱了兩層大蒸籠出來，那瘸腿廚子叫道：「熱炊餅來了，軍爺們請用啊！」那店小二在廚房中喊道：「熱湯好嘞！」那小廝聞聲快步回廚房，過了片刻，便和小二合力抬出一大鍋熱湯，放在屋中央的桌上。眾軍士倒是碗筷自備，紛紛拿出來食用，樓上樓下一下子又走出十來個軍官，大夥一起用午餐。

那店小二從廚房中又包了一大包熱饅頭，雙手奉給那大鬍子軍官道：「小人言語得罪，幸虧大人不記小人過，這十幾個熱饅頭便請笑納。」大鬍子軍官揮手教那年輕軍官接過了，哈哈笑道：「罷了，也算是吃著熱食了。」

他環目見來吃湯領餅的軍官也有二十幾人，便站在一張矮凳上，朗聲道：「各位弟兄同袍，兄弟我姓王名武雄，這位老弟姓程名英，咱們隸屬平先鋒的麾下……」說到這裡，便從袖中抖出一面小旗，黑底的旗面上一個金黃色的「平」字。眾軍官看了爆出一聲好：「平安先鋒部，好樣的！」

那王武雄向眾軍官點首為禮，接著道：「俺奉了平安平先鋒的命令，來德州徵求各失散軍官歸隊。在座各位先進，不論原屬什麼部隊，只要願意上前線和燕軍一拚的，便請留下姓名職等，明日一早在大運河碼頭集合。諸位先進，大戰四五日內便要發動，諸位在德州等兵部大營整編，也不知要等到何時，倒不如加入平安將軍的先鋒部隊，立時便整編了。大夥兒一起隨平安將軍去殺敵，豈不勝過在這裡喝湯啃饅頭？」

眾軍官中立刻有人叫好，一個臉上有條刀疤的軍官大聲道：「去年俺隨耿炳文在滹沱河打仗，糊里糊塗被上面調來調去，一會兒不渡河，一會兒又要渡河，也不知到底要怎麼打，就被燕軍朱能殺得稀里嘩啦。老子好好一張臉上留了一條刀疤，這口鳥氣正要隨平安的先鋒部隊去討回來。俺加入，俺叫張貴。」

他身旁一個胖子笑道：「張鬼？你他媽那張臭臉原來就像討債鬼似的，這回加上一條刀疤更見猙獰可怕，可要好好的向燕軍討這筆血債呢。嘿嘿，俺叫劉發，俺也加入。」

一時之間響應熱烈。眾軍官多是耿炳文所率的敗軍軍官，主將無能造成糊里糊塗的潰敗，多少都有一些不平及不服之氣，在這裡窩著等整編遙遙無期，更是充滿鬱悶，這時聽說有機會能立時編入平安的先鋒部，十個中倒有九個願意加入。那年輕軍官程英拿出紙筆來，供眾人寫姓名職等，不識字的便由程英代寫，就筆上墨捺個指印。

朱泛和鄭芫這兩個「老百姓」拿了幾個炊餅，各捧了一碗熱湯，躲在角落一面吃，一面靜靜看著眾軍官紛紛簽字畫押。朱泛低聲道：「這先鋒平安是個厲害角色，看來李景隆雖不行，他軍中還是有人才的。想來那盛庸恐怕也是一個。」鄭芫悄聲道：「皇上跟我說，這鐵鉉和盛庸乃是徐都督、梅駙馬等人千挑萬選出來的良才，皇上才用秘送親諭的方式破格重用這兩人，希望能補李景隆的不足，力挽狂瀾呀！」

大鬍子軍官王武雄見眾人簽署完了，便對大夥兒抱拳道：「諸位弟兄，咱們明晨運河碼頭見。」一口喝完碗中熱湯，便帶著程英離去了。看那樣子，肯定是趕去別家客棧繼續召集散將游勇。

朱泛和鄭芫吃完餅喝完湯，便信步走出客棧。才出了門，便見到對面一道矮牆上有人寫了一行字「城隍後小黑狼」，又畫了一個碗形符號。

朱泛見了，低聲道：「有人找咱們。」於是兩人沿著一排柳樹向北而行，路上行人無幾，往來都是軍隊及馬隊。好不容易碰上一個老漢，推著一板車的棗子停到柳蔭下歇口氣，朱泛便上前問道：「老爹啊，敢問這德州的城隍廟怎生走法？」

那老漢一面揮汗一面打量朱泛，道：「小哥兒從外地來？這裡就要打仗了，你們還來拜菩薩？」朱泛道：「咱們是來還願的，這裡城隍爺靈驗得緊呢。」那老漢道：「你從這條路走到一大片棗樹林前左轉，再右轉，便能看見一個尖塔，塔後面便是城隍廟了。」

兩人謝了老漢，依言找到了城隍廟，那廟前聚集了不少男男女女，要擠進廟裡去求神問卜，比起德州的市區還要熱鬧得多。鄭芫道：「戰事將臨，這些人都是來求神明保佑的。」朱泛道：「不錯，愈是心中無助，愈要依靠神明。」

他帶著鄭芫往廟後走，廟後就冷清多了，右邊有一長條木架，架上正在曬掛麵，應是廟裡自製的齋食；左邊有兩棵極大的槐樹，樹蔭下坐了三個叫花子正在聊天。

朱泛走過去，雙手十指比了一個手式，那三個花子中一個年輕的瘦子站起來也對朱泛比了個手式，問道：「來的是紅孩兒麼？」朱泛道：「正是。你是小黑？」那瘦子笑道：「是我小黑狼，紅孩兒不要客氣，叫我小黑狼挺好。」原來江湖上「黑狼」這名字有些犯忌諱，朱泛便只叫他「小黑」。朱泛望了槐樹下另外兩個叫花子一眼，小黑狼道：「那兩個是幫外的。俺接到濟南的傳信，說紅孩兒要來德州考察打仗的事，要我先打聽好了跟你報告，俺這才在客棧外留字。」

朱泛笑道：「那有什麼考察打仗的事，濟南的弟兄是那一位，俺都沒和他聯絡，他卻知道了俺的行蹤。」小黑狼道：「濟南的分舵主是包大人。」朱泛奇道：「包大人？」小黑狼道：「是『包打聽』包弓。這人的打探功夫簡直神了，您到濟南住那家客棧，到鐵大人府上作客，他都給我傳信，您說厲不厲害？」朱泛覺得不可思議，但聽這小黑狼說的話，又不得不信，暗忖道：「俺丐幫裡的弟兄，別人看來偷雞摸狗，我看來實是臥虎藏龍，這包弓的本事恐怕連幫主都不見得知曉。」

那小黑狼接著道：「咱們到那邊去聊聊，俺的確有事要報告。」說著指了指那一匹匹的掛麵。兩人踱到掛麵之後，小黑狼道：「咱們弟兄打聽到南北兩軍的情況，判斷將於四五天後開打。朝廷這邊有個老將叫郭英的，不知從那裡搞來了一批火藥包，據說埋在地下，敵軍走過時給他點燃爆炸，殺人威力極強大。郭英派了精兵要運送到前線去，卻有人想在路上截取這批火藥。」

朱泛皺眉問道：「是什麼人？」小黑狼道：「昨日包大人飛鴿傳信來，說是三個南京來的錦衣衛，您說怪不怪？」朱泛嚇了一跳，覺得難以置信，問道：「你說錦衣衛？有沒有弄錯啊？」小黑狼想了想，搖搖頭道：「這樣說吧，通常包打聽給我說的事嘛，十次裡有九次是對的，還有一次是後來變卦了，須怪不得他。這回他只說是南京來的三個錦衣衛，但不知姓名。」

朱泛沉吟了一會，道：「這批火藥現在何方？」小黑狼道：「今夜便要經過德州往河北去，聽說是去白溝河。俺猜那南京來的錦衣衛今晚就會動手劫奪。」朱泛道：「晚上你到興隆客棧來，帶俺去追這批火藥的下落，搞清楚究竟是怎麼一回事。」小黑狼動動手指，點向站在數丈外的鄭芫，低聲道：「那雌兒不須防著點？」朱泛道：「不用。這趟差事俺是她的副手。」小黑狼吐了一下舌頭，一臉的驚色，便不再說話，轉身回到大槐樹下繼續閒聊去了。

朱泛把方才丐幫小黑狼提供的消息給鄭芫說了，鄭芫道：「這事本與咱們的任務不相干，但有三個南京來的錦衣衛攪和進來，就有些蹊蹺了。不過咱們總要先把正事辦了，才能管閒事吧？」朱泛道：「不錯，咱們現在就去李景隆的大營找盛庸。」鄭芫道：「不成，得要先回客棧換官服。」

鄭芫和朱泛穿著筆挺的錦衣衛飛魚袍走下樓時，不僅店小二，在樓下閒聊的眾軍官們全都大吃一驚。兩人目不斜視，不顧眾人的驚奇眼光直走出客棧，往南軍大營而去。

雖然兩人身著官服，亮了腰牌，但大營守衛森嚴，在外門口便被擋住。朱泛費了半天唇舌，那衛兵才勉強進去通報，等了好一會，才有一個胖大軍官出來。那軍官打量了朱泛和鄭芫幾眼，冷冷地問道：「兩位要找何人？有什麼公事？」

朱泛陪個笑臉道：「咱們是京師來的錦衣衛，俺叫朱泛，這位是鄭芫，有重要公事要見盛庸參將，煩請老兄通報一聲。」那胖大軍官雙眼一翻，想都不想便答道：「盛參將不在。」便沒了下文。朱泛等了一會，耐著性子再問道：「請問盛參將去了那裡，咱們怎樣能找著他？」那胖軍官雙眼又是一翻，冷冷道：「盛參將去了那裡怎能說，那是軍機。」

朱泛有些按捺不住了，身後鄭芫扯了他一下，上前道：「如此打擾了，咱們走。」拉著朱泛就要離開。那胖軍官咦了一聲，道：「是個雌兒？京師的錦衣衛愈來愈胡鬧了，呵……」他呵了一聲就戛然而止，原來他說了一半的嘴裡忽然多了一物，連忙掏出來一看，竟是一個炊餅。

鄭芫拉著朱泛快步離去，朱泛忍笑低聲道：「芫兒，妳中午吃不完存下的炊餅沒了。」鄭芫笑道：「賞那胖子吃，感謝他洩露『軍機』給咱們。」朱泛道：「洩露軍機？」

鄭芫道：「他不是說盛庸的去處是軍機麼？哈哈，你一問他盛庸，他連想都不想就答『不在』，這就洩底了。」朱泛也笑道：「芫兒真聰明，那廝想都不想便說不在，可見盛庸不是暫時不在，不是剛好不在，而是根本不在大營了。盛庸早已率部到河北去了。」鄭芫道：「不錯，他率部去了白溝河。」朱泛道：「那豈不是和那批火藥包同一方向？咱們今晚便動身，一面追盛庸，一面看看是誰要劫奪郭英將軍的火藥包，一舉兩得。」

∞

大運河在德州的碼頭雖不大，但因德州的商業位置，進出的船隻絡繹不絕。此時夜已深，河港四周十分安靜，河面上有霧，空氣中瀰漫著一股河水特有的腥氣。河浪輕拍岸石，也輕拍在停靠岸邊的幾艘貨船的船舷上，發出啪啪清脆的聲響。

這時霧裡傳來櫓槳聲，兩艘大船緩緩從霧中出現，看上去都是四百石的大貨船，桅上的帆都下了，前面一艘的船夫們用長櫓緩緩地搖靠了岸，另一艘跟在後面沒有靠岸，暫時就泊在岸邊的河水中。

船纜拋出，那大船上有兩個軍官和三四個軍士一起上了岸，岸邊早有一個全身披掛的將軍在馬上候著。那兩個軍官中為首的一個遞了一封公文，交給馬上的將軍，恭聲道：「郭老將軍要的火器都辦妥運來，共計一萬斤，『一窩蜂』和『踹馬丹』各半，請將軍驗收。我是湖南副都指揮使譚湘。」一口道地的瀏陽話，還不算太難懂。

那馬上的將軍是衡陽人，自然聽得親切，欠身道：「有勞譚指揮使，兄弟是郭大將麾下的左先鋒羅義，我們的騾車隊已到齊，便請開始卸貨吧。」他反身舉手，做了個手勢一揮，碼頭側邊道上忽然整齊劃一地亮起一排火炬，怕不有數十支之多，照得碼頭頓時亮了起來。

火光照耀下，驚起了一陣騾馬嘶叫，只見一排十輛騾車整整齊齊地停在路邊，每輛車前都是一匹精選的健騾，另有一百位軍士全副武裝地立在一旁。緊接著一半的軍士手持火把，另一半則整隊到了船首立定，一次十人上船去取貨。那譚湘大聲道：「諸位千萬小心，一莫沾到水，二莫沾到火，這批貨又怕水又怕火，傷腦筋。」

這些官兵不僅訓練精良，而且個個身輕力大，只見他們十人一組，上船驗貨搬貨，下船裝上騾車，有條不紊。騾車裝滿了便蒙上防水油布，一個多時辰，便將一萬斤火器裝上了騾車隊。那郭大將的左先鋒羅義與船上官兵道謝告別，一聲出發令，一百名精兵護著十輛大騾車向北行去，漸漸消失在霧氣之中。

沒有人注意到，跟在這艘大船後面的那艘同型大船，從頭到尾並未靠岸，只是靜靜泊在岸邊的河中。這時卻不見蹤跡，不知何時已悄悄開走了。

譚湘回到他的船上，站在最高的艙頂上極目向北遠望，霧中一片茫茫，已經看不到一同來的那艘船的影子。譚湘臉上綻出一絲笑容，喃喃地道：「真貨送滄州去了，哈哈，這回護送這批火藥包，幸好找了龍騰鏢局幫忙押運，他們出的這條計策真沒得話說。」

郭英老將軍派來的一百名精兵，押著一萬斤火藥兵器，靜悄悄地向北行去。那十四健騾十分精壯，拉個二千斤貨都還行，這時拉了一千斤左右的火藥包，走得又快又穩。

帶領官羅義在馬上暗忖：「咱們郭英老將軍今年怕不有六十五歲了，憑他當年隨穎國公征雲南立下大功，博了個『武定侯』，也該回家享老福了。這回伐燕還要替晚輩李景隆做副，真是勞碌命啊。」又想道：「這批火器運到白溝河，布置好了，就等燕軍中伏，殺他個人仰馬翻。聽說那『一窩蜂』炸開來，碎片便似捅著了一窩胡蜂，滿頭滿身都是零碎傷口。那『踹馬丹』更毒，馬匹踏著它炸了，便如被反踹而亡。瀏陽的巧匠除了會做煙火，他媽的，製作殺人的東西也在行呢。」

黑暗中四周依然寂靜，只有騾車的輪轉聲及士兵的腳步聲。車隊走入一段濕地，車輪深入軟泥，騾子拉得愈來愈吃力，士兵們也都腳陷泥濘。原來騾車隊走近到一條野溪及淺水湖旁，羅義便傳令大夥在湖邊一個較高的石坪上歇一腳。

眾人在石坪上坐定，羅義抬頭看了看天邊略現的魚肚白色，算算已經走了兩個時辰，便傳令鬆韁率騾到湖邊飲水。

黑暗中也沒看見有什麼動靜，忽然石坪盡頭處出現了一個身穿紅色錦衣、頭戴皀帽的漢子，遠遠地望著羅義，陰惻惻地道：「騾車裡的寶貝麻煩諸位辛苦送來，就到此地為止吧！」

羅義見來人突然出現在前方，有如鬼魅一般，黑暗中穿了件大紅錦袍，說話又有些奇怪的口音，心中不禁有點發毛，便吸氣壯膽喝道：「咱們運送軍需重品，是要到前方打仗用的。那裡來的瘋子在此胡說八道，軍士們，將他拿下來問話！」

立刻有兩個軍士拔刀挺身要擒住他，一個喝道：「還不趴下！」另一個逕捉他手臂。接著只聽得兩聲慘叫，兩個精壯的軍士如斷線風箏般飛出石坪，落在濕泥中哀嚎。石坪上留下血淋淋的兩隻右掌，那軍士的單刀已落在紅衣漢子的手中。

羅義嚇了一跳，一揮手，手下軍士自動分成兩組，一半圍向那錦袍漢子，另一半將羅義團住保護，端的是訓練有素。那錦袍漢子道：「老子是京師派來的錦衣衛，奉兵部之命，這批軍品便由錦衣衛接管！」他話聲才了，羅義一陣眼花，兩條人影不知從何處閃出來，一左一右到了自己馬旁，幾十個士兵團團圍在外面，竟不知這兩人如何突圍進來。

只見那兩人也都穿著錦衣衛的制服，其中一人喝道：「快令你手下列隊閃開，免得動起手來，全都被老子殺光。」羅義是個久經戰場的軍人，此時反而定下神來，沉聲對那漢子道：「你說錦衣衛奉兵部命令接管，拿軍書來看。」在他右邊的一個黑面矮子道：「軍令在此，你瞧吧！」他作勢要掏軍書，猛一伸手便將羅義從馬上抓了下來，扣住他的手腕，厲聲道：「快令你手下放下武器，滾到石坪下面去蹲著。」沒想到那羅義極是倔強，雖然腕上痛如骨裂，卻是不肯屈服。

那黑面錦衣衛掌上加勁一錯，羅義腕骨已斷，黑漢子又在他脅下點了兩指，羅義半邊身軀便如被利刀切刮，痛入骨髓。黑漢子沒有想到那羅義雖然頭上汗如漿出，青筋暴突，卻仍不屈服，一歪頭便要昏厥過去，只得略一鬆勁，羅義緩過一口氣來，張口便大叫：「弟兄們，和他們拚了！」

眾軍士見主將受制，來人又凶殘無比，原已喪失了鬥志，這時聽主將一聲令下，全都感到一陣振奮，拔刀便衝殺上去。羅義身旁的兩個錦衣衛見狀大為震動，那黑面矮子舉掌便要往羅義頭上劈下。

說時遲那時快，石坪後的杏林中忽然飛出兩條人影，其中一人在空中喝道：「辛拉吉，你披了件錦袍，俺就不認得你了嗎？」人未到掌力先到，逼得辛拉吉回身相架。另一人劍出如風，原本刺向辛拉吉，忽然一劍迴削羅義身旁的另一個錦衣衛。那人急忙低頭閃過，頭上皂色高帽跌落下來，露出一頭寸長的短髮。來人運劍如飛，再次出招，口中卻是一聲嬌叱：「悟明大師，蓄髮想要還俗了？又怎麼變成了錦衣衛？」那人正是曾為天尊埋伏在少林寺的悟明和尚楊冰。

這從天而降的兩人身上也穿著錦衣衛的制服，正是朱泛和鄭芫。一時之間，石坪上竟然同時出現了五個錦衣衛，卻分兩邊動手廝殺，實是不可思議。那羅義十分硬朗，右手手腕雖斷，便換左手拔出佩刀，躍身上馬，毫不畏懼地向那紅衣錦袍漢子衝去，口中大喝：「弟兄們，殺敵啊！」完全是在戰場上衝鋒陷陣的氣勢。

那身著紅色錦袍的漢子冷笑一聲，喝道：「不知死活的蠢才。」雙手一揚，便對準羅義擊出一掌。鄭芫一面出劍，一面對那紅袍錦衣衛大聲叱道：「天竺來的，你不要濫殺沒有武功的人！」

那紅袍錦衣衛正是地尊的得意弟子絕塵僧，他聞言毫不理會，鼓足內力擊向羅義。他身邊幾個軍士揮刀砍下，他也毫不在意，一晃身便閃過四把對他砍來的鋼刀，掌力仍不受影響地直擊羅義。

羅義感到對方掌力強勁，只得一拉馬韁，胯下坐騎便直立起來，絕塵僧雙掌結結實實打在馬身上，那匹馬一聲慘嘶，便被擊斃倒地。羅義摔落馬下，嚇得面如金紙。絕塵僧長笑一聲，一把抓住羅義，反手奪了羅義的配刀，架在他的脖子上，大喝道：「快下令眾軍士丟下兵器，在石坪下蹲好，否則我便砍了你的狗頭！」

羅義雙目噴火，卻不聽從，眾兵士反而自動拋了兵刃跳下石坪蹲下。羅義大怒喝道：「不可聽他的，咱們拚……」話未說完，絕塵僧手上一使勁，已將羅義喉管切斷，鮮血噴出一尺。他轉頭指向石坪邊蹲著的軍士，喝道：「你們立即將這十車貨給我倒入湖中。誰不聽令，你們的頭兒便是榜樣！」他單刀再一橫拉，羅義一顆腦袋滾落下來。

眾軍士又驚又駭，不敢不聽從命令，大夥兒爬上石坪來，將載滿火器的十輛騾車解開，推到湖邊，合力把車上貨物倒入湖中。那十車貨物入水後，不久便沉入湖中，湖面上冒起了一大片氣泡，久久不絕。

鄭芫和朱泛分別被楊冰、辛拉吉纏住，聽得這邊發生的情況，卻是無力過來解救。這時十車火器都已沉入湖底，那絕塵僧一聲長笑，喝道：「咱們走！」辛拉吉和楊冰對望一眼，猛然加強攻勢，接著一同倒縱而起，飛身與絕塵僧會合，三人展開輕功揚長而去。

朱泛和鄭芫見對方有三個高手，便要阻攔也攔不住，便飛奔到湖邊，朱泛對眾軍士道：「湖水甚淺，諸位弟兄快下湖去搶救軍火！」他身先士卒躍身入湖，湖水只及胸深，於是閉氣蹲下，在湖底摸到兩大包貨，快步提回岸上。一時之間，眾軍士有樣學樣，紛紛跳入湖中，每人摸到兩包貨物便提到岸上。天亮時，岸邊已堆了一、兩百包濕淋淋的布包。

朱泛叫道：「大家儘快拆開布包，讓水流出來。」他將一個布包的縫線扯斷，裡面露出兩個鐵皮包著的圓球，球頂上一條引線已經濕透。朱泛十指用力一掰，一個鐵球便分開成兩個半球，球中塞滿了火藥，倒是沒有全濕。朱泛心想：「說不定還管用呢……」突然咦了一聲，伸手抓起那火藥來聞一聞，又仔細瞧了一下，大叫道：「咱們上當了，那有什麼火藥？全是細砂。」

他又拆開了幾個鐵球，球中全是細砂，沒有一個有火藥的。朱泛喝叫眾軍士停止「搶救」工作，大聲道：「媽的，咱們上當了。」

鄭芫卻笑嘻嘻地道：「不錯，辛拉吉他們上當了。」朱泛瞇起眼睛仔細回想，啊了一聲道：「芫兒，妳還記得咱們躲在杏樹林的高處偷看時，明明有兩條大船駛近？」鄭芫道：「不錯，真貨在第二艘船上，此刻必然早已開往北方去了。」

她轉身對眾軍士朗聲道：「這位將軍寧死不屈，好生令人敬佩，你等定要將他屍首好好收殮了。在場諸位，有無人知曉盛參將盛庸的行蹤？」她連問了兩次，才有一個小兵怯生生地答道：「俺表弟在盛大人軍中當兵，日前他私底下告訴俺，盛參將拉著他的部隊到白溝河一帶去了。」鄭芫大喜，忙追問道：「這位弟兄，你可知他們去了那裡？」那小兵搖頭道：「俺那知許多。」

這時一個軍官插口道：「白溝河一帶戰雲密布，盛大人的部隊如果隨平安先鋒部，便會進入高碑店一帶。如不是先鋒部，可能在燒車淀或白洋淀一帶布陣埋伏。」

朱泛道：「請教將軍貴姓大名？」那軍官道：「不敢，末將乃是羅義羅將軍麾下的把總梁城。咱們奉命秘密來此接送郭大將軍要的火器，卻不料消息走漏，來了這三個錦衣衛攔截。看兩位也是錦衣衛的長官，敢問這是怎麼一回事？」他說到這裡，抱拳行了一禮道：「實是因為羅將軍為此送了性命，小人須得弄清楚才敢回報，得罪之處尚請包涵則個。」

朱泛見這小把總說話居然條理分明，而且話中有話，對錦衣衛的行為有當面質問的意思，不禁多看了這梁城一眼。只見他黑黝黝一張馬臉，一雙眼睛流露出精明的樣子，便回道：「唉，方才那三個錦衣衛……咱們……咱們在京師衙門從未見過，只怕是有人化裝冒充的。」其實朱泛也不知，何以這三個天竺高手會以錦衣衛的身分出現在此，心想如此回答，先咬定他們是冒充的，可省去一大堆說不清楚的解釋。

那梁城嘆道：「看來咱們雖然上了當，但朝廷的火器並未丟失，只是可惜了羅將軍鐵錚錚的一條性命。咱們這就要返回保定交差。」

鄭芫還想多探些消息，問道：「梁把總，方才那位弟兄說盛參將率部去了白溝河，咱們要尋盛參將有重要公事交代，依你看，咱們怎麼個走法？」那梁城道：「兩位要去白溝河，不論是去白洋淀還是燒車淀，倒有一大段與咱們同路呢。」

鄭芫搖頭道：「不成，咱們要兼程趕路，那條路最快？」梁城道：「先沿運河到滄州再往西走。咱們也要急行軍，不會慢的……」他話尚未說完，鄭芫和朱泛已經抱拳道：「各位好走，祝你等打個大勝仗，咱們去了。」兩人施展輕身功夫，一眨眼之間便已倒躍上了樹梢，如兩隻大鳥般消失在樹叢之後。眾軍士驚呼連連，把總梁城暗自吃驚，忖道：「這些錦衣衛還真不是凡人投胎的，他媽的，全會飛。」

∞

白洋淀東南的一個村落外，朱泛和鄭芫終於找到了參將盛庸的部隊。

村落裡外已無百姓，全都逃避戰火出走了，村子一里外就都是全副武裝的兵士在布哨。時近黃昏，炊事兵正在埋鍋造飯，炊煙裊裊中卻嗅不到任何的安和氣氛，只有戰馬的嘶鳴聲和軍士的吆喝聲劃破寂靜的空間。

在此之前，鄭芫和朱泛施展輕功全力疾奔，他們在滄州打了個尖略事休息，主要是想探查一下那批火器是否運到了滄州。果然，他們一到滄州運河邊，就看到如同德州碼頭一樣的排場：一個青年小將率了百十個士兵，靜靜地守著十輛騾車，在等候著接貨，只是這回該是真貨了。

朱泛嘆道：「這金蟬脫殼之計騙倒了所有的人，真是好計不在巧，太巧行不了。如此一條俗計，只要執行得大膽細心，就能順利地運送成功呢。咱們自以為是明白人，卻被誆得苦。」鄭芫道：「朱泛你瞧，那條大船進來了。」兩人極目望去，只見一艘大船緩緩泊近碼頭，主桅上掛著「大明」的官旗，副桅上掛著一面黑底長幡，上面繡著「龍騰」兩個金字。

鄭芫和朱泛對望了一眼，朱泛道：「原來是老沙的鏢局保了這趟貨，龍騰鏢局真不愧是京師第一大鏢局啊！」鄭芫道：「這批火器終於運到郭英老將軍手中，咱們可以放心了吧？」朱泛皺著眉，搖頭道：「我可放不下心，想到那兩個天竺人和楊冰突然都變成了錦衣衛，我可一點心也放不下。芫兒，妳叫那天竺黑矮子啥名來著？」鄭芫道：「好像叫什麼辛拉吉的，唉，這些天竺人的名字真不好記。你還真相信這些人加入了錦衣衛？」

朱泛道：「不錯，是辛拉吉。奇怪，為什麼我總是記成『辛吉拉』？芫兒，不瞞妳說，我還真相信他們的確加入了錦衣衛。妳想想，當魯烈他們第一次聽到咱們幾人成了錦衣衛時，是不是也覺不可思議？」鄭芫點頭道：「有道理。金寄容和魯烈他們終於想出一個辦法來對付章頭兒，你找丐幫來做錦衣衛，我就去找天竺人來入夥錦衣衛，看誰厲害？」

幾經探訊，他倆終於找到這白洋淀畔的村落來，盛庸的部隊正駐紮於此。村落裡外的兵士個個面色嚴肅，行動迅速而不混亂，朱泛低聲道：「這盛庸帶得好兵，看來這部隊能打仗。」

兩人穿著錦衣衛袍服大剌剌地從村外往村內走，眾官兵見到兩個錦衣衛，雖有些惹眼，但備戰匆匆也沒有人上前盤問，直到進入村子中央，一個千總帶著兩個軍士才將兩人攔住。朱泛亮出腰牌，主動報了名字，要求面見盛庸。那千總驗了朱、鄭的腰牌，便帶著兩人來到一間較大的村舍前，請守衛的軍士進去通報。

不一會親兵出來道：「盛參將請京師來的貴使入內一談。」朱泛和鄭芫進入屋內，只見一間布置簡單的客室中擺著一張木桌，牆上掛了兩張地圖，一個年近六旬的老將軍含笑出迎。朱泛和鄭芫先向他行了禮，鄭芫舉起御筆親諭，要盛庸接旨。

盛庸接過了信封，抽出兩頁信紙，很仔細地讀了兩遍，再讀附上的資料，面上神色陰晴不定。鄭芫見這位五十多歲的三品參將劍眉隆準，雙目偶而揚起時便見精光一閃，暗道：「又是一個厲害人物。」

盛庸終於將上諭放下，向鄭芫和朱泛抱拳行了一禮，道：「聖上密旨有勞兩位指揮使親自送到，這兵荒馬亂之中跋涉千里，盛某感恩之至。」

鄭芫聽他說得客氣，一時便不會措辭，朱泛接口道：「盛將軍忒客氣了，咱倆奉皇上親諭，務須親自將這封信送到。一路上辛苦倒說不上，只是不知盛將軍行止何處，一路訪查不得要領。倒是碰上了從瀏陽送來的火器，說是郭英郭將軍要的東西，有武功高手要動手攔劫，咱們出手管了一下，反而探得您的部隊到了白洋淀。」

盛庸聽得很仔細，問道：「瀏陽火器？什麼武林高手會要動手攔劫？」朱泛道：「三個外地的武林高手，穿了錦衣衛的袍服，在德州碼頭附近打劫，扣住了來接貨的將軍羅義，咱們出手還是擋不住他們用羅義的性命要脅，硬將那批火器倒入湖水中……」盛庸驚道：「瀏陽的火器必是火藥包，進了水便壞啦！」朱泛笑道：「結果那批火藥包全是假貨，鐵球中裝的全是細砂，真貨由龍騰鏢局保著送到滄州登岸，安全接到郭將軍營裡去了。」盛庸拍了一下大腿，道：「好一招金蟬脫殼之計呀！」鄭芫黯然道：「只可惜了羅義一條性命。」盛庸正色道：「羅義這人我也有印象，是條好漢子。只要郭帥能善用這批火器破敵，也就告慰羅義在天之靈了。」

這時親兵進來請示盛參將何時用餐，盛庸道：「兩位千里跋涉到此，若不嫌棄，便在營中一同便餐如何？」鄭芫還來不及反應，朱泛已經道：「甚好，甚好，此地除軍營之外便無民店，正要叨擾將軍一餐。」鄭芫心知朱泛的想法，以為參將的私房菜必然是好的，暗中不齒朱泛的貪嘴好吃。

那知飯菜開上來，竟然只有兩盤蔬菜，一盤肉絲炒豆干，而且是一大盤豆干配幾根肉絲。不過伙伕現烙的一疊蔥油餅倒是香味四溢，一個親兵捧了一罈白酒來，也是燕京產的二鍋頭。盛庸接過酒罈，拍開泥封，親自為鄭芫、朱泛斟滿了酒碗，哈哈笑道：「喝了這道地的燕京二鍋頭，便多殺幾個燕賊叛軍。兩位年齡不過二十，竟然當上皇帝親信的錦衣衛，真是英雄出少年呢。」

鄭芫連忙謙虛了兩句，問道：「看來大戰即將起於白溝河，皇上十分憂心前線的戰局，親自與京師幾位大人商議，特將破敵之策密諭山東參政鐵鉉及盛將軍……」

盛庸道：「兩位既受皇上親命遞送密諭，我就不瞞兩位。盛某自弱冠從太祖征戰前線，鎮守地方，在太祖時官至都指揮，去年以參將之名隨耿帥伐燕，尚未出戰便已落敗，只好襄助耿帥固守真定。今從李帥再戰朱棣，依我數十年的經驗來看，李帥若能以中軍殿後，前線全權交與平安及瞿能父子，當可予朱棣迎頭痛擊。但我最擔心的是接下來的事……」

鄭芫雖然聰明，但對兩軍對戰的事一竅不通，睜大了一雙眼睛問道：「接下來會怎樣？」

盛庸搖了搖頭道：「李帥定然不肯率中軍墊後，朱棣必以主力強打中軍，我擔心的事便在此。」朱泛插口道：「強打中軍便怎樣？」盛庸嘆了一口氣，道：「中軍士氣極為低落，遭敗又極易潰散。若中軍潰散，先鋒再強也難挽大局。」鄭芫不甚解，忍不住脫口問道：「您是說……李帥是個必敗將軍？」盛庸不答，舉杯邀飲，一碗烈酒一乾而盡。

鄭芫傻乎乎地又問：「那麼朝廷何不乾脆將李帥撤換？」盛庸道：「兩軍對壘，戰事一觸即發之際，陣前豈能換將？俺極願率一萬兵馬去李帥的位置，李帥則把中軍移到此地來壓陣，讓平安、郭英和我三個老將好好和朱棣拚一場。」

朱泛趁鄭芫與盛庸談話之時，已將蔥油餅捲豆干肉絲吃了兩個下肚，又將碗中的二鍋頭喝了，覺得滿心踏實痛快，便發問道：「盛將軍啊，咱們今日將皇上的信親自交到您手中，拿了收條便要打道回京師去了。皇上定要問，盛將軍領了聖諭，有什麼表示呀？您說咱們怎麼回皇上？」

盛庸笑道：「小哥兒你免兜圈兒，咱就明白告訴兩位。皇上要我多掌控些部隊，在後方埋伏起來，若是中軍敗退，便等燕軍追過去了，咱就出兵打燕軍的屁股，李帥的中軍可以調轉頭來夾擊，以求反敗為勝，這計策簡單得緊。」

朱泛道：「這麼說來，朝廷此計有未慮勝先慮敗的意思了。」盛庸道：「不錯，小哥兒是個明白人。李帥在鄭村壩就是中了朱棣這一計被打得潰散，朝廷便想出這『師敵之計以制敵』的法子，確實是未慮勝先慮敗，倒也難為了。」鄭芫聽他口氣中有一點暗諷的味道，便道：「若真能如您所說反敗為勝，李帥豈不就是故意詐敗、誘敵深入呢？」朱泛又加一句：「自古以來可曾有過派中軍誘敵、以副軍主戰的兵法？高啊！」

鄭芫正經地問道：「那麼盛將軍的部隊兵馬足夠麼？」盛庸也正色回答：「我一個參將能有多少兵馬？這兩天陸續有幾個參將的部隊都調到這一帶，兵部有令由我指揮節制，這也湊足了一萬多兵馬。為數雖不多，只要打得準打得狠，照樣管用。」

朱泛對兵制略知一二，聽了這話面露驚訝之色，心想一個三品參將所率兵馬有限，就算是戰時，頂多不超過五千人吧，這盛庸竟要指揮一萬多人，實在太不尋常。盛庸見他面露難信之色，便微笑道：「我雖以三品參將之名隨耿炳文伐燕，其實我在太祖時便已官拜從二品都指揮，其他幾個參將都是後輩。這一萬多兵馬歸我節制，倒也不致有啥問題，只是不同的部隊戰力參差不齊，整合運用起來須得十分小心。」

鄭芫道：「總而言之，咱們便回皇上說，朝廷的計策及用心，盛將軍都瞭然於胸。如果前方戰局真發展到這一步，盛將軍必能依計行事，反敗為勝。」盛庸笑著拱手道：「承兩位美言，盛某這廂謝過。」

∞

鄭芫和朱泛離開了白洋淀畔盛庸的駐兵地，兼程趕回德州。朱泛尋著了丐幫弟兄，將鐵鉉及盛庸親收密諭的經過用簡信寫好，請丐幫以飛鴿快書送到京師，再轉章逸。章逸自會向鄭洽報告，向皇帝覆命。至於途中巧遇攔劫火器的事說來話長，就沒有提。

兩人辦完了這事，便從濟南沿黃河南岸經泰安、開封，到了鄭州。朱泛和鄭芫縱馬到了黃河邊，只見黃河滾滾向東，北岸遠處沁河蜿蜒匯入，河面寬處總有兩里多。朱泛望著河水挾著大量的黃泥沙緩緩流去，忍不住道：「黃河的水色比我想的還要黃呢。」

鄭芫道：「兩岸百姓便喝這水麼？」朱泛道：「恐怕不成吧。」河邊一個挑水的漢子聽了，插嘴道：「怎麼不喝？不喝俺挑水幹啥？」鄭芫道：「大哥，你挑水自己喝？」那漢子將兩桶河水倒入一個水車中，一面道：「俺賣水。」鄭芫道：「這水能賣？」那漢子道：「俺拖水回去弄清澈了，就能賣。」

鄭芫大感興趣，問道：「大哥，請恕咱們孤陋寡聞，您這水怎生弄清澈？」那漢子道：「俺拖回去了，先澱放讓泥砂自己沉到底，上頭的水再加明礬沉第二回，然後用布過濾，水便清了，燒開了便能喝。」鄭芫沉吟道：「大哥，一年到頭喝這裡面加了礬藥的水，會不會生病啊？」那漢子一雙鼠眼一瞪，很不高興地道：「那有生什麼病？俺從娘胎出來便喝這黃河水，你不瞧俺四肢齊全，一身好氣力？」朱泛連忙道：「是，是，大哥說的是。俺這小妹子不懂事，胡亂說話。」

那漢子裝了滿滿一車水，便雙手拉著車槓，肩頭套上拉帶，喝一聲「起」，一鼓作氣將水車拉離河岸，上了黃土路緩緩去了。鄭芫道：「果然好氣力。」朱泛道：「芫兒，妳幹麼問那漢子那麼多問題？」鄭芫搖頭道：「我也不知道，我聽那漢子說黃河淨水的過程，忽然想到之前沙九齡說的一番話，便覺十分不安。究竟是什麼事不安，一時也想不清楚。」

朱泛道：「老沙說了什麼？」鄭芫道：「老沙說起他年輕時在點蒼山莊學武的往事……」朱泛啊了一聲，道：「我問他點蒼的往事，他便對我惡言相向，卻又跑去和你訴衷情，豈有此理。」鄭芫道：「不怪老沙，怪你態度太壞。老沙提到點蒼山莊建在一處風景極美的河谷中，但繞谷而過的小河卻是黑色的，只因河水中挾有大量黑色的細砂，所以點蒼眾弟子每天必做的功課之一，便是輪流挑水，負責將水沉清。我懷疑他們是否也用礬藥來沉澱。」

朱泛奇道：「是又怎樣？」鄭芫道：「你忘了老沙說他師父正當盛年，卻突然不明不白斃命的事？他懷疑死因大有問題。」朱泛想了想，道：「芫兒，妳是懷疑點蒼前掌門之死與飲水有關？」鄭芫搖了搖頭道：「不知道，只是一大堆聯想。咱們此去神農架，如能尋著方師父或傅翔，我定要記得問問這礬藥究竟是什麼東西。」

朱泛道：「咱們現在離嵩山少林寺只有百多里，要不要先去少林寺瞧瞧？」鄭芫道：「既然路過，自然要去。何況最後見到方師父的就是少林和尚，咱們當面多問多談一番，也許對尋找方師父和傅翔都有些幫助。」朱泛道：「還有妳的達摩三式，可以向藏經閣的無憂大師請教一二。」鄭芫點了點頭，又搖了搖頭，道：「這種上乘武功的領悟，可遇而不可求。」

∞

就在鄭芫和朱泛從鄭州上嵩山少林寺之時，河北白溝河之戰已經開打。時值建文二年四月二十四。

李景隆的先鋒平安果然是員大將，他在蘇家橋燕軍駐地之南設伏，突襲燕王的部隊。平安勇如當年趙子龍，挺起長矛衝殺無人敢擋，加上勇猛的瞿能父子也參與合擊前次圍燕京城時，瞿能本有機會攻破金舊城彰義門，卻被李景隆怕他搶了頭功而下令調開，喪失了唯一的一次破城機會，此次配合平安的伏擊，施出全力猛攻，燕軍一出動便遭重擊，只好暫時退卻。

然而就在燕軍撤退的路上，老將郭英的部隊點燃了幾千斤的火器，不論是「一窩蜂」還是「踹馬丹」，都炸得燕軍損失慘重，朱棣親自殿後，逃回蘇家橋大營。

次日再戰，燕軍仍佔不了上風，但朱棣終於等到機會了。他躍馬在小丘頂上遙望李景隆的中軍正如潮水般洶湧而來，聲勢雖大，朱棣卻瞧著大喜，他深知李景隆的毛病，只要尋一個隙打垮他一翼，朝他的指揮中心狠狠攻打，中軍極易潰敗，因為李景隆撐不住壓力便會拔身就逃。

但眼下那平安和瞿能的攻勢委實太猛，漫天的箭雨，射殺燕軍無數。朱棣也是一個喜歡衝鋒陷陣的人，且他臨場指揮的能力強過李景隆太多，他一面率部故弄玄虛、欺敵拖延，一面緩緩移向後援部隊的方向。這一番折騰，他被迫換了三次坐騎，兩匹座下駿馬一死一傷，情況之危可見一斑。終於撐到了後援到來，朱棣的援軍就是朱高煦的部隊。李景隆見敵方援軍到了，便疑心後有埋伏，居然就下令暫時收兵。

朱棣立即抓住機會，派一支快速部隊繞到李景隆中軍後方放火，朱高煦的生力軍加入戰鬥，一時聲勢大振。瞿能父子力戰身死，李景隆見狀大懼，急忙撤退。燕軍在朱棣身先士卒率領下乘勝追擊，於是南軍兵敗如山倒，死傷之外，單算投降之眾便逾十萬，大戰結束得比朱棣想像的還要快得多。

朱棣收拾了戰場上的零星餘鬥，便問投降的諸將士：「李景隆去了那裡？」降將們齊聲道：「李帥必然已經回德州去了。」朱棣對朱高煦大笑道：「俺就知道他最會逃跑，誰叫他是屬兔的？」燕軍眾將跟著大笑，朱高煦低聲道：「孩兒好像記得他屬雞的。」朱棣笑道：「雞也會逃，可跑得沒兔子快。」朱高煦道：「李景隆跑得快，害死了瞿能父子。」朱棣嘆道：「可惜了，這對父子若能為俺所用，都是一等一的大將軍。」他話鋒一轉，問道：「郭英那老賊呢？」張玉應道：「俺見到他扯了一萬多名敗兵往西撤了。」朱棣恨道：「這老賊拿火器炸得我軍好不慘烈。」

朱高煦道：「李景隆逃向德州，咱們也兵疲馬乏，又有十萬降軍要處理，父王意下如何？」朱棣略一沉吟，揮鞭向南指，大聲喝道：「眾將官，咱們直下德州！」

李景隆逃到德州，燕軍一到城外，盛庸便悄悄率軍掩到燕軍之後，只待李景隆出城應戰，他便要發動攻擊，猛打燕軍的屁股。但李景隆居然開了南城門，又逃向濟南去了。盛庸派出的探子帶回這個消息時，他完全傻了眼，不敢置信，厲聲盤問探消息的軍士，那探子道：「今日燕軍前鋒張信已進了德州城，怎會有假？」盛庸嘆道：「張信？就是那削藩以來第一個倒戈的降將？」

盛庸沉吟苦思了一會，上馬親自到燕軍後方探視一番，終於發現燕軍為匆匆追趕李景隆，部隊不及盤整，前面是精銳的先鋒部，掉尾的竟然許多是原屬李景隆的降軍，拖拉了十數里，前軍已進了德州城的北門，後軍還遙遙在城外的小丘陵之間拖迤而行。盛庸膽大心細，突然率部從後方橫切而出，命將士揮揚大旗，齊聲大喊：「朝廷的部隊快歸隊，朝廷的部隊快歸隊！」

一時之間，滿野上千「盛」字軍旗呼嘯而過，燕軍尾巴上的降軍大批人便轉身加入盛庸部隊。燕軍軍官在人數上是少數，身邊周圍都是想要歸隊的降兵，也不敢強加阻止，反而三十六計走為上策，躍馬棄了這批「降兵」，疾奔德州去歸他們自己的隊了。

盛庸收了兩三萬原已被打散投降敵人的散兵游勇，當機立斷，帶著數萬大軍繞過德州，向濟南而去。他暗自盤算：「李景隆潰敗太快，所有原定計策皆來不及施作，現下只好到濟南重新布置，咱們就在濟南決戰吧！」他躍馬前進趕路，心中暗暗發愁：「李景隆匆匆逃離德州大本營，大量糧草全送給了朱棣。這一下他和我這邊兩大批人馬匯入濟南，濟南可有足夠的糧草？」

還好鐵鉉奉欽命已有所準備。這日是五月初九，距白溝河開戰才十五天，朝廷的大軍已經被李景隆敗得差不多精光了，朝廷拜這樣的大將軍，只能說是氣數吧。

三日後，燕王大軍已集結在濟南城外。城裡山東參政鐵鉉及參將盛庸合流了，而李景隆又出了城南的城門，這回不是逃跑，而是被朝廷召回京師。六十萬大軍，只花了八個月時間就輸得精光，回到南京性命保不保得住，誰也說不準。

朱棣圍住了濟南城，心中舒坦了一些，他清楚地感覺到，戰事從此要主客易勢了。從五月十五日起，不再是你朱允炆「伐燕」，而是我朱棣要直搗京師，奪你的皇位了。

朱棣對濟南很熟悉，他從城西北用強弓射了一封信入城，直落在布政使司衙門外的廣場上，信的內容是勸降和恫嚇。但城內毫無反應，並不理會。他暗忖濟南是有名的泉城，城中家家流水戶戶垂楊，絕不缺水，所以斷它水源無益，不如用水淹它。朱棣也熟知三國的一些說部軼事，想到關雲長水淹七軍擒了于禁的故事，便立即召集諸將商議。眾將均表贊成，決心掘堤引河水灌城。

這一招毒計果然有用，大水漫到城牆腳，鐵鉉和盛庸立刻派了游擊千總，率了一千士兵出城投降，跪求燕王停止放水，饒全城百姓的性命，如蒙朱棣同意，次日即開城投降。朱棣大喜，當即接受，次日策馬入城受降。

豈料就在入門城之時，一道千斤閘的鐵板由上落下，居然只打中了馬頭，而朱棣安然無傷，卻是嚇得魂飛魄散。他搶了隨從的馬，飛奔回營，坐在帳中破口大罵鐵鉉和盛庸，以及兩人的父母、祖父母、鐵盛兩家的先人神主牌。

朱棣攻打濟南到六月，他的另一項秘密武器已經運到，便是二十尊大鐵砲。這些大砲是從燕京及大寧拖來，過去明軍北伐打蒙古軍時曾發揮過效用，朱棣便暗中遣人去連砲帶火藥炮彈都拉了過來。

朱棣對兒子朱高煦道：「這盛庸是個良將，鐵鉉是個好軍師，朱允炆如果一開始便用這兩人替代耿炳文和李景隆，咱們未必有勝算。」朱高煦道：「父王不要長他人威風。咱們這二十尊大砲轟將起來，定要轟垮濟南城牆，咱們殺進城去，看看是誰厲害。」朱棣對這大砲的威力知之甚詳，他下令大砲集中火力瞄準城門四周連續轟擊，不要變換目標，一直到把城牆定點轟垮為止。

次日大砲轟了一整天，城中百姓驚慌不安，要求開南門逃離濟南，守城兵士也是又驚又嚇，紛紛怯戰，不敢守在城頭上。還好天黑之後炮火稍歇，城中軍民鬆了一口氣，卻又擔心不知明早天亮後，戰事會變成什麼樣。

翌晨日頭才升上來，朱棣便命二十門大砲繼續轟擊，而且要瞄準城牆上昨日轟得彈痕斑斑的老地方全力發炮。朱棣坐在帳中盤算，再有一上午的轟擊，午後城牆必有垮倒之處，便要張玉、朱能等大將準備攻城。

豈料帳外才聞得兩聲炮響便戛然而止。朱棣正感奇怪，已有兩個校衛面色異常地匆匆奔進帳來，其中一個跑得急了，被帳門口拉的粗繩絆得一個踉蹌，差一點摔個狗吃屎。朱能怒道：「什麼事如此慌張？」

那兩個校衛一臉驚嚇和疑慮的表情，結結巴巴地道：「報告……報告王爺，城牆……城牆……大砲不能再轟了。」朱能喝道：「什麼不能再轟？卡膛了嗎？那有二十尊大砲一齊卡膛的道理。」那校衛道：「不是，不是……俺說不清楚，將軍您自己看……」

朱棣感覺到一絲不尋常，他懶得再問那兩個被嚇得說不清楚話的校衛，大步走出大營，跨上馬便往營地外飛奔而去，後面幾個將軍急忙跟上。

朱棣縱馬出了營地，從高地上望下去，只見燕軍兵馬一層層圍住濟南城，但大砲全都停火。再仔細一看，那已被轟了一整天的城門四周斑斑彈痕，城牆上磚石多有破損，城垣上卻矗立了一排木牌，牌上寫了一行大字，但距離遠，看不清是什麼字。朱棣怒道：「什麼東西！快傳令下去，大砲給我轟。」

那兩個小校衛這時已鎮定下來，忙答道：「王爺，轟不得啊……」朱棣知道定是那排木牌在作怪，揚鞭指著前方喝道：「那些牌上寫的什麼字？」兩個校衛囁嚅答道：「高皇帝神主牌。」

朱棣登時傻住了，他萬萬沒有想到，鐵鉉竟想出這個法子來破解己方的大砲攻勢。一則，他對父皇朱元璋有無比的崇敬；再則，此次發起所謂「靖難」之戰的法理依據，乃是奉高皇帝太祖的「皇明祖訓」，這時如果砲轟「高皇帝神主牌」，便成為欺君侮父的造反行為，出師「靖難」的謊言便破功了。是以除了下令停止轟擊，別無選擇。

朱棣想了又想，只好揮動手中馬鞭，下令道：「傳令下去，立刻撤了大砲。馬步大軍巨木雲梯侍候，直攻城門。」

城裡見鐵鉉這一招逼停了攻城炮火，立刻士氣大振，派出一批訓練精良的弓箭手，在牆頭箭垛和掩體中發箭。一輪猛射下來，幾乎是箭無虛發，城上士兵的歡呼聲及暴吼聲愈來愈響。朱棣見狀，悄悄對左右說：「傳令今日收兵。」

燕軍雖然一時攻不下濟南城，但朱棣心中並不焦急。只因他在輕鬆取得德州時，得了李景隆數量相當龐大的一批輜重糧草，而濟南被圍已成孤城，城中軍隊估計也有十萬以上，所存糧食能支撐得了多久？等到城裡箭盡糧絕，鐵鉉和盛庸再神勇，也只有開城投降了。是以為今戰略，最重要便是在圍城之餘，密切注意濟南城的南方和西方，嚴防糧草及援兵趕來濟南。

但是朱棣能想到的事，他的敵人也想得到。七月時，勇冠三軍的平安整編了二十萬部隊，再次出兵。這一次，平安是要截斷燕軍的糧道。

平安已從都督僉事升為都督，他在河間一帶騷擾燕軍，打了兩個小勝仗後，控制了運糧的必經之徑。朱棣派兵去抵抗，平安又率軍向北，朱棣的部隊摸不清平安下一步要攻向何方。朱棣聞報後，心頭忽然出現了一個陰影。

他對張玉及朱能這兩員大將道：「俺知道了，平安這小子下一步想迴攻燕京。」平安昔年曾與朱棣協同作戰過，兩人相互之間對對方的戰法和想法都有一定的瞭解。朱棣想到這裡，再加上自五月圍城以來，已經整整三個月仍然無功，己方的精銳先鋒部隊倒是折損了不少。他審慎評估了形勢，當天晚上忽然下令撤圍，大軍趁夜悄悄班師，要回燕京去了。

濟南城牆上難得的一片寧靜，攻城的廝殺之聲突然歇下了，城牆的四角瞭望軍士通報盛庸，燕軍似有撤離的跡象。

盛庸快步衝進鐵鉉的公廨，大聲叫道：「鐵公，聽說燕軍要撤，咱們快去城頭瞧瞧。」鐵鉉正在檢視兩個重大計畫，一個是萬一敵方撤圍時的殺敵計畫，另一個則是萬一城破時最終的拚殺計畫。他忽聞此言，有些不敢置信，立刻站起身來問道：「盛兄，你是說燕軍撤圍？」盛庸道：「據報如是，咱們快去確認。」

兩人上了城頭，從黑暗中向城下眺望，果然看見燕軍外圍部隊已經在撤離，大軍偃旗息鼓，退得安靜而井然有序。鐵鉉道：「盛兄，你瞧朱棣會不會佯退，誘我軍出城？」盛庸道：「此刻還看不真切。他若是佯退誘敵，就只有外圍部隊會撤，靠近城圍四周的精銳部隊和攻城器具便不會真動。咱們且再看一會。」鐵鉉道：「盛兄，你先下城去集合部隊，如果燕軍撤離是真，咱們就要衝出去打他個落花流水。」盛庸道：「好教鐵公放心，俺的副將現下已在召集部隊，隨時可以出動。」

兩人在城牆上望了半個時辰，只見城下的攻城前鋒部隊也動了起來，士兵們開始收拾各種攻城器具。鐵鉉望了盛庸一眼，道：「玩真的？」盛庸指著城牆正下方的左右兩邊，道：「鐵公看到沒有？兩側的燕軍刀槍在手，還有弓箭手箭在弦上呢。」鐵鉉道：「咱們的部隊現在還不能出城。」盛庸點頭道：「不錯，再等一會。」

又過了半個時辰，城下的部隊也開始撤離了，左右戒備的翼軍也移動到斷後的位置。盛庸低聲道：「差不多了。燕軍確實要撤，俺要出一口氣了。」說罷便下了城樓，城中主要道路上已鴉雀無聲地排滿了全副武裝的部隊，火燭全熄，黑壓壓的一片，但盛庸卻能感覺出這一城的士兵，個個充滿爆發力，蓄勢待發。他對三個副將道：「第一波二萬人衝出後，立刻集合第二波待命。咱們四人分領四波人馬。」三個副將齊聲應諾。

盛庸一聲：「傳令點火！」只見點火的命令一路傳下去，一條條火炬的長龍一路亮起來。鐵鉉在城牆上往城內望去，那景象壯觀之極，而他的內心也如那一條條的火龍熊熊地燃燒起來。

盛庸跨上了戰馬，從親兵手上接過長槍，一口陝西官話傳了出去：「弟兄們，叛軍圍著打咱們、幹咱們，整整三個月。今天晚上我要帶你們出城去，該讓你們出一口氣了，你們是啥個說法？」眾軍士喝道：「殺敵！殺敵！殺敵！」

封閉了三個月的城門突然打開了，城牆上對準撤離中的燕軍斷後部隊射出了最後一輪強弩。漫天箭矢如下雨一般落向燕軍之時，盛庸的部隊如虎似狼地衝出城門，向撤退的燕軍追殺過去。

盛庸按著鐵鉉定下的追擊計畫，四波人馬逐一殺出，燕軍的斷後部隊且戰且走，愈戰愈少，幾乎全部遭到殲滅。然而朱棣的燕軍敗而不亂，雖有折損卻不潰散，終於緩緩退向外圍安全之地，盛庸的大軍趁勢收復了德州。

濟南三個月之圍到此結束，時間是建文二年八月十八。

∞

燕軍撤圍濟南，班師回北平去，其實軍事上並無極大損失，但是消息傳到南京，那分自開戰以來就濃濃籠罩著京師的凝重氣氛，終於得到一絲紓解。九月初十，朱允炆將鐵鉉從山東參政升為布政使，並特命參贊軍務，旋即正式任命他為兵部尚書。盛庸力守濟南有功，便封了「歷城侯」，替代被撤換的李景隆為「平燕將軍」。盛庸率兵駐守德州，平安守定州，與滄州互為犄角。

南京一時沉浸在慶功的氣氛中。「鄭家好酒」也有人在慶祝，鄭洽約了章逸、于安江、沙九齡聚餐，邀請了一位特別賓客，便是新科進士胡濙。

胡濙終於以二甲三十四名考中建文二年的進士，得鄭洽引見認識了朝中重臣，又得梅殷駙馬爺推薦，日前實授了兵部給事中，是一個有實際影響力的七品官。

席間談到李景隆，這位遭撤職召回京師的伐燕大將軍，將朝廷六十萬兵馬丟得一乾二淨，當時力薦李景隆的黃子澄，以及右都御史練子寧、御史葉希賢等都上書皇帝，要求立斬李景隆。朝中大臣也沒有一個敢出頭為李景隆講話，甚至有不少官員在廷上揮拳相向，以洩憤怒。

鄭洽道：「今日在孝孺大學士怒罵『壞陛下事者，此賊也』之後，我真擔心大夥兒衝上前去對李景隆施以老拳，那可就難看了。」章逸道：「聽說當時力薦他的黃子澄也上書要求斬李景隆，以息天下怒？」鄭洽道：「不錯，子澄每一提及薦李之事，便悔恨交加。此次上書請斬李景隆，可謂傷心已極矣。」

胡潑道：「其實太常寺卿大可不必如此傷心。李景隆名將之後，自幼熟讀兵書，各種條件都看好於他，當初推薦他主帥，並算不得滔天大錯。錯是錯在鄭村壩之敗後，已經證明他無大將之才，那時沒有撤換他。」

沙九齡插口道：「還有，聽說皇上給耿炳文和李景隆下了口諭，不得傷了朱棣的性命。這事如果屬實，它的影響也不小。」鄭娘子送新燙的酒上來，聽得此話的後半截，忍不住問道：「沙鏢頭，這話怎麼講？」

沙九齡道：「這回龍騰鏢局負責從瀏陽運送一萬斤火器到前方，是郭英老將軍要的，一個叫譚湘的指揮使負責押運。這譚湘是瀏陽人，和咱們鏢局總鏢頭是小同鄉，他怕這批火器有人要劫，便來請教龍騰鏢局。是我幫忙出了一條金蟬脫殼的妙計，一萬斤火器一斤不少地運到郭將軍營中……」

于安江聽得不耐，打斷道：「這又跟皇上口諭不得傷了朱棣性命何干？老沙你有話直說，不要繞圈兒。」

沙九齡知于安江不愛聽自己吹噓，便笑了笑，接著道：「當然有關係，老于你莫著急。那瀏陽人譚湘達成任務得了賞賜，心中好不高興，便託人送來四百支信號用的燄火，便是咱們幾個使用的那種，都不用付錢，算是送給咱的謝禮。章頭兒，是不？」

于安江見他仍在說他自己的厲害，不禁有些火了，但見章逸舉酒敬了老沙一杯稱謝，便不好再講話，耐著性子聽沙九齡續道：「就是這個譚湘譚指揮告訴咱們鏢頭，說在前線許多軍官都在咒罵這條上諭。一面要和燕軍做殊死鬥，一面還要保全朱棣的性命，天下那有這樣打仗的？有個平安將軍麾下的軍官說，有兩次朱棣率少數隨從親入最前線，那時只要大軍一上，便能將朱棣殺了。但都因為這個鳥聖諭，眼睜睜看著朱棣脫離險境，揚鞭驅馬而去，恨得牙癢癢的也沒轍。」

鄭洽聽到這裡，嘆了一口氣道：「老沙呀，這些話出了鄭家好酒便不要亂講。今日在朝上，眾大臣立主斬李景隆以謝國人之時，皇上卻裁決暫不追究李景隆死罪，要先辦重整北方兵力、有功人員升官進爵的事。我瞧恐怕與老沙這話有些關係。皇上不殺李景隆，一則是仁義之心，念他是開國元勛之子，一則也有些悔恨自己，不該給伐燕統帥不得傷朱棣性命的口諭。」

沙九齡在江湖上混得久了，雖然做了錦衣衛，口無遮攔的習慣仍改不了，加以又喝大了，那裡管得了這許多，便接著道：「剛坐上皇位便要找強藩開刀，這是匹夫之勇；打仗要保全對手的性命，這是婦人之仁。李景隆固然是個庸將，這種仗任誰來打都累啊！」

胡濙聽他說得露了，便道：「皇上確是仁義之君，古所少見呢。」沙九齡仍不知節制，反而恨恨地道：「打仗不是勝就是敗，仁義有個屁用……」章逸舉杯道：「老沙你少說一句，咱們來談談錦衣衛的事。」

一提錦衣衛，沙九齡的勁更大了，搶著道：「那個瀏陽人譚湘還告訴咱總鏢頭，他們的火器在德州碼頭演了一場假交接的戲，果然引得賊人出手搶劫，幸好老沙我計高一著，賊子搶到一批假貨，真貨悄悄運到滄州去交接了。聽當時在場的一個把總梁城事後對譚湘說，在德州動手搶劫的是三個錦衣衛的高手，出手相幫他們的又是另兩個少年錦衣衛。負責接貨的將軍叫做羅義，被打劫的錦衣衛割了頭顱，他抵死也沒屈服，真他媽好樣的。」

鄭洽緊張地問道：「老沙，你是說動手打劫的是三個錦衣衛？出手相幫的又是另兩個少年錦衣衛？」沙九齡道：「不錯，那譚湘是這麼告訴總鏢頭的。」鄭洽沉吟了片刻，自言自語道：「誰會遣了三個錦衣衛去劫朝廷的軍用火器？」

于安江忽然插口進來：「你們看那兩個少年錦衣衛，會不會是鄭芫和朱泛？」章逸點頭道：「從時間地點來看，多半便是鄭芫和朱泛。至於那三個打劫的錦衣衛，既不是咱們的人，那就一定是金寄容那邊的人了。」

于安江聽了沙九齡的話，一直在心中琢磨，一雙細眼滴溜溜地打轉，這時又道：「既要偷偷打劫，為何要穿著錦衣衛的制服幹事？這不是有點奇怪麼？」

章逸道：「老于，你有沒有聽到魯烈那邊什麼異常的事？」于安江並不回答，反而問道：「咱們錦衣衛聘用新人，是誰說了算？」章逸道：「當然是金寄容和魯烈說了算。」于安江道：「他們不需要向上級報准？」章逸道：「錦衣衛直屬皇帝，原則上每年名冊皆須呈報備核，但其中聘用大權通常就在都指揮的手上，皇上那能管那細節？」于安江道：「那章頭兒招了鄭芫等三人，也是要金寄容和魯烈批准了？」章逸道：「自然是如此。但那是欽命要辦的事，金魯兩人就算不爽也只得照辦。」于安江點頭道：「是了。」便沒了下文。

沙九齡忍不住問道：「老于吞吞吐吐，十分討厭，什麼是了？」于安江道：「俺猜那金寄容和魯烈最近偷偷引進了一批新人，來抵制章頭兒及咱們，這裡面甚至可能有天竺那批高手……」他話未說完，章逸已經接口道：「是呀，這正是我最耽憂的事。金魯二人與天竺武林勾勾搭搭已有一段時日，但是都還躲在幕後。這一下如果正式進入錦衣衛，金、魯不僅力量大增，他們假公作惡起來，可要為害國家朝廷。」

鄭洽和胡濙對望一眼，面色十分凝重，幾乎齊聲道：「章指揮，你是說……燕王朱棣？」章逸點頭道：「據俺幾年來蒐集的消息，燕王朱棣收買錦衣衛及天竺高手已非一日，亦非偶然為之，而是長期互通款曲。金魯二人曾經介紹天尊地尊與燕王使者見過面，且燕京壽慶寺的道衍和尚也來過京師與天地二尊會面。」

鄭洽正色道：「章逸，你這消息可確實？」章逸道：「旁的不說，單說這道衍和尚和天尊地尊密會的地點，就在玄武湖旁的雞鳴寺。那日魯烈派在寺外戒護的親信侍衛中有一個露了口風，又被俺手下一個弟兄打探到……」沙九齡聽得不滿，追問道：「如何露口風，又如何打探到，章頭兒你說清楚一點可好？」鄭洽也道：「此事關係重大，願悉其詳。」

章逸道：「也沒有什麼不能講的。那個魯烈的親信侍衛看到了魯烈在把玩一個紅玉雕金線綴的將軍像，端的是稀世寶物，魯烈說是道衍和尚送的。那侍衛在秦淮河有個老相好，他在老相好面前吹牛充殼子，不知怎的露了這紅玉雕像的事。前不久我的一個弟兄，他也是……也是那秦淮河姑娘的相好，那姑娘無意中說起這件寶物，我那弟兄多長了心眼兒，便慢慢從姑娘口中套出這事。老于、老沙，你們說這消息可不可靠？」

于安江和沙九齡一聽是這麼回事，于安江猛點頭道：「可靠，可靠，姐兒枕頭上咬耳朵的話最是可靠。」沙九齡讚歎道：「照啊，章頭兒您強將手下無弱卒。」

章逸不知沙九齡說的是他手下弟兄打探消息的本事，還是浪子廝混的本事，便沒有接口，卻不自禁地瞟向鄭娘子，鄭娘子狠狠白了他一眼。

鄭洽沉吟道：「如此說來，那三個在德州打劫火器的錦衣衛，有可能是金、魯招募的新人，譬如說……那批天竺人？」章逸點頭道：「不錯，極有可能。」鄭洽道：「明日待我私下奏請皇上，徹底整頓一下……」他尚未說完，于安江便道：「大學士，萬萬不可整頓。」鄭洽和胡濙都奇道：「為何不可？」

于安江行了一禮道：「兩位大人，您要是這麼一做，便是和金、魯翻臉了。翻臉不打緊，俺可要請教一個問題，全國錦衣衛大大小小幾千人，鄭大人和章頭兒您們能管住多少人？我瞧十個裡面倒有八個還是聽命於金魯兩人的。這一翻臉，咱們有力量將幾千個錦衣衛一網打盡？或是收編為己用？」

鄭洽和胡濙細想于安江所言，這才感到事態嚴重，已經遠超過朝廷的力量所能處理。主要是錦衣衛在這段時間裡，愈來愈多的武林人士加入，分散在全國各地的衛營之中，這些人桀驁不馴，那裡是朝廷一道命令就能整頓？

章逸道：「老于呀，依你看，他們派新人劫火器也就是幫燕軍一個忙，但為何要穿了全副武裝幹？」章逸認為于安江最能懂得壞人的行為模式，是以每當要推測壞胚子的想法時，便要請教他。

于安江道：「我猜咱們這一票人成立了新錦衣衛，又得到新皇帝的信任，這件事激起了金魯二人的不滿，也讓他們覺得危及自身。這次借打劫火器的事，是要明白告知各地的同袍，錦衣衛只管動手協助燕軍，不要管朝廷的旨意。」

鄭洽道：「然則金、魯身在京師，就不怕皇上問罪？」于安江答道：「回鄭大學士，金魯二人可以裝蒜呀！我猜只要上頭問起，這兩人一定推說：錦衣衛有數千人之多，難保燕王沒有在其中暗布樁腳。而且信誓旦旦定要徹查不肖，加以嚴辦，在皇帝面前發誓賭咒，掏心掏肺，滿腔熱血，忠字當頭。」

他一路說得又溜又順，完全不假思索。章逸心中暗罵道：「這老于是個壞胚子。」口頭卻道：「老于猜得有理。他們這麼做，便是公開宣示，燕京和朝廷之間，不但軍隊在打仗，錦衣衛也在打仗了。」于安江冷冷加一句：「而且錦衣衛『叛軍』的首腦就在京師，每天見了咱們的面還是笑嘻嘻，你說氣人不氣人？」

鄭洽覺得情況愈來愈複雜，便問眾人：「如此情況下，咱們要如何自處？各位可有高見？」

章逸道：「咱們人手不夠，原來仗著皇上的信任可以『狐假虎威』，讓金寄容和魯烈他們不敢妄動，現在公開『宣戰』了，這個優勢不再，須得多找些人來助拳。前些日子，俺收到芫兒傳來的鴿信，說她在少林寺向無憂大師討教達摩三式，此後便再無訊息。俺已託丐幫的弟兄用飛鴿傳書到武昌，請丐幫幫忙打聽他倆的行蹤，要他們立刻回京。昨天接到武昌來的一好一壞兩個消息，壞的是還沒有紅孩兒的消息；好的是丐幫錢幫主聽到咱們的情況，派了左右護法前來助我等一臂之力。錢幫主一個女流之輩，義薄雲天啊！」

鄭娘子面帶憂慮之色，章逸看到了，知她擔心鄭芫的安危，便故作輕鬆地道：「照時程上算來，鄭芫和朱泛是該回來了，想來必是在神農架找到了方軍師或傅翔，這才耽擱了些日子。以他兩人的武功加上朱泛的機智，沒有什麼人能讓他倆吃虧。」沙九齡也發覺鄭娘子在擔心，便補一句：「何況丐幫弟子遍布各地，通風報信更是快速無比，丐幫沒有消息，便是沒有壞消息。」

鄭洽道：「丐幫的援手到了之後，咱們有何計畫？」章逸笑了笑，不即回答。

于安江久跟章逸，每次見到章逸這種笑容就知他胸有成竹，便也不催他，只拿一雙眼睛牢牢盯著他。章逸見大家都靜下來望著自己，便開口道：「各位還記得前次魯烈下戰書，在普天寺邀我一對一決鬥的事？」于安江道：「怎忘得了啊？那回也是丐幫錢幫主仗義馳援，才沒有讓他們得逞。」

章逸笑道：「俺這回要學學魯烈了。」沙九齡道：「你要挑戰？」章逸道：「五日之前探子來報，普天寺突然空了，天竺人何時走的竟沒有人察覺，端的是神出鬼沒。對方目前在南京的高手就只剩下金寄容、魯烈、馬札，最多還有三個劫火器的天竺人。咱們要是有了丐幫的高手來壓陣，我章逸便要單挑金寄容，把錦衣衛裡頭的問題一次解決！」

章逸此言實在太過驚人，大夥初聞都為之一震，覺得不可思議，但再仔細想想，這確實是一個跟老錦衣衛做了斷的極佳機會，若能一舉戰勝金寄容，則天下錦衣衛倒向己方者一定大增。待想到第三遍，人人都不得不承認，這個章逸實在聰敏絕頂又極有膽識。

章逸續道：「過去大家都在京師當差，穿一樣的錦衣，領一樣的皇糧，打起來豈不是笑話？是以上次魯烈邀我決鬥時，定要我著便服單身赴會。這一回嘛，他們既然公開幫朱棣，咱們便穿了官服決鬥也沒啥不可，俺殺了他便是殺了叛徒，皇上事後知道了就好。但重點是要有高手壓陣，確保咱們能一對一的幹。」

于安江是個仔細的人，自章逸語出驚人起，他便動腦筋把各種情況想了一遍，這時發言道：「章頭兒，最後一個問題……」章逸笑道：「老于，你是問俺打不打得過金寄容，對吧？」于安江點頭道：「正是。那金頭兒從來極少出手，大家只知他一身武功已得全真派真傳，究竟高到什麼境地其實並不清楚。章頭兒，您有幾分勝算、幾分把握呢？」

章逸臉上又露出那種充滿自信、自在瀟灑的笑容，淡淡地道：「有勝算要打，沒勝算就要打出勝算來。不錯，金寄容極少出手，他的武功深不可測，可是對金寄容來說，也許俺章逸的武功也是深不可測呢！」

他那滿不在乎的笑容似乎感染了在座每一個人，連鄭洽和胡濙都感受到那笑容後面無比的信心。鄭娘子一雙美目含潤，望著這個神秘不羈的情郎，滿心的感動和驕傲，卻也免不了滿腔的擔心。

便在這時，「鄭家好酒」店外一個豪邁的聲音響起：「章逸章指揮在裡面麼？」眾人一聽這聲音都是一驚，齊向門口望去。

只見門口出現了三個人，當前一人氣度威猛，但衣衫襤褸，一襲灰衣上有十多個花布補丁，正是丐幫的左護法「魔劍」伍宗光。他身後一個中年花子留著一把山羊鬍，一手不停地搓著鬍鬚，正是丐幫的右護法「醉拳」姚元達。

令章逸等人驚得跳起身來的是，姚元達的身後閃進一個高大威嚴的老乞婆，手持一根烏光閃閃的細杖，竟然是丐幫幫主錢靜親臨。

章逸連忙上前相迎，抱拳拱手道：「三位不辭辛勞到京師來為咱們的事助陣，章逸不知如何感激。有勞錢幫主再次大駕親臨，實在不敢當。」

錢靜爽朗地道：「聽說天竺武林透過錦衣衛，已經介入了南京與燕京的戰事，這就是牽涉到天下興亡的大事了。我錢靜雖是一介女流，倒也不能置身事外。」

章逸連忙介紹眾人都認識了，便將自己決心趁這時機，要和老錦衣衛的頭兒金寄容決一死戰的想法說了。章逸續道：「咱們這邊有了丐幫錢幫主及兩位護法的加持，管教魯烈和那幾個天竺人不敢動手。大家壓陣，看俺跟那金寄容好好幹一場。」

魔劍伍宗光拍手叫好，大聲道：「章指揮好樣的，咱雖不知你和那金寄容誰強誰弱，但俺最喜看人決鬥，不散的殊死戰尤其好看。你儘管放心，倘若有人要破壞決鬥的規矩，我伍宗光就跟他拚命。」

醉拳姚元達哈哈一笑，接著正色道：「聽章指揮說，至少有三個天竺高手穿上了錦衣衛服，明著在幫燕王朱棣打仗。這件事非同小可，章兄弟大可報請皇上下旨整頓錦衣衛，何須由章兄與金寄容決鬥私了？」

章逸道：「天下各地錦衣衛數千人，目前十之八九是聽命於金寄容和魯烈的，如果皇上下令逮捕金魯二人，恐將引起全面的反抗。若由俺一對一地幹掉金寄容，便只是除掉一個叛徒罷了。只要當場能壓住陣腳，整個錦衣衛不致因此而動搖根本，咱們再把天竺人趕出去，一步一步掌控內部，終有機會將整個錦衣衛轉變成國家社稷一支正義之師。」

錢幫主一頓手中鋼杖，道：「章指揮好抱負，咱們丐幫必為你後盾。要不要咱們先去找金寄容麻煩，逼他動武探探他的底？」章逸搖了搖頭，拱手謝道：「丐幫英雄仗義相助，只要能壓住魯烈他們便好，金寄容有多少斤兩到時便知。」

∞

沿西長安街走到長安右門前，右轉一條鋪了青石的官道，右手邊第一幢衙門是通政司，第二幢衙門就是聞名天下的錦衣衛。它的全名是「京城錦衣親軍都指揮使司」。

這衙門的正主「都指揮使」的辦公廳大門深鎖，自洪武二十七年蔣瓛被朱元璋處死以後，便未再派人繼任，大權落在左右副都指揮使金寄容和魯烈之手，這兩人的辦公廳設在中庭一左一右。

這時左邊的廳中，金寄容和魯烈正在密商最新的情勢。魯烈的手下打探到幾件不尋常的消息，讓金魯兩人頗覺不安。

第一件事，鄭芫和朱泛奉密命北上出差，早已超過預定返回的時間，這兩人有如黃鶴一去不復返，他們的直屬上司章逸似乎完全不以為意。第二件事，丐幫幫主率兩大護法昨日從武昌到了京師，不知所圖為何。

魯烈道：「照絕塵僧三人的說法，他們和鄭芫、朱泛這兩個小鬼在德州交過手，可知這兩人的秘密任務定與北方戰事有關。可是何以從那以後，這兩人便失去蹤跡，而且至今不歸，是否另有詭計？」

金寄容想了想，道：「他們會不會留在濟南幫鐵鉉和盛庸？」魯烈搖頭道：「咱們濟南的弟兄前日有人來京師公辦，俺親自問了，濟南城裡沒聽說也沒見過這兩人。」金寄容想了一會，忽然一掌拍在桌上，雙眼閃出精光，緊張地問道：「燕王現在何處？」魯烈道：「燕王在濟南圍城不利，已回燕京整備軍隊。」金寄容道：「你瞧鄭芫和朱泛這兩個小子是不是去了燕京……」魯烈道：「刺殺燕王？」金寄容點頭道：「不錯，刺殺燕王。說實話，這一著棋高明呀！」

魯烈被這話一提醒，連忙搖鈴叫人，一個年輕錦衣軍士進得屋來，魯烈道：「那個濟南來的弟兄還在南京吧？請他到我廳裡候著，我有事要交代。」那軍士應諾去了。金寄容點頭道：「命他六百里快馬送你的密函到燕京，通報道衍。」魯烈道：「不錯。」

金寄容又道：「丐幫那老乞婆陰魂不散，帶著武功最高的兩個護法又到了南京來，你猜有啥目的？」魯烈道：「肯定是和章逸那壞胚子在暗地裡耍什麼詭計。章逸這廝不除掉，終將是咱們的心腹大患……」

正說到這裡，門外一個大嗓門道：「除掉那一個心腹大患？」只見馬札大步走了進來。魯烈道：「還不是章逸那王八蛋。」馬札道：「您就省點力吧，章逸自個兒找上門來啦！」他一面說，一面揮著手上一個紅紙大信封，封面上寫著「金副都指揮使寄容親收啟」，左下角寫了「章緘」兩個小字。

金寄容滿心詫異，接過了紅色信封，抽信出來一看，只見上面畫了兩個人持劍相交，寥寥數筆，卻能畫出人物特徵，一看便知一個是金寄容，另一個便是章逸。畫的右上方寫了兩行字：

「大義犯上殺叛逆

英雄決死一對一」

畫的右下角寫了時間和地點。地點仍是城外普天廢寺，時間就在今晚。

金寄容盯著那張挑戰書，臉色陰晴不定。魯烈湊過來看了，怒聲道：「這是章逸那小子畫的？」馬札道：「不錯，這小子手巧，會畫圖還會製面具。」魯烈聽了無疑火上加油，大怒道：「他居然敢向金頭兒挑戰，憑他那點本事，有幾個腦袋？」金寄容卻始終沒有說話。魯烈瞧著他的臉色，忍不住叫道：「金頭兒，你難道怕了他？」金寄容竟然點了點頭，低聲道：「不錯，我怕。」

魯烈又驚又怒，氣得一時說不出話來。馬札囁嚅道：「這個章逸大約是得了失心瘋，竟敢要我送這封信來……」

金寄容終於又開口了：「魯烈、馬札，你們說說看，這章逸憑什麼敢向我挑戰？」魯烈道：「章逸那幾下子我又不是沒見過？他的武功雜亂無章，說不出到底是何門何派，倒像是在武林中東學一套、西偷幾招拼湊出來的。我見過他與人動手，幾次都要落敗了，卻突然使出江湖上無賴的賤招，偷襲得逞。就憑這怎敢挑戰……」他話未說完，金寄容忽然打斷他，冷冷地問了一句：「不錯，這人從沒展現過什麼高明的武功，但有誰見過他在與人動手時落敗過的？」

這一問，魯烈和馬札都呆了一下，回想起來，從識得章逸這個浪子，這麼多年還真沒見他在動手過招中輸過。馬札直覺地道：「那是這小子沒碰到真正的高手……」金寄容道：「辛拉吉是不是高手？拉哈魯算不算高手？這兩人聯手偷襲他的結果是一死一傷，你們忘記了？」

這一下馬札和魯烈全傻了。金寄容又道：「你們還以為殺拉哈魯、傷辛拉吉的真是方冀？方冀怎會上秦淮的娼妓畫舫？章逸這廝又會製作面具，他冒充方冀幹的好事可瞞不過我。你們千萬不要小看，章逸可能是咱們碰過最危險的人物。」

魯烈雖覺金寄容講得有些道理，但只要想到章逸與人動手時耍的爛招，雜七雜八不登大雅之堂，便又覺不服氣，忽然大聲道：「師哥，今晚由俺先上，肯定不用你出手，老子就把他斃了。」

金寄容指著那張別出心裁的挑戰書，道：「你不識得那第三行字麼？」魯烈怒道：「怎麼不識得，他媽的『一對一』這三個字還不識得麼？」金寄容笑道：「人家指名單挑我，嘿，豈能由你代打應戰？」魯烈哦了一聲，道：「原來如此。那丐幫三個老叫花突然出現在南京，原來是幫章逸這廝把場子的。」金寄容道：「現在你可懂了。」

∞

月明星稀，鳥雀歸巢。普天廢寺後的禪室原是天尊、地尊及天竺諸弟子閉門練功之處，如今人去室空，前面廣場上空蕩蕩的，那一道斑爛剝落的石牆在月光下顯得格外滄桑。牆根的影子裡坐著一排人，默默一言不發，等待有人來赴約。

這一排六人正是章逸、于安江、沙九齡，以及丐幫的三大高手。章逸穿著整齊的錦衣服帽，只腰間的繡春刀換了一把長劍。

這時遠方出現了幾點人影，來者好快的身法，才看見他們的身形，為首者已到了十丈之內，端的有如御氣凌風，瀟灑之極。

來人落入場中，全都是錦衣衛的穿著，正是金寄容、魯烈、馬札、絕塵僧、辛拉吉及楊冰。

章逸六人一躍而起，從牆影中走出來。章逸對著金寄容行了一禮，朗聲道：「錦衣衛左都指揮使金寄容通敵叛變，章逸奉密命在此誅殺叛逆，其他人等旁觀則可，不得干擾阻礙公務！」魯烈聽了幾乎氣炸，怒聲罵道：「章逸，你這王八蛋小人得志，居然敢對金頭兒無禮，你不想……」金寄容一揮手打斷魯烈，但魯烈顯然怒氣難消，繼續罵道：「待老子先宰了你這王八蛋。」

章逸陰惻惻地道：「章逸奉的密命只要誅殺叛逆金寄容，倒沒有魯大人的分哩。」魯烈聽了一怔。金寄容淡淡地道：「章逸，你有膽子挑戰，想必有幾分把握。今晚我就擒了你這妄人，再拷打你招出幕後的黑手是誰，然後再讓你吃點苦頭，保證教你跪在地上哀求我送你歸天，你說這樣安排可好？」

這番話他說得輕描淡寫，聽到的人無不寒毛豎立，只有章逸笑嘻嘻地道：「金頭兒，您說得愈狠，其實心中愈害怕。咱們就別耗著了，這邊有三位丐幫的貴客，就只有金頭兒還沒見過，俺要介紹一下。」

魔劍伍宗光朗聲道：「章兄弟不必麻煩了，咱們自己來。這位老婆婆是敝幫錢幫主，中間那位有山羊鬍的江湖上人喚『醉拳』姚元達，俺這老叫花是伍宗光，武林中叫俺『魔劍』，可惜見識過俺魔劍的人大多數都作鬼了。我最愛看死約會的殊死鬥，但只愛看一對一的，要是看不成，那只好加入群鬥，大夥亂殺一通。」

那絕塵僧前次因傷沒有上少林，還是頭一回見到伍宗光，聽他說得狂妄，不禁大怒，立刻戟指喝道：「什麼東西在此胡說八道！待會金副都使宰了章逸之後你別跑，俺要試試你的什麼狗屁魔劍！」伍宗光並不生氣，衝著絕塵僧咧嘴笑了笑，點頭稱好。

楊冰在絕塵僧耳邊道：「這『魔劍』是丐幫左護法，劍法十分厲害。」絕塵僧移目瞪向姚元達，見姚元達搓著山羊鬍也對他嘻嘻地笑，不知是何用意。再看那老乞婆，只見她雙目緊閉，好像睡著了般。

章逸唰的一聲抽出腰間長劍，就連于安江也是頭一次看見章逸使劍，不禁感到一陣莫名的興奮。金寄容也緩緩拔出了腰上長劍，月光下閃過一道藍汪汪的光華，一看便知是一把寶劍。章逸道：「請。」

金寄容一起手，劍氣立時內斂，竟然展現出一片謙沖和穆的氣勢，正是全真派道家的起手式，穩重瀟灑中，只一動之間便顯出名家高手的風範。錢靜緩緩睜開了雙眼，牢牢地盯著金寄容的劍式。

章逸也潛心凝神注視著金寄容，這個當今的錦衣衛頭子，極少有人摸清他的底，冷峻中帶著神秘，終於在閃電般的藍光中遞出了第一招，一陣撕裂空氣的聲音應式而起，章逸連退兩步，並不出招。

金寄容一招未使全，早已變刺為推，一股極大的內力橫掃而出。章逸只覺自己胸腹上所有的穴道都已落入對方劍氣的威脅之中，但他仍不還擊，只快捷無比地一晃身形，眾人尚未看清細節，章逸就已到了金寄容的身後，正是明教蕭四天王的「鬼蝠虛步」。章逸這一步所展現的功力，讓在場所有高手都嚇了一跳；身形曼妙如蝴蝶翔舞，步履虛實互換如夢似幻，一片模糊間，主客已經易位。

然而這裡面最吃驚的還是金寄容本人，他這一劍乃是全真「三清劍法」中最綿密宏大的招式，不料只一瞬間，敵人便已到了身後，自己劍勢中所有的布置及後藏的殺著全部落空。然而全真劍法原是武林中攻勢最犀利的劍術，章逸才剛閃過，金寄容的長劍如腦後有眼，挾著凌厲劍氣又已反手刺向章逸眉心。章逸受逼終於出招，雙劍一碰，發出一聲清脆的響聲，兩人各施殺手，互相將對方捲入劍光之中。

伍宗光是武林中頂尖的劍術高手，他看了雙方的劍勢與劍招，簡直不敢相信自己的眼睛。原以為全真教自掌門人完顏德明在大都白雲觀暴斃之後，教內陷入四分五裂，赫赫有名的全真派從此再無頂尖高手，想不到這金寄容一手純正的全真劍法已臻爐火純青之境，其功力之深，恐怕更勝當年的完顏掌門。

更不可思議的是，這個錦衣衛的浪子章逸，同樣沒有人見過他的真功夫，這時顯現出來的武功令全場震駭。于安江和沙九齡都認識他多年，回想起來，他每次與人動手時，似乎都靠著臨場機智或僥倖，才勉強贏了一招半式，從來不覺得他身懷絕學，到今日終於見真章，此人韜光養晦的功夫實已到了可怕的地步。

兩人以快打快，在場諸人都看得又緊張又過癮，劍法中各種厲害的招式在兩人手下一一演出，三百招很快即過。金寄容的攻勢雖然較為凌厲，章逸的劍勢卻也絲毫沒有退讓，只不過守多於攻而已。

兩人拚鬥了五百招後，情勢漸漸有了改變。金寄容的全真劍法忽然慢了下來，章逸馬上感到劍上的壓力暴增，他知道金寄容要和自己比拚內力，於是連退了五步，引起旁觀諸高手一陣緊張。卻見章逸忽地雙手持劍，似乎手上的長劍變得無比沉重，揮動起來像是劍頭上壓著千斤重物，看似緩慢下來，但劍尖不住跳動，每一次跳動都發出內力，快如白蛇吐信，點點不離對手要穴。

錢靜看得心中驚疑不已，因為此時章逸的劍法中已含有上乘杖法，只是杖尖換成劍尖，凝重之中不失銳利，不禁仔細注視章逸的運氣出招，愈看愈是佩服。原來章逸此時所使的，已從明教右護法岳天山的絕學「寒冰九式」劍法，轉換成東天王費伯約的畢生絕技「飛天杖法」。轉換之間倒也不著痕跡，就像是被金寄容逼迫得非變招不可的樣子，但是金寄容的千斤重劍，卻已被飛天杖法硬生生擋住了。

場中拚戰的每一個動作看來都極盡優美，實際上每一個動作都極具殺傷力，只要有任何一個差錯，立即性命不保。這兩人在五百招裡各自展示了極上乘的武功，眾人不論心中期待誰勝出，暗中都忘情地叫了一聲：「好功夫！」

魯烈雖與金寄容同門，但金寄容的全真本門武功之高，仍大大超出他的意料。他暗忖道：「師哥是何時練到這等境地，我竟渾然不知，師父當年也無他此時的功力。看來這位師哥確是深藏不露，多年來私藏了師父的秘笈，沒有讓我練，也沒有交給天尊。」想到這裡，又暗暗感到安慰：「幸好俺偷偷練了天竺的『御氣神針』，想來他也蒙在鼓裡。」

這時他心中壓不住湧上一個古怪的念頭：「倘若師哥敗在章逸手下，後果是什麼？」這念頭一直被他壓抑著，這時一湧出來，忽然感到一陣莫名的激動。

魯烈當年帶藝投師，入了全真派，師父完顏德明對非漢人的子弟特別照顧；完顏自己是女真後裔，師哥景璣戎有一半女真血統，魯烈則是蒙古人。他拜完顏德明為師，原是要暗中盜取全真派的武功秘笈，他慢慢說服師哥合謀，那曉得景璣戎竟然不動聲色，一不做二不休把師父給殺了。從那時起，他才知道這個師哥絕非自己能夠影響，更不用談控制了。後來兩人改了姓名，隱身到錦衣衛來，數十年都是金寄容在發號施令，自己落到個唯命是從的跟班。有時想想，心中雖十分不平，但也無可如何。

這時師哥似乎遇到了可怕的對手，一個比師哥更加深藏不露的章逸，現下這兩人正在性命相搏，不死不休，他腦中浮出的問題讓他從激動變成興奮。他開始偷偷思考，如果金師哥被章逸殺了，自己的處境會怎樣，錦衣衛又會變成怎樣？

第一個要考慮的是，金師哥若敗死了，章逸會殺自己嗎？

不會，至少不是今晚。如今兩邊廂大陣仗頂著，便是要確保一對一的決鬥，就算章逸勝了，他還能再跟我一戰麼？丐幫那三個老叫花雖厲害，咱們這邊三個天竺師兄弟也不見得會輸給他們，咱還有馬札這著活棋。

第二個要考慮的是，金師哥若死了，錦衣衛誰來當家？難道是章逸這小子？

「有可能，但是如果我……」一個更可怕的念頭在魯烈腦海中升起，這念頭不能想，也不該去想，但卻一直揮之不去。他下意識跳過去想那結局：「如果我來當家，我要如何保住天竺高手留在錦衣衛裡？說不準還要再多引進幾個，譬如點蒼的、峨嵋的……」

他愈想愈是激動，臉頰開始泛紅，雙拳不自主地緊握。站在魯烈對面的丐幫右護法姚元達一直盯著魯烈，這時發覺他神色有異，便移動腳步，向魯烈所立之處緩緩靠近。

這時場中拚鬥已近千招，兩人對敵手的武功之高都感到震撼。電光石火之間，金寄容一連三劍穿心，乃是全真劍法中最凌厲的一招，喚作「靈歸三清」，其威力在三式之間互相加成，到第三式刺出時，累積的內力竟然發出劍芒。章逸知他的第三式勢不可擋，拚力閃避後退，手中長劍不得不與對方碰上，只聽得一聲斷金的尖銳聲，章逸整條手臂如中重鎚，長劍從劍尖到劍身一陣劇烈抖動，手中只剩下了半截劍。

章逸雖遇危而不亂，索性將半截斷劍唰的一聲歸鞘，雙掌一錯，竟然發出一股巨大的旋轉暗勁，激起一片凌厲的掌力，如大漠狂風般掃入金寄容的劍幕，逼使他退了半步，將金寄容好不容易佔到的上風給扳了回來。這一下連天竺絕塵僧等人都驚叫出聲，丐幫三人及于安江、沙九齡更是立時叫好。他們不知在插劍錯掌的那一剎那，章逸的內力疾速轉換，等到一掌揮出時，他的內外功夫都已轉成了「金沙掌」，正是明教左護法喬原士當年威震武林的絕學。

決生死的時候到了，金寄容劍法陡然又快了起來，他每出一招，尺長的劍芒便吞吐一次，空中就發出噼啪一聲，威勢驚人之極。絕塵僧和辛拉吉都是第一次看到這種劍法，感到驚駭不已，低喝道：「這是全真劍法？」少林出身的楊冰低聲道：「難道是傳聞中的『重陽霹靂九劍』？」

原來「重陽九劍」是全真派創教祖師王重陽晚年所創。由於威力太強，修練時內力造詣的要求頗高，在他七個弟子中據說只有長春子丘處機得到真傳，武林中但聞其名，其實近百年來已沒有人見過；少林出身的楊冰在藏經閣中耳濡目染，見聞廣博，但也只是猜測而已。但同是全真出身的魯烈心中便有數了，他一見便暗驚道：「重陽霹靂！這劍法連師父都沒有練成，你倒偷偷練成了幾分，難怪……難怪……」

這套劍法練到五分以上時，出招激起的氣爆有如霹靂，所以才喚作「重陽霹靂九劍」；等到練至十成，這霹靂之聲便消失了，只剩下劍芒飛舞無堅不摧，此時這劍法便該叫作「重陽九劍」。魯烈心中終於明白：「難怪你要對師父下毒手，原來你偷了師父的鎮教之寶，如果不殺師父，師父必定殺你。師哥，師哥，你瞞得我好苦！」

這時場中又有變化，金寄容的「重陽霹靂九劍」威風凜凜地才施出兩招，章逸忽然換掌為拳，從劍芒和霹靂聲中脫困而出，每發一拳便是一聲大吼，招式愈來愈險，拳勢愈來愈重，吼聲也愈來愈響。這套拳法一出，不僅楊冰識得，便是場邊丐幫高手也都猜得出，章逸已從「金沙掌」換到明教西天王白抑強的絕學「獅吼神拳」。

這套拳法之所以名滿武林，乃因昔年白天王和少林菩悲法師的那場比武，當時「獅吼神拳」和「金剛掌」硬碰硬拚了三十七招，毀了兩塊千斤巨石，結果是平分秋色。這故事武林中很多人都曾聽過。

這時場中忽然暗了下來，原來月亮被一片厚雲遮蔽了。昏暗之中兩人愈打愈快，出招愈來愈狠，霹靂氣爆聲夾著章逸的吼聲，聲勢震撼四野，真是好一場惡鬥！

金寄容見天光昏暗下來，自己那口寶劍上藍汪汪的劍芒格外鋒利奪目，他知道這情形對自己極是有利。他三尺寶劍在手，再加上一尺長的劍芒，四尺之外便能制敵於死，章逸要想不停地殺到近身，以重拳痛擊對手，勢必愈來愈吃力。

果然，這形勢持續了一百多招後，章逸終於被逼得退出三尺圈外。他兩拳落空，這時掩月烏雲更濃，四周更是黑暗，藍色劍芒閃過，章逸左邊從肩頭到上臂被金寄容的劍芒所傷，鮮血長流。

場邊眾人見勝負終於分出，接下去便是一死一活，全都緊張地向場中移動，一面關心戰況，一面互相監視，防止有人跳進戰圈相幫。

章逸左邊一涼一痛，已知受傷極重，方才他的鬼蝠虛步讓他勉強躲過了斷臂甚至半身遭劈之禍。他腳下再施鬼蝠虛步，只一晃眼，身形已退到三丈之外。金寄容暴吼一聲：「那裡走！」一人劍合一化為一道藍色暗芒，直撲而上，便要立取章逸的性命。這時，他的眼光忽然和章逸的眼光對上了。

雖在黑暗之中，他卻看到章逸的臉上沒有驚慌，也沒有痛苦，而是一種決心，甚至有點悲壯的神情。那神情在電光石火之間令他心中閃過一絲不安。

這時，章逸正在躍身倒退之中，忽然手中多了一柄斷劍，接著那斷劍脫手飛出，發出比金寄容劍上的霹靂聲更刺耳的破空嘶聲，斷劍頭上挾著比金寄容的劍芒更長的劍氣，一越三丈，穿過金寄容的劍幕，以一股無可抵擋之勢插入金寄容的右胸，直沒至柄！

「乾坤一擲！」丐幫幫主錢靜低沉的聲音在黑暗中響起，有如春雷的第一響。緊接著大夥兒爆出雷鳴般的吼聲：「乾坤一擲！」

這明教前教主的絕殺招式名滿江湖，但卻絕少人有緣目睹，曾經與它有正面相對之緣的人，多已死於這一招之下。是以當錢靜喊出時，眾人先是一怔，然後驚呼；而此刻錢靜卻暗自沉吟：「這章逸怎麼可能會這一招？」

金寄容右胸被斷劍穿過，自知沒命，但仍以手中長劍撐在地上屹立不倒。對面的章逸也已落在地上，他左半身全是鮮血，正以右手飛快地在胸頸各處連點數下，讓血流減緩，勉力撐立著。

這場惡鬥勝負已分。金寄容目光開始渙散，氣息已微，縈繞在他腦中的只有「乾坤一擲」

四個字，他再也撐立不住……

這時，魯烈忽然疾步向前，姚元達正要上前阻擋，魯烈一把抓住搖搖欲墜的金寄容，一手奪過金寄容手中寶劍，藍光一閃，已將金寄容的頭顱割了下來。

魯烈舉起手中金寄容的頭顱，鮮血滴了一地，厲聲道：「叛逆金寄容已經授首，錦衣衛各同仁聽令：章指揮僉事除奸有功，于安江、沙九齡趕快為章指揮止血療傷，其餘各人隨我返回衙門商議大事。」

魯烈這一舉動和這一番話直如石破天驚，眾人多是見過大場面的人物，但這一瞬間的變化實在過於驚心動魄，全都看得口呆目瞪，說不出話來。章逸顯然也被這一幕驚得傻了，他在于安江和沙九齡的扶持之下，坐在地上閉目運功，但心中思潮狂湧，一口真氣一時竟然凝聚不起來。他思忖：「魯烈此舉，乃是以最強烈的手法表達金寄容是朝廷叛徒，他取其首級是要取代金的位置，他要保住天竺高手的錦衣衛身分。」

章逸向金寄容挑戰決鬥，可謂智勇雙全，膽識過人。好不容易拚死將金寄容除了，想不到最後一刻殺出一個魯烈，把所有的成果一舉抱走。章逸不得不佩服魯烈「扮豬吃老虎」的狠與準。

只見魯烈一手提劍，一手提頭，對馬札及天竺三個高手喝道：「走！」便轉身揚長而去。章逸這邊只能眼睜睜看著他威風八面地率眾離去。在體制上，魯烈是京師錦衣衛右副都指揮使，金寄容叛變遭制裁後，他便是當然的錦衣衛首領，章逸也須聽命於他。章逸強忍傷痛，一口真氣終於凝聚於丹田，他運氣一周天，漸入無我之境。

姚元達雖從頭到尾留意著魯烈臉上的表情變化，一直準備著必要時要動手攔阻，但他心中所想是阻止魯烈進場相幫金寄容，萬萬沒料到他竟是要取金寄容的首級，不禁搖頭對錢靜道：「幫主啊，都說咱們丐幫行事又準又狠，今日俺可見識到了，咱們是小巫見大巫了。」

伍宗光道：「聽說這廝深得少林與全真兩派真傳，武功也甚了得。」沙九齡和于安江齊聲道：「這蒙古人，咱們都小覷他了。」

8

德州和北方的滄州、西北的定州互為犄角，牢牢地看住燕京，做為濟南的屏障。建文二年十月底，朱棣的燕軍休息了才兩個月，便又出兵南下。大將張玉只兩天時間便將滄州攻下，守將徐凱還來不及向定州、德州求援便開城投降，倒也果斷。

朱棣兵臨德州，對守將盛庸表達十分的敬重，在城下奉書招降，但盛庸不予理會。朱棣一面招降，一面卻已率軍南下，繞到德州的背後，意欲斷德州的糧道，迫使盛庸離德州南下護糧。只要盛庸的部隊離開了守備堅強的德州城，便可擇地野戰，殲滅盛庸軍。

新封了歷城侯的盛庸，在城頭默默觀察燕軍的形勢和動靜。十一月的夜風如刀，天空已經飄雪，一個親兵送了一條羊毛氈子給盛庸披上。盛庸日前接到濟南城鐵鉉的密報，一批糧草及兵器正要運來德州，但沒有料到朱棣竟有意繞過德州南下，其目的固然要誘逼盛軍出城，但若自己堅守不出，朱棣的大軍勢必正好碰上這批糧草和兵器。究竟該如何走下一步？

雪愈下愈大了，城下燕軍一隊隊地開始轉向東南調動。盛庸知道再不當機立斷，便要失去先機，他向左右親兵低喝道：「回大營，諸將統統到齊，我有命令要下。」他快步走下城頭，又回頭補了一句：「日前濟南來的劉侍衛一併參加。」回到主帥大營，待他卸下盔甲，換上便服，洗了一把臉，眾將已經聚齊，議事廳裡鴉雀無聲。

盛庸俟親兵在每一位將軍桌前上了一碗熱茶，便開口道：「燕軍一面佯作要攻城，一面已經轉向南下，諸位看來，朱棣意向為何？」他手下兩個先鋒將軍齊聲道：「朱棣要擾我糧道。」盛庸道：「不錯。前日濟南鐵公著他的親信劉侍衛送來密信，一批冬糧和秘密武器正往德州運來，只怕正好要碰上南下的燕軍。」

那先鋒將軍道：「咱們率兵從南門衝出，先一步趕到護糧！」另一個將軍道：「咱們率三支兵馬出城，搶先在大名、衛運河一帶埋伏，索性用糧草為餌，打他一個埋伏戰。」

盛庸道：「我猜朱棣的主要目的，是以劫糧草逼我軍離城，他要擇地與我軍野戰。德州城不是他的目標，殲滅戰才是朱棣的如意算盤。」眾將聽了都覺有理，但要如何因應，一時倒沒了主意。

盛庸緩緩道：「我這裡已定下破敵之計，眾將聽令。」諸將立即起身肅立。他環目望了諸將一眼，沉聲道：「先鋒洪田，立派你手下機伶校衛快馬出城，抄小路與濟南來的運糧部隊會合。拿我令箭，命糧隊照原定路線繼續前行，所送來的秘密武器則全部改道送往東昌。」洪先鋒一臉驚色，但並不發問，只大聲應道：「洪田得令。」

盛庸繼續發令道：「副總王鈞，立從你軍中挑選兩位一等射手待命。濟南來的劉侍衛……」眾將之末一個青年小將跨步向前，躬身道：「小人在。」盛庸道：「劉侍衛，你從濟南送信來，本當趕回濟南向鐵大人覆命。俺就麻煩你暫不回去，再出一趟重要的差事。」那劉侍衛是鐵鉉的親信，原在南京錦衣衛中當差，他因不屬盛庸麾下，因此盛庸對他十分客氣。他拱手道：「盛帥不要客氣，鐵大人一再交代，到了德州便全聽盛帥差遣。」

盛庸道：「甚好。劉指揮，你便帶領王副總挑選的弓馬好手，快馬直奔定州，將我一封密函送交平安平大將軍親收。這封信至關重要，劉指揮你武功高強，如遇敵截擊，弓箭手要抵死護你突圍，如不幸送不到定州，也不能落入敵人之手。」

劉侍衛及王鈞都恭聲應命。盛庸停下話來，再次與每一位將軍的雙目對了一眼，然後一字一字發出最後的命令：「其餘諸將立刻整軍，咱們今夜全軍出發南下，與敵決戰於東昌！」

眾將這才看出盛庸此計畫的全貌，他要用糧草為餌誘敵，悄悄將「秘密武器」運往東昌。德州的大軍離城後，集結於東昌先行布置，撇開德州，在東昌等候朱棣大軍決戰於野。至於平安將軍的軍隊如何投入配合作戰，細節就全在那封密函中了。

盛庸發布完命令，心中猛然感到一陣輕鬆，暗中叫道：「朱棣，你要野戰，我便和你野戰，看是誰殲滅誰吧！」

諸將瞭解了盛庸的作戰計畫後，無不感到一陣振奮，大聲應諾，魚貫離廳。走在最後的是先鋒洪田，他再也憋不住，便趨前低聲問道：「侯爺，那批『秘密武器』究竟是啥，末將能先知道麼？」平燕將軍盛庸微笑低聲道：「火槍和毒弩。」

完顏不敗

【第十八回】

地尊用盡新近突破的瑜伽神功中第十層的無邊力道，連攻了十招，
完顏道長依然招招後發先至，最後十招他甚至是閉眼應戰，
在那超意識的世界中，何需眼觀？他已經全然進入了「不敗」的最高境界。
傅翔滿心感動，忍不住喝道：「震古鑠今，完顏不敗！」

山東布政使司衙門裡，鐵鉉的辦公廳外除掛了「布政使」的牌外，還掛了一塊「兵部尚書」的牌。一名親兵進來報告時，鐵鉉正在仔細比較幕僚研擬的兩個輪糧計畫，那親兵行禮恭聲道：「稟大人，衙門外有一位包大人求見。」

鐵鉉抬起眼來，啜了一口茶，面帶詫異地問道：「包大人？何處來的包大人？他的大名？」那親兵道：「他說是濟南府的包大人，名叫包公。」鐵鉉一口茶差點兒噴了出來，強忍住笑道：「包公？他當這裡是開封府麼？」那親兵想笑又不敢笑，恭聲道：「小人聽了也覺得……有些奇怪，但那人說得極是認真。還有一樁，那包大人穿得很破爛……像是……」鐵鉉哦了一聲，道：「想是什麼落難的官員，快請他進來。」

那親兵正要退出，鐵鉉衙內的王都事已帶著一個衣衫襤褸的漢子走進來，那漢子那裡是什麼落難官員，十足便是個街頭的叫花子。鐵鉉吃了一驚，但他素知這王都事雖然只是個七品都事，見識及能力卻都不凡，他既帶個花子到布政使司的衙門來見人，自有他的道理，便耐著性子等王都事說話。

果然王都事進來行了一禮，報告道：「稟大人，這位包兄弟有機密消息來報。下官聽了個大概，覺得這消息極為重要，便……」鐵鉉揮手打斷，直接對那漢子道：「聽說閣下自稱包大人包公？」那漢子也行了一禮道：「見過鐵大人，草民姓包名弓，弓箭的弓，綽號叫包打聽包大人。姓名是父母取的，綽號是俺弟兄們給叫出來的，聽起來是有些怪，但都不是俺自願的。」

鐵鉉聽他說得有趣，便問道：「包兄弟在濟南做何營生？找鐵某有何貴幹？」那包弓道：「俺那有什麼營生，便是靠行乞過活，在濟南一帶是個丐幫的小頭目。來找鐵大人，乃是要送給大人一件軍事上的機密消息。」

鐵鉉更感興趣了，他伸手讓坐，王都事喚司役奉茶。那包弓坐下後，便把雙腿盤在高椅上，王都事正想叫他坐規矩一些，鐵鉉又揮手止住，一臉正經地道：「包兄弟打聽到了什麼消息？鐵某洗耳恭聽。」

包弓道：「不瞞鐵大人說，俺這幫弟兄在濟南一帶活動，行乞只是咱們乞丐該有的行徑，做個丐幫該有的規矩而已，並不是全靠要飯才混口飯吃。事實上咱們行俠仗義，見到不平之事時，一擲十金百金也不皺眉的。」鐵鉉道：「那貴幫的十金百金從何而來？」包弓笑道：「這個鐵大人就甭細問了，反正咱們一不作姦二不犯科，為富不仁的人常把銀子給咱們弟兄花呢。」

鐵鉉見這包弓十分健談，怕他愈扯愈遠，便言歸正傳道：「包兄弟，就請說說你的軍事機密消息吧。」包弓道：「鐵大人，您這邊的軍糧是要運德州還是東昌？」鐵鉉臉色一變，沉聲道：「你問這作啥？」包弓道：「您要是還運德州，燕軍便不再阻擾了。因為他們已知您運往德州的糧是個餌，要想騙燕軍上當。」鐵鉉道：「這消息你是如何得知？」

包弓知鐵鉉對他開始懷疑，便笑著說：「燕軍繞過德州不攻，前鋒部隊已到了臨清。俺手下派出了三十二個一等一的探子，運用各種關係及機會全面打探消息，重要的發現每天傳到濟南來，俺這邊當天就把各種消息拼湊出一個大概情況。凡是我包打聽探出的事兒，八九不離十。」鐵鉉暗暗吃驚：「這花子真有本事，咱們軍中幾百個探子也沒有他這能耐。」

包弓續道：「有個弟兄買通了燕軍的採買，扮成他的夥伴，一同送酒食到營裡，就能聽到幾個燕軍運糧的軍官在嘲笑鐵大人這邊，說同一套老招最多騙他們一次，豈能一騙再騙？」鐵鉉臉色不佳，但這包弓愈講愈有譜，便忍著一口氣，好言問道：「丐幫弟兄真好本事，咱們朝廷吃公家飯的慚愧得緊。你還有啥消息？」

包弓道：「鐵大人知不知道，盛大將軍派了一個姓劉的錦衣衛，到定州去找平安將軍？」鐵鉉臉色大變，這事他也是不久之前才得知，不料這包弓居然也知道了。這消息極為機密，怎會洩露出去？他不即回答，沉著臉反問：「劉侍衛便怎的？」包弓道：「那個劉侍衛被燕軍盯上了，差點送了性命……」鐵鉉大驚失色，連聲道：「願聞其詳。」

包弓道：「盛將軍派劉侍衛率了兩個弓馬高手連夜趕去定州，還沒有到定州，就被咱們在河間一帶的弟兄盯上了。俺那兩個弟兄一個是偷雞摸狗的能手，另一個是唱河南梆子戲的好角兒，平時在幫裡過年時，總要演些騙子的戲給大夥看。他口若懸河，唱功也不差，那做功更是一絕……」那王都事聽他愈講愈不相干了，便提醒道：「鐵大人問你劉侍衛的事，你挑要緊的先講。」

包弓道：「俺講的便是要緊的。那劉侍衛一行趕路趕得急，引起了燕軍的注意，也引起了敝幫這兩個弟兄的注意。燕軍派人跟在他們後面，咱弟兄更一路緊跟在燕軍後面，正是螳螂捕蟬，黃雀在後。那燕軍中有一個武功厲害的錦衣侍衛，他們在一個棗樹林裡發動攻擊，劉侍衛等人不敵，弓箭手全被殺了，劉侍衛遭擒。但劉侍衛被打倒前，匆匆把一封信藏到一棵老樹的樹洞中，被咱們的弟兄瞧見了。燕軍的錦衣衛搜他身上並無所得，便要把他帶回大營去審問。

「俺的兩個弟兄仗著地形熟悉，先一步抄捷徑到一間破廟中等著，一個生火烤番薯又烤叫花雞，另一個大唱梆子戲。那燕軍果然被引到廟裡來，三個軍士見到兩隻香噴噴的肥雞都是口水直流，我那弟兄便拿一隻雞和軍爺換一袋酒。那武功高的錦衣侍衛並不貪嘴，不肯吃那烤雞，於是唱戲的弟兄唱了一齣〈五子哭墳〉，他一面哭，一面從案桌上撿了半根香，點燃了向破廟裡一尊斷臂的泥菩薩拜了三拜。那雞和香裡都放了迷藥，糊里糊塗便把燕軍及劉侍衛一股腦兒全迷昏了。」

鐵鉉和王都事聽得一愣一愣，覺得這包大人講得委實匪夷所思，但又不得不信。兩人對望了一眼，王都事忍不住問道：「後來呢？」

凡愛講故事的人，最愛聽到的話便是聽者入神地問「後來呢」，那包弓果然興高采烈地道：「後來嘛，俺的弟兄用冷水將劉侍衛淋醒，頭一樁事便把他藏在樹洞裡的信還給了他，你猜劉侍衛怎麼著？」王都事忙問道：「怎麼著？」包弓更滿意了，答道：「他竟恭恭敬敬地跪下來給俺兩個弟兄行禮拜謝，俺那弟兄一面扶起，一面又唱了一段〈搜孤救孤〉，是公孫杵臼教老程嬰休要下拜的段子……」

這回連鐵鉉都忍不住問了一句：「後來呢？」包弓興奮得連聲音都抖了起來，顫聲道：「後來劉侍衛去了定州，俺的兩個弟兄換穿了燕軍的服裝，混到燕軍裡去打探軍情……」

那王都事甚是心細，不忘問道：「那迷昏的燕軍呢？」包弓的聲音又平靜了下來，道：「俺那兩個弟兄將他們的衣服剝了後，一刀一個宰了，拿石頭把他們的臉孔亂砸一通，直到沒有人認得出了，再綁上石頭，通通沉到水塘裡去了。」王都事和鐵鉉聽了都心中發毛，心想這些叫花子行事狠辣，無法無天，幸好他們是站在朝廷這邊，否則麻煩可大了。

鐵鉉追問道：「丐幫兩個弟兄混進燕軍裡，有打聽到什麼消息麼？」包弓抱著一雙腿，搖頭擺腦地道：「嘿，細節就不談了。這兩人得到的消息，經過俺包打聽彙集各方面來的消息，便得出了一個極可靠的機密：第一，燕軍十二月底前必定發動攻擊，而且是從東昌背後的東阿及東平攻打東昌。」鐵鉉在腦中把地圖和雙方兵力布置圖對比了一下，暗自點頭道：「這消息的可能性相當高，燕軍極有可能這麼打。」

他心中既對包弓打探到的消息有了幾分信心，便問道：「還有第二點麼？」包弓道：「俺得到的消息是燕軍攻擊時，表面上中軍在後，其實朱棣自己打先鋒，要直襲朝廷軍的中央大軍，親自與平燕將軍盛庸正面對決。朱棣不坐鎮中軍，反而命他的二兒子朱高煦主持後方的大軍。鐵爺，您說怪不怪？您說俺這消息準不準？」

鐵鉉愈聽愈覺駭然，眼前這叫花頭兒顯然不懂軍事，對朝廷和燕王之間的微妙形勢一無所知，但根據他丐幫弟兄打探出來的零星消息，竟能拼湊出如此具體的推斷。最驚人的是，這推斷竟和一些不為外人所知的內情絲絲入扣，實在不可思議。鐵鉉暗忖道：「這個說法完全符合朱棣的個性。他自認精通兵法又武藝高強，既是統帥又要當先鋒，最愛定好作戰大計之後，便橫槍躍馬到第一線拚殺。再者，這次交戰之中，皇上等於給了他免死牌，朱棣可不會不多加利用啊！」

他想到這裡，心中一陣激動，忖道：「若這消息確實無誤，盛庸那邊好好布置，不但破敵，甚至生擒朱棣都有可能。這消息的價值可大了！」他不禁站起身來，對那包弓一揖到地道：「包大人的消息價值連城，鐵某這廂有禮。事成之後，必報朝廷重賞。」

包弓這下可擔待不起了，連忙跳下座椅，還禮道：「鐵大人不要多禮，俺一個叫花子也不要朝廷賞賜。如果事成了，您這兵部尚書，又是山東濟南的父母官，給俺寫一個『天下第一包打聽』的條幅，俺在江湖上就露臉了。」

包打聽包弓的訊息及判斷還真準確。

第一、燕軍在十二月二十五凌晨，完成了對東昌的攻擊布局。

第二、燕王朱棣果然親率先鋒部隊到了第一線，看上去是要對盛軍左翼展開第一擊，而同時中鋒部隊也逼近東昌中軍，擺出了在中央決戰的態勢。先鋒部隊中朱能在右，張玉居中，朱高煦則率了大軍墊後。幾乎與包弓的消息完全吻合。

盛庸的軍隊在聊城外設了三道埋伏。他得到鐵鉉的通知，已明瞭燕軍的布局及朱棣的所在，他的迎戰計畫就是針對這個情報而設定。但如果消息錯誤，他所有的布置就前功盡棄，反而還會落於下風，但這個險似乎值得一冒。

已過子時，盛庸的大營中仍然燭火通明，他指著鋪在矮几上的地圖，對眾將道：「據濟南來的消息，敵軍主帥親率先鋒在我左翼佯攻，中鋒趁機逼進，然後主帥就轉到中央，指揮三路先鋒齊攻我中央大軍，打算一鼓作氣攻垮咱們。嘿嘿，大約他期待咱們會像李景隆的部隊一般，一敗就潰散逃跑，咱們會這樣嗎？」

眾將齊聲大喝：「門都沒有！」

盛庸接著道：「主將在左翼佯攻，咱們就在他左翼做戲，假裝將精兵調過去援救，中央大軍只待他左轉便兩邊散開，誘他攻入。然後聽我命令，炮聲響起，便全面合圍！」

諸將摩拳擦掌，但也有人在竊竊私語，盛庸見狀便問道：「諸位還有何疑問？」眾將面面相覷，終於有一個副先鋒發問道：「照大帥的戰法，咱們第一線便和朱棣面對面的廝殺，咱們如有機會……是殺他還是不殺，大帥給句話吧！」

這句話問到諸將每個人的心裡，一時大營中全都靜了下來，大家都在等盛庸一句話。盛庸沉吟了好一會沒有回答，最後他一揮手道：「各歸各位，大家見機行事吧。」

眾將明白了，盛庸是不會當眾說出「如有機會格殺勿論」這句話來，便魚貫退出。有的將軍心中暗道：「盛帥不置可否，只說敵方主帥、敵方先鋒，就是沒說『朱棣』兩字，俺就當沒聽到朱棣在第一線這回事，他媽的能殺就殺。」也有的暗暗耽憂：「這盛庸倒會做官，他絕口不提『朱棣』兩字，咱要是殺了朱棣，那可是皇上的親叔爺呢，將來有人挑撥一下便是禍事了。俗語說得好，『皇帝心，海裡針』。他媽的，他們專門翻臉就殺人，老子還是小心一點，千萬不要圖一時之快。」

眾將才離大營，兩個親軍的把總進得營來，單膝點地，對盛庸報告：「探子來報，平安將軍的大軍已到了預定地點，在運河兩岸埋伏就位。」

盛庸呼了一口氣，雙眉揚起，雙目精光四射，低聲道：「成了，就等猛虎出閘。」

∞

建文三年元月初七，百姓過完年還沒幾天，南京城裡張燈結彩尚未收下，東昌大捷的喜訊便傳到了京師。仗著丐幫的飛鴿傳書，章逸從朱泛的手下得到最快的捷報，他將資料整理好了，讓鄭洽去朝廷報喜。

鄭洽稟告，東昌之戰從建文二年十二月二十五打到建文三年元月初五，整整激戰了十天。燕王朱棣在聊城外中伏，他的先鋒部隊被盛庸誘入陣中合圍狠打，數次靠著建文給他的護身符才倖免於難。等到殘餘部眾與朱能、張玉的軍隊會合，從後方趕來救駕的朱高煦也到了東昌城野，朱棣的性命才算保住，但所率領的先鋒部隊已所剩無幾。

燕軍的後陣大軍投入戰場，遭遇到的是火槍和毒弩的輪番攻擊，死傷十分慘重，大將張玉被圍戰死。朱棣下令大軍向北轉進，就遇到平安的伏軍攻擊，打到元月初五，便決心收兵。朱棣黯然班師回到燕京，大將張玉之死顯然令他傷心不已，時為建文三年元月十六。

這是建文元年燕王起兵「靖難」以來，南京第一次重要的軍事勝利。章逸比掌握了龐大錦衣衛的魯烈早兩天得到確實消息，朱允炆十分高興，便下令將章逸升為南京錦衣衛右副都指揮使，這是魯烈原來的位置，章逸成了錦衣衛的第二把手。

朱允炆又恢復了齊泰和黃子澄的官位。這兩人在一年前雖然丟了官，但仍受建文的倚重，這時前方打了勝仗，皇帝心中一樂，便復官了。黃子澄立刻建議建文帝以大捷的消息祭告太廟，有王師得勝告太祖的意思，京師全城充滿了歡喜之情。

章逸和鄭洽沿著鍾山南麓的小徑緩緩而行，兩人各騎一匹毛驢，不徐不疾地邊走邊談。自從他以「乾坤一擲」殺掉了金寄容，章逸的名氣在全國錦衣衛中已經超過魯烈，便在江湖上也傳得繪聲繪影，消息多半是從丐幫傳出去的。

武林中人一則驚訝世上居然還有人身懷全真教武學的最高傑作「重陽霹靂九劍」，而這人竟然是隱身在錦衣衛衙門的大頭目；另則驚訝世上居然有人用明教前教主的絕殺招式「乾坤一擲」殺了前者。這件事中牽涉到兩件令武林人士震撼的大事，難怪章逸突然聲名鵲起了。

魯烈在金寄容臨死之時，割下了他的頭顱向朝廷邀功，不但一舉劃清了自己和金寄容的界線，表示過去種種勾結燕王的罪行全是金寄容幹的，同時還升了官，得到原屬金寄容的位子。他當上了錦衣衛的頭領，當然可以繼續引進天竺高手或其他武林人士，增強他的勢力。

章逸和鄭洽談到此處，鄭洽嘆道：「你拚著挨那金寄容一劍，總算將他殺了，你得到的是錦衣衛及武林上的面子，魯烈卻不費吹灰之力，得了實質的裡子。不過現在沒有金寄容替他罩著，除非他從此不再勾結燕王，否則必然曝光，無以遁形，咱們拭目以待。」

章逸道：「鄭學士說得不錯。咱們目前要做的，是多找幾位高手加入我方，否則雙拳難敵四手，魯烈還是可以掌控全局。」鄭洽道：「只要你能找到適當的人，所需的餉錢不是問題。我和徐都督商量過了，督府可以先墊上。」

他們漸漸走近靈谷寺，鄭洽忍不住道：「鄭芫和朱泛為何一點消息也沒有，難道真的出了事？」章逸皺眉道：「唉，這兩人自完成任務後，只芫兒從少林寺飛鴿傳了信來，之後便沒消息了。芫兒的娘三天要問上兩回，擔心得不得了。」鄭洽道：「要不要下令當地的錦衣衛跑一趟少林寺，探一探消息？」章逸沉吟道：「咱回去和于安江他們商量一下再決定。」

鄭洽點點頭，望著遠處變化多端的雲霞，忽然長嘆了一口氣。章逸道：「鄭學士何故長嘆？」鄭洽道：「齊泰和黃子澄又復職了。」章逸道：「黃子澄復了太常寺卿也就罷了，那齊泰怎能再任兵部尚書？」鄭洽道：「我就是為這一事煩惱。試想天下人皆知齊泰為戰事失利而黜，鐵鉉因濟南之戰建功而升兵部尚書。現在盛庸和鐵鉉在東昌打了大勝仗，反而是齊泰恢復兵部尚書的官位，天下人定要為鐵鉉感到不平，覺得皇上賞罰不明啊！」

章逸道：「俺不識得鐵鉉，但俺對將帥的想法卻懂得一二。那鐵鉉若真是一個戰場上的好統帥，他未必那麼看重尚書這官銜，統領天下大部的兵馬才是實權在握。俺擔心的是，天下有識之士不僅覺得皇上賞罰不明，他們還會相信皇上當年罷了齊泰和黃子澄的官，乃是因為戰事不利，想和燕王講和，才半依了燕王的要求。這種謠言在京師坊間已經傳開了。」

鄭洽聽了悚然而驚，低聲道：「怪不得朝中大臣也有人私下在傳，李景隆曾奉密旨想和朱棣講和呢。」章逸道：「皇上對李景隆喪師失地也不處置，連當年推薦李景隆最力的黃子澄都上書請殺李以謝國人，皇上卻優柔寡斷，也難怪這種謠言會出來。以俺看來，無風不起浪啊！」鄭洽正要警告章逸，這些話不足為外人道，兩人不知不覺已到了靈谷寺的山門下。

靈谷寺的心慧法師已在觀景亭中相候，兩個小沙彌牽走了毛驢，心慧便迎客引路，上了兩層階梯後，穿過一片茂林脩竹，來到潔庵法師的禪房。

禪房中已經坐了六個人，主位上除了潔庵及天慈兩位法師外，還有天禧寺的住持溥洽。客位上坐了丐幫的錢幫主、左右護法伍宗光和姚元達。

章逸引鄭洽與大家見了，潔庵大師是當年鄭洽趕考時就認識的老友，他合十道：「鄭相公當年曾在靈谷寺讀書月餘，老衲那時便知你非池中物，果然沒有看錯。」鄭洽連忙行禮謙讓了一番。

章逸對丐幫三位高手一揖到地，道：「這次誅殺金寄容，若非丐幫仗義相助，現場鎮住了魯烈及天竺諸人不敢動手，章逸那得能一對一地與金某決一生死？此處謝過各位了。」錢靜還了一禮，先問候道：「章指揮的劍傷全好了吧？」章逸謝道：「托福痊癒了。」錢靜道：「章指揮一身明教絕技，卻深藏不露達十多年，要不是那金寄容一身全真武功已臻爐火純青地步，還逼不出你壓箱底的絕活呢。」

魔劍伍宗光爽朗地大笑道：「老夫自認在劍術上有些造詣，天下能勝過俺的，就算有恐怕一兩人耳。這回見了金寄容的全真『重陽霹靂九劍』，可真開了眼界，所謂武學無止境，天外有天啊！」姚元達捻著他那一撮山羊鬍鬚，正色道：「然則章指揮最後那『乾坤一擲』，仍是天下無雙。」

錢靜心中一直有個疑問，這時忍不住提了出來，她一面啜口熱茶，一面淡淡地道：「章指揮年紀輕輕，是怎麼個機緣，能同時練就明教當年諸位高人的絕學？」

章逸心中對錢靜又敬佩又感激，便據實答道：「章逸在加入錦衣衛前，原是明教前教主的貼身侍教童子，有幸深得教主及教中諸護法天王的鍾愛，傳了俺各種獨門絕學。俺自幼待在教主身邊十多年，從未在江湖上拋頭露面，是以武林中人對俺很不熟悉。」錢靜一面點頭，心中仍有疑惑，但也不便再多問。

天禧寺住持溥洽法師此時已是管理天下僧寺的「僧錄司」左善世，除了掌管僧寺諸事，也常參贊朝廷大事。他是和鄭洽約好了，一同來此商議大事。這時鄭洽發言道：「金寄容死後，魯烈升任左副都指揮使，將要引更多武功高強之士進入錦衣衛。章指揮雖也升了一級，終究還是魯烈的部下。最令人不安的，是與燕王勾結的天尊地尊的動向，這兩人突然離開普天寺，便似乎消失了，難道回天竺去了？」溥洽聽了連連點頭，道：「此事令人極為耽憂，章指揮高見如何？」

章逸道：「天尊地尊武功蓋世，但似乎頗為喜好珍寶古玩，燕王身邊那道衍和尚投其所好，早就在暗中拉攏……依俺看來，那道衍和尚在此南北決戰之際，是絕不會讓天尊地尊返回天竺的。」潔庵法師接著道：「貧僧認為，兩個可怕的高手突然失蹤，只怕與方才錢幫主帶來的消息有關。」

章逸的目光轉向錢靜。錢靜道：「敝幫終於得到了朱泛及他的小友鄭芫的消息。」

此言一出，章逸和鄭洽精神大振，章逸忍不住叫道：「他們現在何方？」錢靜道：「武當山。」章逸大吃一驚，暗忖：「他們跑到武當山去滯留不歸，必有大事。」伍宗光道：「武當的飛鴿傳書傳到襄陽，襄陽的道士將信息交給我丐幫，才由丐幫的信鴿輾轉傳到南京。一連來了三隻信鴿哩。」

章逸道：「鄭芫及朱泛在武當山，可是與天竺武林的圖謀有關？」錢靜道：「沒錯。天竺高手絕垢僧率他的師弟們，以及點蒼掌門丘全、峨嵋掌門百梅師太齊集武當山下，看來即將對武當派有大動作，只是目前尚未動手，我們猜測是在等待天尊、地尊到了才發動。但不知天尊、地尊何以始終不見現身？」章逸哦了一聲，暗忖道：「原來那百梅師太在天竺高手支持下，已當上了峨嵋掌門。」

很少發言的醉拳姚元達這時道：「我感覺此次天竺高手是想一舉將武當派滅了。天竺人他們看準少林寺一向獨善其身，不會前來馳援，便放肆集中力量，要一舉打垮武當。」

錢靜道：「武當派也不是省油的燈。第二封傳書竟是邀請各大門派火速前往武當山，說是要推舉中土武林盟主，整合力量以抗外侮，是由武當五子聯名發的。這一招高啊，包括少林寺恐怕也會派人與會。這一來，不管誰被推舉為盟主，天竺武林想要獨打武當的計謀就破了。武當派可也沒有求助別派，面子也保住了。」

一直沒有發言的天慈法師宣了一聲佛號，朗聲道：「少林寺如不馳援，潔庵和老衲兩人可都是嫡傳的少林弟子，咱們絕不坐視。那第三封傳書寫的是什麼？」

錢靜道：「第三封傳書是朱泛向鄭大人及章指揮請示，他們倆是留在武當還是趕回京師？」

章逸一時不能決定，過了一會問道：「飛鴿傳書中有沒有說他們找到了方軍師或傅翔？」伍宗光點頭道：「他們在神農架找到了方軍師和傅翔，此刻都在武當山上。」

章逸徵得錢靜的同意後，說道：「便請貴幫的飛鴿傳一封信到武當，告以錢幫主將率兩護法趕到武當，鄭芫及朱泛就留在武當等候錢幫主的大駕，章某也要隨丐幫一道去。鄭學士，麻煩你向皇上說說好話，俺就不待報准，先自行動了。」鄭洽皺眉道：「你現下是錦衣衛二號人物，焉能說走就走？而且是為了武林之事……」

溥洽法師這時道：「貧僧倒覺得章指揮的處置極有道理。新錦衣衛之所以要聘請鄭、朱諸君入盟，便是因為魯烈等人早將武林高手拉進衙門來，這武林大事便和錦衣衛未來運作大大相關。章逸去武當，便是出差辦公事啊，有何不可？」

這一番說法令大夥刮目相看，錢靜暗道：「想不到這和尚手無縛雞之力，對錦衣衛及武林人之間的事看得極是明白，還真是一號人物哩。」不禁對溥洽和尚多看了一眼，只見溥洽清癯的臉上流露出智者的氣質，她暗叫一聲好，忖道：「掌管天下僧寺之事的和尚官，確是長得相貌非凡，看上去極有慧根。」

鄭洽聽溥洽這般說，想了一想，便附和道：「溥洽大師說得有理，章逸便當此行是辦錦衣衛的公差，簽個摺子我來處理。」但他想到一事，仍覺放心不下，便問道：「鄭芫、朱泛一去數月不歸，章逸又離京師，魯烈那邊若知是為武當事，只怕也要設法帶絕塵僧他們去增援？」

章逸道：「他們現在還不知這消息。」鄭洽不解地問：「錦衣衛也有快速傳信的系統啊？」章逸笑道：「錦衣衛最快的是六百里快馬，快得過鴿子在天上飛麼？」鄭洽恍然大悟。章逸接著道：「再說，俺這一走搶先了一步，魯烈就走不成了，上面豈會准他錦衣衛的頭頭跑得精光？」眾人聽了都覺有理。

天慈和潔庵低聲商量了一下，便道：「潔庵師兄留在靈谷寺接應，京師的丐幫弟子如有急事，便來靈谷寺尋潔庵商量。貧僧願追隨錢幫主，今晚便動身去武當。」

同時伍宗光、姚元達也在低聲向錢靜請示，錢靜點點頭。伍宗光便對章逸道：「姚元達和老夫這便決心加入錦衣衛，壯壯你章指揮的聲勢，如何？」章逸喜出望外，忙向三位丐幫大老一揖到地，謝道：「俺這邊得兩位加入，實力倍增都不止，求之不得啊！」姚元達道：「加上朱泛，咱們丐幫三人成虎，錦衣衛原是穿錦戴繡的，現在倒成了穿補丁的叫花子擔綱，我看你們也真是氣數已盡。」錢靜道：「既然天尊他們要在錦衣衛中安插力量，大家就都穿上錦衣幹一場吧！」

章逸得了鄭芫、朱泛的消息，又得了丐幫兩大護法的加盟，心中感到無比的振奮。鄭洽也感受到了，笑著對章逸道：「兩大高人加入，真乃錦衣生輝。咱們公文手續補辦，今夜就先簽個名單，記得帶兩套錦衣袍服給兩位換上。兩位吃公家飯，銀餉還沒有影子，就要先著裝幹活，朝廷真對不住人啊！」

錢靜在一旁觀察，覺得這鄭學士心情一樂開，人就變得風趣可喜了。伍、姚二人卻暗道：「咱們去武當推舉武林盟主，要穿錦衣袍服幹麼？這鄭學士畢竟是個書呆子。」章逸則暗忖道：「俺可要趕快去跟鄭芫的娘報個平安了。」

∞

武當山的玉虛宮舊址，是張三丰在元末明初結茅修道之地。這時玉虛宮中一間密室裡，坐著兩個道長、三個俗家人。兩位道長是當今武當掌門天虛子及武當五俠之末的道清子，兩個俗家少年是朱泛和鄭芫，另一個頭髮花白的老者正是方冀。

天虛道長正在對朱泛道：「貧道門下弟子方才來報，接到輾轉來自南京丐幫的傳信。貴幫錢幫主將親率兩大護法來武當，靈谷寺的天慈法師亦將同行……」鄭芫和朱泛大喜。天虛道長續道：「還有一位稀客將來此，各位猜猜是誰？」鄭芫喜孜孜地猜道：「潔庵師父？」天虛搖頭道：「不對，竟然是不久前擊斃錦衣衛首領金寄容的章逸。」鄭芫和朱泛高興得鼓掌叫好。

章逸殺了金寄容的事，透過丐幫分布各地的諸大嘴巴，很快便傳遍武林。鄭芫和朱泛真恨不得立刻就能當面聽聽這位「章頭兒」如何大顯神威的經過。

天虛道長笑著對方冀道：「方軍師，章逸來此，明教爭取盟主的實力又大增了。」

方冀謙道：「明教凋零殆盡，談什麼爭取武林盟主？」心中卻有極大的疑慮與不安：「章逸離開咱們加入錦衣衛時，雖然練了不少教主的武功，但距離能夠使出『乾坤一擲』的功力還差得遠。他是如何能以這一招取了金寄容的性命？」

武當五俠的老么道清子年齡和鄭芫、朱泛較為接近，在江湖上享有極大的名聲，武林中提起五俠道清子來，端的是人人敬重。除了武功高強、溫文儒雅之外，他為人極是豪邁仗義，絲毫沒有出家人的拘泥。即使是綠林豪客，只要幹的是劫富濟貧、仗義扶弱的事，就算行止言語粗鄙無文，道清子一律樂於交結，沒有名門正派弟子的架子。是以和朱泛、鄭芫很是投緣。

這時他對掌門師兄半開玩笑地道：「江湖上最近傳得火熱，說全真教的第一高手和明教的第一高手一同埋伏在錦衣衛中，這次火拚各現原形，結果是明教技高一籌。師兄，您這回也邀請了完顏道長，他若遇上了章逸，不知會不會要跟章逸分個高下？」天虛道長聞言為之一怔，搖頭道：「章逸身兼錦衣衛官職，豈會爭這武林盟主？完顏道長世外高人，這回是否會應邀而來，也不可知。」

朱泛道：「方軍師您足智多謀，您瞧這天尊和地尊至今仍不出面，是何道理？」

方冀道：「這回天竺弟子及點蒼、峨嵋兩派的高手，皆傾巢而至武當山下，按說如果天尊地尊到場發動攻擊，武當派如不棄山而逃，就得全派覆滅。但天尊地尊始終不見蹤影。如今阿茹娜獻了這一條邀請各大門派來此共推盟主的妙計，如果再過兩天，中土各路高手陸續到達，他們便將失去必勝的優勢了。你問我天尊地尊何以不見動靜？我實在也想不出個道理。但他們不動手，對咱們總是好事。」

天虛道長道：「貧道也參不透這其中的道理。想來我武當派自張真人創派以來，弟子無不勤修道業於內，行俠仗義於外，從無干違天道的行止；當此危難之時，上有玄天佑護，下有諸同道英豪相助。這位蒙古女醫阿茹娜雖然不諳武功，但對掌握大局、設謀定計真有驚人智慧。這回所設的計策，可謂極為細緻巧妙，方軍師以為然否？」

方冀道：「說到這女娃兒的謀略，連我這當了幾十年的老軍師也不得不佩服。此時出面邀請天下各大門派來此的時機極佳，自從上次天竺武林攻打武當、少林之後，又有點蒼、峨嵋兩派落入他們的手中，武林各派已開始紛紛自危，由武當五俠發起推舉盟主正是時候，各門各派必然熱烈參與。咱們若選出了盟主，便能團結一致對外，天竺武林潛伏各門派十數年，要想各個擊破的陰謀便破解了，武當之危自然也就解了。」

天虛加上一句：「不僅可解武當之危，敝派也不必向各門派求援，著實保住了我武當的面子。貧道感激不盡啊！」

朱泛笑道：「最有趣的是道長給點蒼和峨嵋的邀請函，是由武當弟子直接送到山下丘全和百梅師太手中。這兩派到底是要參加推舉中土武林盟主，還是要參加天竺武林攻打武當？這兩派勾結外人，可真要費思量，妙計啊妙計。」

鄭芫拉開布簾，看了看窗外的天色，回首問方冀道：「方師父，傅翔每天一大早就不見人影，搞得神秘兮兮，究竟在忙些什麼？」方冀道：「傅翔的武功境界已非師父我所能明瞭。他目前正處於一個關卡，為此他每日必須苦修六個時辰，以維持行氣運功留在那最高層次，以待突破。但那突破之機似乎可遇而不可求也。」

鄭芫有些耽憂地道：「傅翔單獨練功，沒有人在旁護著，是否危險？」天虛道長道：「傅兄弟必須單獨練功，在絕對無人打擾之下才能進入狀況。貧道為他所選之地隱秘無比，絕無人知曉，鄭姑娘可以安心。」

方冀、傅翔、阿茹娜、朱泛及鄭芫五人，怎會同時出現在武當山上？

數月前，方冀與傅翔、阿茹娜在神農架頂坪和來尋的鄭芫、朱泛相遇，大夥高興地相慶重逢，各述別情。鄭芫自傅翔被打落懸崖後，終於再次見面，兩人都有恍如隔世之感。鄭芫見傅翔身邊已經有了阿茹娜，雖然自己也和朱泛在一起了，但望著這青梅竹馬的兒時玩伴，仍忍不住有些傷感和無奈。

阿茹娜看到鄭芫的第一眼，便對自己說：「就是她，她就是傅翔思念的青梅竹馬的女孩！」她忍不住暗中注意傅翔的眼神，注意傅翔和鄭芫之間的互動，心中隱隱有些不安。但是阿茹娜也發現，自己對鄭芫的聰慧伶俐極有好感；鄭芫和朱泛在一起時，兩人的調皮機智帶給每個人歡笑。看到朱泛對鄭芫的殷勤愛護，想到傅翔對自己的深情，這個天性大方的蒙古女孩便覺釋然了，不安之情盡消。

神農架頂坪上，方冀和傅翔每日就明教的十種獨門絕學一項一項仔細琢磨，方冀要趁傅翔突破十門內力之間的隔閡之際，助他一步一步邁向每門絕學的頂峰。在練功過程中，他們也不忌諱鄭芫和朱泛在旁觀看。鄭芫原是方冀的門生，入門的內功根柢本就是明教一脈。朱泛一開始覺得應該迴避，但忍不住好奇偷看了一兩回後，就再也不顧江湖規矩，厚著臉皮跟在鄭芫身旁觀看。

方冀和傅翔兩人倒似完全不以為意，練功時偶有停下來討論，漸漸鄭芫和朱泛也參與進來，倒像是四人合力在武學上相互激盪。明教的十門絕學固然讓鄭芫和朱泛大開眼界，而鄭芫的少林神功及朱泛的丐幫功夫，也給了方冀和傅翔不少啟發。其中明教和丐幫對武功向來是兼容並蓄，傅翔和鄭芫參與論武也無門戶束縛，四人在此難得的機緣中，終日浸淫於高深的武學裡，竟然樂不思蜀。

朱泛的感受最深，他對鄭芫道：「芫兒在少林寺隨無憂法師學『達摩三式』時，俺陪在山上，少林和尚將俺防得像小偷似的，他媽的，啥也不能做，好不氣悶。這明教到底不同，和咱丐幫一般的豪爽大方，那像名門正派的小家子氣。」鄭芫嘆道：「這些日子咱們過得愜意……」她想到這段時間裡和阿茹娜相處，兩人都為對方的善良聰明所吸引，成了可以談心的好朋友，不禁嘴角含笑。朱泛道：「芫兒，妳笑啥？」鄭芫呵了一聲，道：「好日子過得真快，咱倆在這裡一待就幾個月，章頭兒和我娘那邊恐怕要急瘋了。」

朱泛道：「不錯，咱們不能再待了。唉，早知道就先跟章頭兒說好，山東的差事辦完，咱們就來個辭官回鄉。」

兩人向方冀等人告別時，提到章逸亟盼方傅二人赴南京相助。方冀道：「傅翔身上的各種武功離那『脫胎換骨』似只一步之遙，將來是否能再次臻此境地，實無一定的把握。我看你倆先下山回京，我們再加緊一下，希望能參悟玄機，然後再到京師與你們會合。」

朱泛和鄭芫下了神農架，兩人仍循水路赴歸，豈料就在漢水畔，朱泛從丐幫弟子口中得知點蒼、峨嵋兩派高手已齊駐武當山腳。朱泛聞訊大驚，和鄭芫又趕回了神農架，將這消息告訴方冀等人。方冀沉吟未決，這時阿茹娜道：「方師父，這事不能耽擱，咱們就去武當如何？神農架上與外隔絕，咱們到了武當，再用飛鴿傳信將情況告知南京。」方冀點了點頭道：「阿茹娜說得對，咱們收拾一下，立即下山直奔武當。」

8

武當天柱峰下圍環群峰，峰下皆有清澗。在一個極其隱秘的山澗源頭，原有一塊巨岩，巨岩之下有九個天然「石室」，四百多年前有個陳道人在此穴居修仙二十年，一百多年前一次地牛翻身加上一場大火，此處面目全非，剩下幾個石穴被亂石半掩，變得更為隱秘了。

那山澗的源頭是一道三疊的瀑布，水量雖不特別大，但總有二、三十丈高，落勢依然驚人。轟然激起的水柱及湍流，在險峻的亂石中化為一片水霧，方圓數丈之內難辨景物。

就在這片水氣之外，一塊巨石之後，有兩個人默默盤膝對坐。兩人四掌相接，頭頂上冒出蒸氣如柱，直衝頂上的山岩。這隱秘的空間原是個天然的石室，石室前的巨石被地震巨大的力量移開了兩三尺，微弱的天光從那兩三尺寬的狹隙射入，照在那兩人的臉上。只見面向外的少年正是傅翔，而傅翔對面的高瘦老道竟然是完顏道長。

兩人頂上的蒸氣愈來愈濃，也愈來愈凝聚，沖到山崖上竟如有形利器，使石壁崩裂，碎石紛紛落下，兩人卻渾然不覺。那碎石愈崩愈多，終於漸漸緩了下來，兩人頂上的氣柱也慢慢弱了下來。又過了一會，兩人四掌分離，睜開雙目。

傅翔道：「道長，好像還是差了一點。」完顏道長道：「難道咱們琢磨的有什麼不對的地方？」傅翔默思了一會，搖了搖頭道：「不會有錯。《洗髓經》中所言每個細節，都在方才咱倆的互動中體現，但何以到了極高點便忽然散去？」

完顏道長想了一會，道：「那日俺在白雲觀突然想到，你那十種厲害的武功即使能融合為一，但若有一關不過，仍然難達最高境界，那一關便是你自己。是你自己的經絡、血氣、精神，你自己這有形之體與無形之神。換言之，你要整合的不止是十種內力，其實是十一種，而最後的一種最是困難，因為它不止是內力，而是你的全部。恐怕自有武學以來，沒有人碰到過這種困難。我老道忽又想到，前次閉關時領悟到的一些法子也許對你有用，這便兼程趕來，那曉得這回又碰上武當派出事，咱倆跟武當還真有緣啊！」

傅翔躬身道：「多謝道長，咱們試了這五天，從道長那邊度引我的法子讓我獲益很大。之前我藉師父之力，把明教十種內功融為一體，推到前所未逮的境地；這數日又藉道長指引，逐步發掘自身的極致，但好像還是差那麼一點，到不了『脫胎換骨』那一步。不過我終於瞭解到一事，那瓶頸就是自己。」

完顏道長道：「傅翔，你還記得前次在漢水畔分手時，我跟你說的話嗎？」傅翔道：「道長的告誡，傅翔一天也不敢忘記。」完顏道長微笑道：「不可強求，不可強求。」

傅翔經過這五日天人交會的歷練，更加能體會這時的自己，每進一分都有干天機，任何細微的進展都是可遇而不可求，強行修練完全沒有用處。他點頭道：「晚輩這條路能走到今日之境，或許已是天設的盡頭，雖然在境界上差了那麼一點，但五日來在功力上仍有所精進。感謝道長在這一程玄妙之旅中陪晚輩同行。」

完顏道長面露神秘的微笑，道：「陪你這一段玄妙之旅，老道我也有收穫呢。」他抬頭望了望頂上的崖壁，只見堅硬的壁頂上居然出現兩個數寸深的圓凹，有如刀斧所鑿，如非親見，恐無人相信這竟是強勁的真氣隔空衝擊而成。

傅翔也抬頭看了看崖頂，忽然笑道：「五日之前，道長和晚輩曾合力試將外面這塊巨石移回原地，結果是力有未逮，那巨石屹立不動。五天來咱們天人合一，不知有多少長進，要不要再試他一試？」完顏道長見傅翔一副童心未泯、躍躍欲試的樣子，便笑道：「這回若是推動了，巨石落到原地，咱們就再也進不了這石室了。」

於是兩人潛運內功，四掌扶在巨石之上，沒有任何大動作，只見頭頂上蒸氣再起，那巨石居然一寸一寸地移動起來，移了兩尺多的距離，轟然一聲落回地震前原來的凹坑中，泥土漫天飛揚。完顏和傅翔兩人相顧駭然，自己都難相信，一時說不出話來。

在瀑布的另一面，一個隱秘的石台上也有兩個人相顧駭然，他們是從一片濃密的樹林後，透過枝葉的空隙正好瞧見方才那一幕。一個白髮老者用梵語道：「咱倆能辦得到麼？」

也不知他們兩人為何躲在這裡，有多少天了？

完顏道長和傅翔終於從驚駭中回神過來，兩人相對大笑。傅翔道：「這石室真的回不去了。」完顏道長道：「咱們不玩了。」兩人攜手飛身躍起，在樹林頂上落腳，幾個起落便不見蹤影。

瀑布這邊密林中的兩人緩緩躍下石台，夕照下看得明白，竟然是天尊和地尊。他們小心翼翼地走到那塊巨石前，四手扶在石上，兩人運氣一周，同時吐氣開聲，頭頂上也是蒸氣陡起。那巨石前後一陣晃動，卻因巨大的底部落在原有的坑陷之中，終於無法移動它。天尊、地尊互望了一眼，地尊搖了搖頭，用梵語道：「要移動它，得等下一次地震吧。」

天尊嘴角泛出一絲無奈的笑意，低聲道：「完顏老道陰魂未散，姓傅的小子居然也沒有死，武功已追上你我了。天意嗎？」地尊沒有答話，過了一會冒出一句話：「肯定是天意。」天尊道：「咱們下一步要重新想一想。」

兩人默然離開時，最後一道光線照在巨石上，只見石上留下了天尊、地尊的四隻掌印，深達寸許。黑暗降臨，就都看不見了。

∞

傅翔回到玉虛宮時天已全黑，他一進觀門就見到阿茹娜在觀內等他。傅翔道：「阿茹娜，妳怎不進去和大夥兒聊聊，一個人坐在這幹麼？」阿茹娜道：「有一事要急著告訴你。」傅翔見她說急事，表情卻並不焦急，便也不憂心，望著阿茹娜等她開口。

阿茹娜低聲道：「你出外練功時，南京的丐幫傳來了消息，錢幫主及大批好手已在路上了，其中有個叫章逸的高手也要來……」這些人阿茹娜一個也不認識，只是聽朱泛、鄭芫告訴她的。傅翔一聽章逸要來，吃了一驚，心想：「章逸不是在做錦衣衛嗎？怎麼會到武當山來？」阿茹娜已接著道：「聽說章逸殺了一個錦衣衛的首領，好像是姓金的，是全真派第一高手。我怕全真教大老完顏道長接到邀請函來此，倘若碰到章逸，是不是有麻煩？」

傅翔聽她一連串說來，許多地方不大能理解，便道：「這些人之間的關係複雜，待我問問芫兒便知道了。」阿茹娜道：「你猜完顏道長接到邀請函會不會來？」傅翔臉上露出一絲頑皮的笑意，道：「他老人家收不到武當五俠的邀請函。」

阿茹娜奇道：「為何收不到？武當道士是用飛鴿傳書送到燕京啊？」傅翔輕聲道：「妳先不要告訴別人，道長已經到了。」阿茹娜驚喜之極，輕聲叫道：「真的啊？你剛才就是跟他在一起？」傅翔微笑道：「我這幾天都跟他老人家在一起。」阿茹娜喜道：「一起練功？」傅翔點點頭。「成功了？」傅翔點了點頭，又搖了搖頭。

傅翔自從在神農架上湊巧和方冀又一次達到了氣息經絡相連的境界，當時方冀服了「三疊白」暈死過去，在全無意識的情形下，才能和傅翔以同門的十種內力相濡以沫到暢體奔騰，終於突破了十種內力之間的隔閡，也打破了過去最多只能練到七八成功力的限制。這五日與完顏道長共同修練，內力更加深厚純正外，他也終於瞭解，第十一個需要打通的乃是自己這一關。這一步就還差那麼一小步，而這一小步走來卻充滿玄幻天機，不可捉摸，亦不可強求。是以阿茹娜問「成功了？」是外行的問題，傅翔卻是內行的回答，點頭表示功力又有增進，搖頭表示仍未真正脫胎換骨。

傅翔把這情況向方冀請教。方冀雖已難望傅翔武學之項背，但畢竟見多識廣，他仔細想了一會，終於對傅翔道：「你那一小步突破自我之後，可知結果為何？」傅翔只覺這個問題太大太玄，很難具體回答，便陷入沉思。方冀又道：「這一小步突破後，一個全新的傅翔將勝過十個十成的明教高手。你想想，這一小步豈能輕易跨過？」

傅翔聽懂了師父這句話真正的意思。這一小步跨過後，傅翔不只是身懷十種明教絕技，且每種都達到十成威力；而是這一切都化入了一個新的傅翔的血、氣、精、髓之中，再也不可分。那時的傅翔動手時的威力，絕不能用十種武功同時圍攻的威力來比擬。因為傅翔是一個人，一個心思，一雙手腳，十種絕學不需任何協調配合，每個細節自然恰好到位，天下誰人能敵？

但這一小步，他跨不過去。

玉虛宮的素麵已開出來，道士們自己醃製的醬菜十分可口。還有一種豆腐乳，是用武當火工道士自製的上好豆腐發酵生黴，待白色黴絨長達寸許，便將鹽巴、辣椒粉等作料混好放在大碗中，那一寸立方的豆腐連一寸的絨毛在碗裡打一個滾，沾黏上的作料就恰到好處。豆腐塊放入甕中乾放一月，待鹹辣味深入豆腐了，便加黃酒封甕。數月後開甕取食，此時豆腐已經成乳，黃酒和著作料及黴衣，都化為極其鮮美的乳汁，可口無比。

大夥吃得開胃，傅翔在阿茹娜耳邊低聲道：「完顏道長自製的醃菜，不知比起這個孰高孰低？」鄭芫耳尖，已聽到「完顏道長」四個字，便問道：「傅翔，你說完顏道長怎的？」傅翔笑道：「我在說，道長曾在神農架上單獨待了一段日子，存糧吃得差不多了，他老人家就親自動手醃了一缸醬菜，據他自己說美味天下無雙。」

眾人聽了大笑。天虛道長道：「正期待完顏道長來武當。他老人家可是咱們的恩人，來了定要好好請他遍嚐武當山的各種美味素食。只不知他老人家是否仍在閉關修行？」

傅翔望了阿茹娜一眼，回道：「晚輩猜想他老人家定然會來。試想武林大會推舉盟主的大事，他老人家不來，赫赫有名的全真派豈不缺席了？」朱泛忽然冷冷地道：「還有魯烈哩。」

方冀聽到這話，不禁暗暗心酸：「赫赫有名的明教又還剩下幾人？」他想到章逸，不知為何心中又閃過一絲無名的不安，暗忖道：「章逸能以『乾坤一擲』殺了金寄容，倒讓我明教武學後繼有人，但他那麼高的武功從那裡得來？」他又想到傅翔：「翔兒也是明教絕學的最佳傳人，他的成就更將在歷代明教高手之上，但是他願意加入明教麼？」

這些日子來他不住地憂心，整個人也變得沉默寡言。過去十多年，他胸中復仇之火支撐他努力活著，如今復仇之念雖然不再燃燒，但恢復明教的念頭開始在心中如怒濤般洶湧。這次武當派發出推舉武林盟主的邀請函，令他格外感觸良多，想到恢復明教大業事多如麻，豈是自己一個垂垂老矣的伏櫪老驥所能一肩挑起？不禁愁眉難展，輾轉難眠。

鄭芫和朱泛又聊起如何幫建文送密令給鐵鉉及盛庸的事，談到龍騰鏢局用金蟬脫殼之計騙了天竺高手，將火器順利運到郭英營中，說得興高采烈；阿茹娜和傅翔談起協助燕王妃守燕京城，組織全城姑嫂大媽加入戰鬥的事，講到阿茹娜用水灑城牆成冰，讓李景隆的攻城大軍束手無策，也引得眾人嘖嘖稱讚。

這兩批後起之秀，傅翔和阿茹娜協助燕軍守城，朱泛和鄭芫協助朝廷平燕，這兩者方冀都不以為然，而此時兩方同坐一席上談笑風生，絲毫不為立場對立感到困擾，對方冀來說只覺不可思議。他暗自感嘆：「這些年輕人對天下興亡、社稷正義都沒有強烈的感覺，只要自己覺得做得快活便好。是世道變了，還是我老了？」

武當的道清子也加入，他對阿茹娜讚賞有加，又對這次送給武當派解圍的錦囊妙計讚不絕口，把阿茹娜說得像女諸葛似的。他十分振奮地道：「數日之內，中土各派要齊聚武當。咱們推出盟主以後，武林各派便聽盟主的號令，中土武林從此團結起來，抵抗外來邪道。」

五俠排名第二的天行子插口道：「對方早已集聚山下，倘若他們要抵制咱們呢？」道清子興奮地道：「那麼大夥兒只好先聯手一戰，就叫做『保衛大武當』之戰吧！」眾人鼓掌叫好聲中，朱泛忽然道：「阿茹娜這計謀是好的，但『保衛大武當』這名兒不好……」滿座停下說笑，全部瞪著朱泛等他說下去。

他慢條斯理地道：「用俺家鄉話唸出來，好像成了『包圍打武當』，這個不好。」大夥愕然笑不出來。鄭芫白了朱泛一眼，低聲抱怨道：「你這人有病麼？」朱泛笑而不答。

鄭芫見大夥有點尷尬，便轉換話題問武當掌門：「天虛道長，敢問您這回發出了幾封邀請函啊？是請那些門派呢？」

天虛道長微笑道：「中土武林門派共有二十多個，有些很少活動，或只在所在地周邊活動。咱們五人商量過後，此次共請了少林派、全真派、點蒼派、峨嵋派、崑崙派、華山派、北嶽恆山派、南嶽衡山派、遼東派、大漠金沙派、丐幫、明教，以及武當一共十三個門派，估計應有十個以上的門派會來參加。」

鄭芫拍手道：「眼下明教和丐幫的人已經到場了，聽說我天慈師父也在趕來的路上，即便少林寺沒有人來，天慈師父也可代表。」道清子道：「以天慈法師的輩分，他若代表少林寺，無為方丈應無異議。」天虛道長微笑搖頭道：「道清師弟說得雖好，但此等推舉武林盟主的事，除了無為大師親臨或親派代表，天慈是作不了主的。」

朱泛道：「除了明教和丐幫，別忘了還有點蒼派和峨嵋派已到了武當山下。」道清子道：「點蒼丘全、峨嵋百梅，既然聽命於天竺要打倒武當派，如今邀他們來爭取中土武林盟主，豈不是他們的好機會麼？只要有本事當上了盟主，咱們都得聽從他的。」

排行武當第四的坤玄子道：「依小弟的瞭解，天尊地尊極有可能要峨嵋、點蒼兩派應邀上山，天竺高手全都加入兩派，成為『中土』武林人士，也參加盟主的推舉。咱們不能不防這一著棋。」

坤玄子曾為天尊埋伏武當十多年，熟知天竺這批人的作風，他此言一出，大家都靜了下來。朱泛道：「坤玄道長言之有理，天竺幾個高手暫時成為峨嵋及點蒼的弟子確有可能，但天尊和地尊不可能施出這種賤招吧？」

鄭芫第一個不以為然，叫道：「朱泛，你別把天尊地尊想得太高尚了，憑他們聯手偷襲傳翔的事看來，這兩個什麼鬼尊就是會施出這種賤招。」

方冀皺著眉想了一會，轉首問天虛道長：「天虛掌門，這推舉盟主的程序是怎麼個規矩？」

天虛道長道：「一切皆在會中決定，咱們先拋磚引玉提出一個章程綱要，再由各門各派發表意見，商議中土武林盟主應該具備的條件，不論是武功、見識、人品、聲望……大家可以儘量提出來。另外，對盟主的權力要談定，盟主的責任也要釐清，等有了一致的看法後，便可以推舉盟主的人選了。大家根據公認的條件一項一項討論比較，直到最符合眾望的一人被推出為止。」

方冀道：「整個過程只動嘴，不動武？」天虛道長苦笑道：「但願如此，但大概不可能做到。只要有人堅持不同意見，最後訴諸比武不可避免。」

方冀點頭道：「想來必然如此。老夫有一些淺見，未知天虛道長意下如何？這天尊、地尊兩人應該不會加入點蒼和峨嵋去做兩派的弟子，但卻必然以某種身分隱於兩派之後，支撐這兩派爭奪盟主。若能成功固然好，若不能成功，便等咱們的盟主推舉出來了，這兩人再出手打敗咱們的盟主，甚至挾持咱們的盟主以令中土各門派……」

方冀說到這裡，眾人已聽得出了一身冷汗，阿茹娜尤其又驚又佩。她提出的計畫，原是藉推舉武林盟主將各門派邀到武當，破了天竺人想一舉消滅武當的陰謀；但照方冀這麼一說，推舉盟主反倒為天尊地尊搭了一個台，讓他倆可以一舉征服整個中土武林。她驚恐的是此計搞不好會弄巧成拙，佩服的是方冀這明教昔年的軍師老謀深算，洞悉危局於事先，確實名不虛傳。

天虛道長聞言便站了起來，稽首道：「方軍師剖析得透徹，貧道五體投地。對方極有可能採用此種策略，咱們計將安出？」

阿茹娜和朱泛兩人對望了一眼，朱泛是個足智多謀又極具膽識的少年，阿茹娜是個熟讀兵書且運用靈活的少女，這兩人聽了方冀的話都覺沒轍。其實道理十分簡單，如果動武，沒有誰打得過天尊和地尊。

阿茹娜十分焦急，一雙美目望著傅翔，她心中還有最後一張至尊牌，但她不敢講，這張至尊牌要傅翔自己翻出來。

傅翔本來不想多言，但見到師父一番話把大家嚇住了，阿茹娜殷切的眼光又盯著自己，他終於亮了底牌，對方冀道：「師父，不管天尊地尊要先打後打，咱們就陪他倆玩到底。」方冀道：「咱們？」傅翔道：「完顏道長跟弟子我！」

此言一出，全場肅然。過了片刻，天虛道長道：「傅小施主，你說完顏道長一定會應邀來武當？」傅翔道：「完顏道長已經到了！」

方冀聞言喜出望外，整個應敵大計飛快地在他腦海中轉了一圈，嘴角邊帶著三分詼諧道：「那就有辦法了。完顏道長和傅翔一老一少，大概都不會要爭做武林盟主吧？這兩人的責任便是牢牢盯住天尊地尊，他們吃飯你們也吃飯，他們入廁你們也入廁，他們要動手，你倆便陪著他們動手。咱們其他人就好好推舉武林盟主，妙啊！」

傅翔和鄭芫都很少看到方師父俏皮的一面，不禁愕然。想來是因苦思如何應敵的事讓他煩心經日，這一下豁然開朗，心情突然放鬆了。

天虛道長聽得完顏道長已經來到武當，心中一喜，他在襄陽城外漢水岸邊曾見過完顏道長與地尊過招，心想己方至少有了一個足堪匹敵的好手了。至於傅翔，他雖不知這個天賦奇高的少年高手目下的功力精進到了何等地步，但從方冀那麼開懷放心的笑意中，似乎得到了答案；同時心中也大大的震撼，難道這少年的武功，已經精進到堪與天尊或地尊一戰的地步？

這時一個年輕小道士走進來，在天虛道長身旁輕聲道：「稟掌門人，華山派掌門人何老前輩率門人到了武當，現在距玉虛宮約半里路上。」天虛道長大喜道：「何老前輩親自來了？不得了！」忙起身對天行子道：「天行師弟，快隨我出宮相迎。」

天虛道長及天行道長快步走出，道清子向大家解釋道：「華山掌門何定一老前輩，自五年前得到失傳百年的華山古風劍譜後，便在一個密洞中閉關苦修，武林中沒有人知道他老人家的下落，華山派事務全由他大弟子代為處理。是以方才掌門師兄聽說何老前輩率弟子親臨，實感驚喜。」

鄭芫問道：「這位何老前輩今年高壽多少了？」道清子道：「確實的年齡貧道亦不清楚，但曾聽掌門師兄說起，十五年前『華山劍聖』何定一在華山南峰之巔力戰金沙門的『大漠金槍』柳橫，那時他已過花甲之年了吧。」

方冀接著道：「不錯，我還記得，當年可是轟動武林的大事呀。『大漠金槍』上華山，硬要華山派交出『華山快劍』的劍譜，說華山劍法是從『金沙十八式』中抄襲了精華加以改變而成，他要比較兩派劍譜來印證一下。何定一不肯接受柳橫的說法，結果便在華山之巔展開決戰。何定一技高一籌，華山快劍勝了對手的金槍，這一戰中雙方的招式從此在武林上傳說不絕，成了單劍破單槍的經典之作。何定一那時已過六十。」

朱泛聽得十分興奮，笑嘻嘻地道：「適才聽天虛道長說，這回他也邀請了大漠金沙門的掌門與會，那麼華山派與大漠金沙門的這段公案，豈不又要重演？俺瞧那何老兒五年來躲著不出，這一下突然跑到武當來拋頭露面，除了不肯錯過推選武林盟主外，恐怕與金沙門也受邀的事大大有關係。有趣啊有趣，有好戲看呀！」鄭芫道：「朱泛，你見了華山何老前輩，不許稱他何老兒。」

道清子道：「何老前輩的華山劍法，早已被公認是武林第一快劍。這五年來勤修失傳百年的華山古風劍法，他老人家劍上的造詣必定更上層樓，這一回不知有無眼福瞻仰一番？」朱泛道：「道清道長你大大放心，只要金沙門那個十五年前吃了敗仗的來到武當，咱們就不會錯過一場槍劍決鬥的好戲。只不知那個『大漠金槍』這十五年來有沒有什麼長進？否則再吃一次敗仗，豈不無聊？」

阿茹娜聽得有趣，忍不住問道：「什麼無聊？槍劍決鬥怎會無聊？」朱泛道：「俺是說咱們看得無聊。苦練十五年總要復仇雪恥成功，這戲才唱得好看。俺問妳，有沒有看過『勾踐復國』的戲？」阿茹娜道：「沒看過，在燕京倒聽過唱大鼓的唱過一段『臥薪嚐膽』。」朱泛道：「那也成。試想假如越王勾踐臥薪嚐膽，每天舔那又苦又臭的膽，整整十五年，然後興兵伐吳，又打一個敗仗，妳說這戲看得下去麼？」

眾人被他逗得哈哈大笑。道清子道：「紅孩兒說得有道理，可惜有一樁事不對。」朱泛覺得自己一番話說得頭頭是道，那有錯處，便道：「何事不對？」道清子一本正經地道：「那『大漠金槍』柳橫不是金沙門的掌門。這回金沙門受邀的掌門人，乃是號稱『漠北第一劍』的秦百堅，柳橫是秦掌門的師兄，這回來不來武當還不知道呢。」朱泛抓抓頭道：「也罷，那就瞧華山派和金沙門拚劍法，也還不錯。」

∞

華山派掌門率弟子從華山經丹江順流而下，頭一個應邀到了武當。繼而衡山派的掌門『迴風刀』莫君青，率領兩個師弟趕到。第三批到達的就是丐幫幫主錢靜，她率了兩大護法「魔劍」和「醉拳」，同來的還有靈谷寺的天慈大師及明教的章逸。然後是恆山派的青蓮師太帶了弟子兩人來到。隔一日，少林派終於也到了，方丈無為大師親率兩位無字輩的高手——無戒法師及無憂法師一同前來。

至。

再過兩日，崑崙派的飛雲大師率了三個俗家弟子到了武當。當日下午，金沙門的掌門秦百堅和他的師兄「大漠金槍」柳橫也到了。在山下盤桓的峨嵋派和點蒼派果然也聯袂而至。

始終沒有出現的是遼東派。武當五子見日期已過，各門派多已到了，便決定不再多候，次日便在玉虛宮正殿外舉行大會。

武當弟子忙了一整夜，終於在天亮前將大會會場布置完畢。卯時正，玉虛宮內武當五子率眾弟子拜過了真武大帝及三清，香煙裊裊中，天虛道長帶著四個師弟走出宮門。宮門外的廣場上已設有主客席位，眾武當弟子峨冠盛裝，正在引導貴客就座。廣場正對面一望無際，天邊彤雲洶湧之中金光四射，一輪紅日緩緩升出雲層。這時武當各觀各宮鐘聲齊鳴，引導肅客也正好各就各位。

十二個門派的席位排成一個半圓，各門各派皆有一掌門席，後面安排有六張高背木椅，是各派門人的座位。在半圓之外的側邊則有一排貴賓席，供非屬十三門派的貴賓所用。這時大家已經坐定，天虛道長環目細看，只見左邊第一席是少林派，無為方丈坐在前面，無戒、無憂兩位大師坐在他身後。少林派右邊便是全真教，空盪盪的七張高背椅沒有一個人，完顏道長沒有出現。

半圓外側面的貴賓席上坐了天慈大師、鄭芫、傅翔及阿茹娜。天尊和地尊也沒有出現。

武當掌門天虛道長雖不知這情況是吉是凶，但戲已開鑼，不容拖延。他朗聲道：「貧道天虛，忝掌武當派，是此次大會主人。承蒙各大門派掌門率門人出席大會，貧道代表地主，向各位表達歡迎及感謝。貧道這廂有禮。」

他站起身來，左右各一次稽首到地，然後坐回座位道：「此次大會，咱們共發出十二張邀請函，連地主武當共有十三門派參加。從左邊算起有少林派、全真派、崑崙派、峨嵋派、恆山派、丐幫；從右邊算起則有遼東派、明教、衡山派、金沙門、點蒼派及華山派。除了遼東派至今沒有音信外，其餘各門派皆已到齊。全真教的完顏道長已到武當，他老人家隨時會出現……」

場內各門派原本見全真教的席位空空如也，以為將會缺席，這時聽天虛道長說完顏道長已到武當山，全都為之一震，不少人發出輕呼。只因完顏道長在漢水岸邊大戰地尊，搶救少林藏經閣首席無痕大師，又上少林寺大戰天尊，這個隱居多年、在武林人心中已漸被淡忘的全真老前輩，突然一夕暴紅，武林中人津津樂道，更別說能有機會一瞻他尊顏有多興奮了。

天虛道長再次站起身來，遙指圈外貴賓席道：「咱們也要歡迎幾位不屬於十三門派的武林高手：南京靈谷寺的天慈大師、京師鍾靈女俠鄭芫、燕京城來的年輕高人傅翔及阿茹娜，正好請他們為咱們今日的大會做一個見證。」

天虛坐下後接著道：「咱們齊聚於武當山，目的是要推舉中土武林的盟主。過去武林各門派，各有各的門規和武學，只要秉持尚武之德，或修身練氣，或行俠仗義，大家相安無事，所以也沒有什麼聯盟或盟主之事。但近年來不同了，有外來的武林高手，強施霸道，要我中土武林各派繳出咱們的武學秘笈，臣服於他們的領導。這外來武林高手武功極高，在中土各門派中布置暗樁，有的潛伏可達十數年之久，可謂處心積慮，不擇手段。這就逼得咱們一定得團結起來，推舉一位盟主。」

天虛道長說到這裡，引起全場共鳴，除了點蒼、峨嵋兩派外，大都點頭稱是。天虛繼續道：「咱們武當派幾個師兄弟商量了多次，決心出來做個拋磚引玉之舉，邀請各門派的前輩先進到武當山來共商大計。如能推舉一位武林盟主，制定一些規矩，大夥在盟主領導之下，互相支援，互相幫助，讓外來的高手不能憑著武力欺凌大家。」這幾句話說出時，天虛用上了他深厚的武當內功，每一個字都如洪鐘驟響，聲音遠傳，回音不絕。

各派不少人大聲叫好。一個低沉的嗓音從叫好聲中透出，雖然不響，但卻清晰地鑽入每個人的耳中：「天虛道長的意思是好的，但咱們武林各派向來我行我素，從不結盟，大家自由慣了。這盟怎麼結，盟主怎麼推舉，恐怕還要從長計議……」說話之人見眾人都轉首看著自己，便微笑自我介紹：「小弟點蒼丘全，就教各位。」

丘全是點蒼派新任的掌門人，眾人中多數對他甚為陌生，這時聽他如此說，倒也說出不少人的心意。忽聽得左手邊一個蒼老的聲音道：「點蒼派的，你便說說該怎麼結盟，怎麼推舉盟主，老夫洗耳恭聽。」眾人轉目一看，發言者乃是「華山劍聖」何定一。

丘全說出那一番話，只是表示一下不甘心完全聽武當派擺布的意思，其實心中並無具體的意見，正在思索如何回答這個難纏的老頭，右手邊的大漠金沙門掌門人秦百堅已接口道：「其實各門派的武功秘笈中，確也有些是偷自別門派的，只是有人死賴皮不認帳。我金沙門倒贊成未來盟主的第一個任務，便是開一個公正的武學評斷會，把各門各派的武功誰偷誰的給弄清楚。」

華山派的何定一冷笑數聲，並不答話。秦百堅座後的「大漠金槍」柳橫怒聲道：「何老兒，你冷笑什麼？」何定一搖了搖頭，輕聲道：「不識大體的妄人。」他聲音雖輕，卻用了華山派百步傳音的內功送出，全場每個人都清清楚楚地聽到他極為不屑的「不識大體的妄人」七個字。

柳橫、秦百堅隔著丘全與何定一互諷，坐在天虛道長左邊第四位的崑崙派掌門飛雲大師口宣佛號道：「阿彌陀佛，金沙門要找華山派的碴兒，可以日後再打一場，老衲樂意當見證。現在莫吵啊。」衡山派的莫君青卻拍手道：「要打就現在先打，不然等盟主推舉出來了，萬一他第一道命令就是要兩派不准打架，我們還看個屁啊？」這衡山派掌門名字文雅，說話卻粗俗。

在貴賓席中的鄭芫聽得笑彎了腰，拍手道：「這個莫君青講得最在理，還是先打了再開會，程序上比較順。」傅翔道：「妳唯恐天下不亂。」天慈法師道：「怎麼幾個大老都不開口，任由這幾個人鬧下去？」

阿茹娜低聲道：「完顏道長仍不見蹤影。」傅翔道：「妳放心，天尊地尊不出來，道長他老人家就不會現身。天尊地尊要等盟主選出來了，他們才會出現，直接向盟主挑戰。」阿茹娜知道，那時也就是傅翔要出手的時候了。

終於少林寺的無為方丈發言了，全場立刻靜了下來。無為道：「各位武林先進，武當天虛道長和他四個師弟發起這個武林大會的用意，貧僧及咱們少林寺是贊成的。各位也都知道，少林寺一向抱著『人不犯我，我不犯人』的宗旨，在武林中與世無爭，與人為善，本來也不贊成結什麼盟。但如今情況特殊，天竺的兩大高手天尊和地尊有意要征服中土武林，強奪各門派的武功秘笈，中土武林實已面臨前所未有的危機，少林寺這才出來支持武當五子這個想法。

「老衲提三個建議，第一，這個結盟乃是一個各派遭遇緊急事件時，互相聯繫、互相救助的組織，絕不能干涉到各門派自家的事務。盟主的權責就是善盡其力，團結各門派，遇緊急事件時，有權調動各派力量共同抵禦外來攻擊。第二，各派各門對抵禦外侮之事必須服從領導，各盡全力，不得藉故內鬥。第三，一旦此種危機不復存在，咱們就再商議要不要將聯盟解散了，恢復各家的自由自在。」

無為方丈此言一發，立刻得到多數掌門人的贊同。恆山派的青蓮師太合十道：「善哉此言。無為大師住持少林，原就是武林領袖，這盟主一位是否就請無為大師來擔任，想來中土武林無人會反對……」

她話尚未說完，已被峨嵋派的百梅師太打斷：「且慢，且慢。我等既要推舉一位盟主來領導各派，這盟主須具備那些條件總得先談一談，然後根據這些條件推舉出來的盟主，才能符合眾望，各派才能心悅誠服。」

坐在最右邊的方冀一直沒有說話，他聽這百梅師太之言，便知她定是要強調某些條件的重要性，以利天竺武林的計畫遂行；但她說要先商議盟主的條件，卻是句冠冕堂皇、擲地有聲的話。於是發言道：「峨嵋派百梅師太的話十分有道理。俺以為咱們未來的這一位盟主，既要領導天下各大門派，他的人品、武功、聲望、人緣都要好，這些不在話下；不過，由於盟主要能洞悉敵人陰謀於先機，又要能迅速傳遞消息與命令，還要有能力指揮運用各門各派組成的團隊力量，因此這位盟主及其直轄的門下，本身便要有相當龐大的作戰能力……」

他說到這裡停了一下，見幾位掌門人都點頭稱善，便繼續道：「舉個具體一點的例子：俺明教若在二十年前，諸高手還沒被朱元璋那個暴君毒害，明教兄弟成千上萬人時，如果有人推舉明教當盟主，明教是有這個條件的。但如今，就算有人要推舉咱們，咱們勢單力薄，便打死也不敢擔任了。俺提這些，乃是看到這盟主將來要做的事及面對的困難，沒有這個條件是幹不了的。」

崑崙派的飛雲大師接著道：「明教方軍師說得好。武當派在天虛道長率領之下，急人之難，行俠仗義，組織能力又強，便以此次大會而言，從籌備到邀請到接待，短短時間裡各項事體做得無一不妥貼，天虛道長本人的人品武功更是沒話說。貧僧建議，這武林盟主便由武當派天虛道長來做，最是符合方才大家所說的條件。」

飛雲大師說完，便有幾個掌門人拍手支持。天虛道長站起身來道：「多謝飛雲大師及諸位好友的好意，但此次咱們面對的敵人實在太過強大，本人及武當派縱然有心也力有未逮。貧道建議這盟主之位，非少林寺無為大師莫屬。」

無為大師起身合十為禮，朗聲道：「多謝天虛道長看重少林寺，但此事萬萬不可以。並不是貧僧多所推託，實因少林群僧終生修經習武，不問世事，對剛才明教方軍師所說盟主的責任及條件，實在無能力做到。如果勉強接下了，必將誤了咱們中土武林的大事。」

多數掌門人初聽天虛道長推薦無為大師，大家想到少林武學領袖群倫，寺中高手如雲，無為大師本人聲望也高，實為不二人選；繼而聽到無為大師本人的說法，再對照方冀提到的盟主條件，便覺得無為大師說的也是實話。這一次推舉武林盟主，不是選一位精神領袖，而是選一位有能力動員、凝聚天下武林力量的實質領袖。

無為大師見眾掌門人並無反對之意，便接著道：「貧僧幾經深思熟慮，要為中土武林推舉一位有謀略，能掌握天下各路消息，能指揮龐大戰力，又肯摩頂放踵為武林大義而戰的英雄，做為中土武林的盟主，那便是丐幫的錢幫主錢靜！」

此言一出，全場肅然，連錢靜自己也萬想不到無為大師會推薦自己。她正在思考如何回應，武當天虛道長已大聲叫好，附和道：「無為大師言之有理！貧道深有同感，也願推薦錢靜幫主為武林盟主。」

方冀先前在提出盟主應具備的條件時，心目中想的便是錢幫主。方冀出身明教，深知武林各門各派之間的聯繫協商極為困難，如沒有綿密而龐大的組織，掌握各路信息與動靜，根本發揮不了指揮的效力。武林中各大門派各有武功上的絕學，但若要推出一個有領導效能的盟主，只有丐幫的幫主可以勝任。於是他毫無猶疑地發言支持：「明教完全同意無為大師的高見，支持丐幫錢幫主擔任武林盟主。」

衡山派的莫君青也發言支持，但他的理由十分奇特，引起眾人一陣哈哈大笑。原來莫君青一本正經地道：「我衡山派自知武功、人望都不夠做盟主，但我們的盟主是要領導大家對付天竺武林，聽說天竺武林人個個沒得道德，全都是專門搞陰謀的小人，對付這些人呀，嗯啊我看名門正派的大師們沒得用處，還是請叫花子來領導大家，嗯啊比較實在。他們搞陰險的呀，我們以毒攻毒啊。」

他一口湘鄉話很不好懂，前幾句場面官話還聽得明白，長篇大論講下來，中間還夾了許多「嗯呀嗯呀」的語助詞，就更難懂了。不過大家總算還是弄懂了，他是支持丐幫來領導的意思。

天虛道長見大家紛紛表態支持，便請錢幫主發言。錢靜從初聞無為大師推舉自己做盟主，便十分緊張地跟兩位護法及朱泛商量了一下，原意謙辭，但聽到連續幾位掌門人的推崇，便又有些猶疑，是否要挑起這一重任？兩位護法及朱泛都傾向接受推舉，唯一擔心的是反對聲音還沒有出來。此時天虛道長催促，錢靜不能不有所表示，於是站起身來，抱拳向左右行禮道：「無為大師和各位前輩先進抬愛，錢靜實在擔當不起。其實無論誰擔任武林盟主，只要一聲令下，丐幫都會身先士卒，全力以赴。至於是否要由錢某來擔任盟主，錢靜自覺威望、武功皆不足以領導群倫，還望各位再推更適當的人選。」

無為大師聽錢靜雖然謙辭，但她的口氣似乎也不是絕無可能，便進言道：「老衲與錢幫主雖不深識，但方才推舉錢幫主之議，乃是經過老衲與敝寺諸位無字輩的師兄弟再三商議的結果，敝寺無異議認為當此中土武林危急存亡之秋，唯有請錢幫主率領丐幫弟兄登高一呼，咱們各門派各盡己力，方能抵禦外敵，教外來武林人不敢小覷咱們。錢幫主請為中土武林的安危，幸勿推辭。」

這番話十分誠懇，又出自武林領袖少林寺方丈之口，其分量之重可想而知。錢靜閉目思考了一會，張目道：「錢某及丐幫聽大家的意思再作決定。」

天虛道長聽她已鬆口，不禁大喜。正要發言，點蒼派的掌門丘全忽地站起身來，大聲道：「且慢，小弟有話要說。」天虛道長道：「丘掌門人請說，貧道恭聽。」丘全拱了拱手道：「點蒼派推舉峨嵋掌門為天下武林盟主，敬請公決。」

此言一出，全場大驚。一旁貴賓席上的阿茹娜低呼道：「不好，對方計畫有變！」傅翔和鄭芫齊聲問道：「怎麼變？」

眾人的眼光都移向峨嵋派的百梅師太，卻見百梅師太朗聲道：「恭迎峨嵋派新掌門人！」她不知何時已經退到後面一席，掌門人的席位空出來虛席以待。電光石火之間，一條灰影如飛鷹疾降，穩穩坐在峨嵋掌門的位子上，來人哈哈長笑，正是天竺來的天尊。

眾人驚駭得還來不及反應，又是一條灰影從天而降，坐落在點蒼派掌門的席位上，丘全也已退坐到後席。只見來者又高又瘦，雙目精光四射，正是天竺來的地尊。

丘全朗聲道：「點蒼派在此宣布，原掌門人丘全讓位於地尊。我點蒼弟子皆效忠於新掌門人，本次大會便由新掌門人地尊代表點蒼推舉武林盟主。」那百梅師太也大聲道：「峨嵋派百梅師太在此宣布，峨嵋掌門人之位讓於天尊，我等峨嵋弟子全都唯天尊掌門馬首是瞻。」

那地尊立刻站起身來，先向眾人抱拳為禮，然後朗聲道：「敝人代表點蒼派推舉峨嵋派的掌門人天尊為中土武林盟主，哈哈，好極。」

各派掌門人面面相覷。貴賓席上的鄭芫和阿茹娜同時低聲道：「他們不以天竺武林身分與會，而要以中土武林掌門人的身分直接爭取盟主，目的是針對傅翔啊！」傅翔一時還會意不過來，問道：「如何針對我？」鄭芫道：「天尊地尊現下是十三個門派的掌門人之一，而傅翔你只能坐在貴賓席上當客人。」天慈法師道：「不錯，他們改變身分，就是要讓傅翔上不了場。」傅翔猛省，自己並不屬於場上十三個門派中任何一派，這推舉盟主的事，自己只能旁觀。

場中經此變化，武當的道清子在掌門師兄耳邊低聲說了幾句話，天虛道長站起身來道：「峨嵋派和點蒼派臨場換人做掌門，這般兒戲的做法可是武林中史無前例啊。兩派弟子中難道沒有正義之士？就眼睜睜看著丘全和百梅這樣數典忘祖？」

丘全厲聲道：「點蒼和峨嵋找誰做掌門人是自己派內的事，難道要經過武當天虛道長同意才算數？方才少林寺無為方丈才說過，就算是武林盟主推舉出來了，他也不能干涉各派內部的運作。你武當派還沒有當上盟主，就想搞統一天下那一套嗎？」這丘全伶牙俐齒，天虛道長本想挑起這兩派其餘諸弟子的正義感，但看來與會的弟子皆已倒戈，是以沒有一人有異議。

天虛道長十分失望，只好繼續主持道：「還有其他推舉的意見麼？」他問了三遍，並無其他的提名。

這時天尊微笑點首道：「敝人願意接受點蒼派掌門人地尊的推舉，擔任武林盟主，敬請公決。」他這麼一說，天虛便急向丐幫錢幫主徵詢道：「錢幫主，您怎麼說？」

方冀在一旁焦慮之極，如果錢幫主這時拒絕了，就只剩下一條路，就是明教方冀自告奮勇親自出馬，不然天尊便成為唯一被推舉而有意願擔任盟主的人選了。

眾人萬萬想不到情況會突然演變到這一地步，所有的目光全都投注在丐幫錢幫主身上，一時之間玉虛宮前一片寂靜，真正是鴉雀無聲，落葉可聞。寂靜中只聽得錢靜一字一字地道：「本來丐幫自覺武林盟主應由比咱們更有威望的人來擔任，現在這情況嘛，老身反而覺得非幹一場不可了，捨我其誰！」

錢靜這「捨我其誰」四個字一說出來，立刻贏得在場各門派一致讚佩，有幾個掌門人忍不住鼓起掌來，那衡山派的「迴風刀」莫君青大聲道：「他媽媽的，中土武林只有錢幫主像條好漢子，我莫君青供妳老大姐驅使，嗯呀，水裡火裡一句話！」錢靜的武功在場中未必最高明，但這「捨我其誰」四個字在此情況下說出口，領導群倫的氣勢便出來了。

天虛道長拍手請大家安靜下來，朗聲道：「咱們有兩位武林盟主的人選，究竟是由那一位出任盟主，還要聽聽各位的高見。」

天虛右手邊的華山掌門何定一道：「依老夫看來，盟主便是丐幫錢幫主了。不信的話，道長你問問大家，看推選誰的人多便是誰。」

天虛道長點頭道：「推舉丐幫錢幫主的請起立。」十一位掌門人中倒有七人站起身來表示支持，只除峨嵋、點蒼、金沙門端坐不動。錢幫主自己則未表態。天虛示意大家坐下，又問道：「願意推舉峨嵋派掌門天尊的請起立。」這回只有點蒼地尊、大漠金沙門秦百堅，及峨嵋派天尊本人表示支持。

衡山派的莫君青道：「大家的意思很清楚了，咱們便奉錢幫主做盟主吧。錢盟主啊，你可要記得我可是擁立有功啊，有什麼好處可別忘了衡山派。」

點蒼派的丘全道：「且慢。方才天虛道長問到各派支持那一位做盟主，也就是誰的聲望高的意思。不錯，丐幫錢幫主的聲望比較高些，但明教的方軍師說得好，聲望只是條件之一，其他條件也很重要。依丘某來看，選武林盟主自然還是武功高最為重要，不然難不成大夥兒趕到武當山來比作詩寫文章麼？」

他這番話說得合情合理，各派掌門人聽了也覺有理。天虛道長道：「依丘施主說，咱們要用比武決定盟主？」丘全道：「難道還有別的辦法？俺建議便由峨嵋掌門和丐幫錢幫主露一手給咱們瞧瞧，誰的武功高，誰便領導武林，既簡單又公平。」

方冀見事態發展到這地步，已無法再回頭，只得據理力爭，正在沉思措詞，卻聽得崑崙派的飛雲大師道：「這丘全的話似是而非。今天咱們各門派來此，不是要選出武林第一高手，而是要選出武林中最符眾望的領袖……」衡山派的莫君青搶進來道：「一點也不錯，他媽的丘全你自己想想，咱們十多個掌門人齊聚一堂，原來是要推一位盟主領導咱們對抗天竺武林，結果卻推一個天竺來的老兒做中土的盟主，這還像話麼？以後咱們這一票人還有什麼老臉在江湖上混啊？」

丘全顯然有備而來，微笑道：「天尊他老人家在天竺武林中可真是武德兼備的神仙人物，他既入了峨嵋派，今後便是中土武林人了。以他老人家的武功及威望，定能領導咱們對抗外來武林的欺凌，譬如蒙古的、西域的、百越的、高麗的、日本的……」

方冀見他強詞奪理，便打斷道：「飛雲大師說得好，這不是天尊和錢幫主誰的武功強的問題，眼前是有兩個陣容各擁其推舉之人，要比也是這兩個陣容來比比實力，還比較有道理些。」

丘全洞悉方冀是要避免天尊和錢靜單獨決鬥的場面，正待發言反對，天尊卻道：「方軍師說得也有幾分道理，咱們兩個陣容各派三人來比劃一下，勝方所推舉的人選便是盟主，各位說這樣可好？」

眾掌門人覺得這樣安排確有道理，一則可以避免成為錢靜與天尊個人的比武爭勝，再則兩大支持陣容對人選意見不同，便由實力較強的一方來決定人選，也堪稱公平，畢竟武林盟主的推舉不是這兩人的個人問題。天虛道長雖明知天尊的用意，對方以天尊地尊兩人出戰兩場，三戰兩勝已經贏了，但他想不出反對的理由。

就在這時，遠方忽然傳來一陣大笑聲，只見正對面的崖口處出現了一個瘦長飄逸的人影，背襯著朝陽的金光，疾如天馬般朝著玉虛宮奔來，才一瞬間已到了眼前。大家只覺眼睛一花，來人已端坐在左邊的第二張高背椅上，正是完顏道長。

他才一坐下，立刻又站起身來，對眾掌門人稽首為禮道：「我老道本來不想趕這熱鬧了，這武林盟主誰做都一樣，貧道毫無意見，但就是不能讓天竺人做，尤其是那兩個什麼『尊』的，俺瞧一點也不尊。」說完又對著一旁的貴賓席揮手，大聲吆喝道：「傅翔、阿茹娜，你們也來啦。哎呦，還有天慈和尚及鄭小姑娘，咱們在少林寺大戰『身毒人』的夥伴全到啦。」

完顏道長這一出現，便展現出完全不把天尊地尊放在眼內的氣概，天虛道長、無為大師及其他幾位掌門人都為之士氣一振。天尊暗忖道：「你終於來了，但你只能出戰一場，而且現下你已非我對手。嘿嘿，於事無補。」

天虛道長心中卻在盤算：「完顏道長若能贏一場，咱們好好打贏天尊地尊之外的第三人，便有希望三場二勝。」但不知對方除天尊、地尊外，另一場是由誰出手？

方冀也在想同樣的問題，對方除天地二尊之外，第三人必定是丘全、百梅和金沙門的秦百堅三者擇一，但他對這三人都不熟悉，一時不知如何。這時身後的章逸趨前低聲道：「軍師，那點蒼的丘全，俺手下的沙九齡會過他；峨嵋的百梅師太，鄭芫會過她。俺瞧這兩人不會上場，倒是那金沙門的秦百堅號稱漠北第一劍，可要小心。」

這時天尊道：「大家既無異議，咱們便三場定勝負。第一場咱們就先派人吧……」他裝模作樣地轉向地尊道：「點蒼派的地尊掌門啊，你看咱們第一場派誰出戰呀？」地尊指了指右手邊，道：「就讓金沙門的秦百堅為我們打頭陣吧。」那秦百堅站起身來，抱拳道：「秦某敬候賜教。」

天虛和他左手邊的錢靜正在商量由誰應戰，錢靜身後一人低聲道：「幫主，這秦百堅號稱漠北第一劍，便讓屬下來試試吧。」錢靜和天虛道長轉頭望去，只見發話者是丐幫左護法「魔劍」伍宗光。錢靜咦了一聲，她發現背後原只有伍宗光、姚元達及朱泛三人，此刻竟然多了第四人，赫然是「無影千手」范青。此人神出鬼沒，沒有人知道他何時從背後的玉虛宮閃出來坐在朱泛身旁，朱泛也不出聲。

天虛道長右手邊的「華山劍聖」何定一低聲道：「道長，這秦百堅還是交給我來打發吧。」天虛心知己方用劍最強的兩人便是何定一及伍宗光，如果與秦百堅鬥劍，必然就是這兩人中擇一而為，一時難以決定。

錢靜心想，這何定一的華山快劍天下無雙，但畢竟上了年紀，不宜久鬥，而這第一場對陣的勝負關係到最終結果，對己方而言是絕不能敗的一場，便低聲道：「我看這一場還是讓伍宗光上，何老前輩的快劍留到會後收拾那柳橫，了結和金沙門這段公案。」何定一便點首不再爭鋒。

於是天虛道長朗聲宣布：「錢幫主這邊第一場由伍宗光出戰。」眾人一陣興奮，這場比試由這兩位劍術高手對決，精彩可期。

那無影千手范青笑咪咪地從大袖子中拿出一卷皮紙，悄悄交給錢靜。錢靜見那皮紙的質料似非中土之物，心中一緊，便把紙卷打開，只見上面用紅筆寫著：

「第一場　秦百堅

第二場　地尊

第三場　天尊

就盟主位　眾歸　山下會合再上山滅武當」

錢靜吃了一驚，一面遞給天虛，一面低聲問范青：「范老從何處得此紙卷？」范青道：「山下的天竺客。俺去探探底，順便帶個紀念品。」天虛看了臉色微變，以手招道清子過來，將皮紙卷悄悄塞在他袖中，低聲道：「送給無為大師看。」道清子將皮紙卷交給了無為，無為一觸手便知是天竺特有的經文紙，他展開瞄了一眼，也是臉色微變，便交給了身邊的完顏道長。

這時，號稱「漠北第一劍」的秦百堅與丐幫的「魔劍」伍宗光已步到場中央。天尊喝道：「兩位用劍高手以五百招為限，如過了五百招仍無勝負，便算平手收場。錢幫主，你說可好？」錢靜暗忖：「這一場只可贏不可輸，絕不和他打平手。」便回答道：「五百招太少，八百招為限吧。」天尊倒是大方，哈哈笑道：「就依妳講的，八百招就八百招。」其實他心中早有把握，重點在後面兩場，自己和地尊怎會落敗？

秦百堅亮劍了，這金沙門的武功揉合了蒙古、藏派，以及西域古伊斯蘭劍派的精華，在元朝初年由一位遠自撒馬爾罕來到漠北的劍客，將幾種淵源迥異的武功整合成一套威力極為強大的攻勢武功，其中尤以劍法最是厲害。百年來雖然涉入中土武林不多，但已打出十分響亮的萬兒，中土武林碰上金沙門的門人，都敬而遠之。

這秦百堅雖是漢人，但精通西域古文字，他從古經書中又悟出了若干新意，江湖上但知他是漠北第一劍手，卻極少人和他動過手。丐幫的魔劍伍宗光早已名滿江湖，行走大江南北數十年，在劍上未逢敵手，這時也拔出了寶劍。

只聽得一聲輕喝：「來吧！」秦百堅立刻發動劍招，五招之內就把攻勢推到十成，身形滾入劍光之中，已經難辨招式，實是氣勢極強的上乘劍法，連旁觀的華山掌門何定一都為之動容。

反觀伍宗光這邊，在對方劍勢捲過之處，看似只能因勢反應地出招收招，實則每一劍遞出都是消強化奇，撥反為正，將對手極其凌厲詭奇的攻勢化為平淡易守。是以看上去秦百堅佔了上風，伍宗光陷入防守圈難以反擊，但實際上秦百堅完全沒有感受到領先，只覺自己劍上的威力都像是吃不上勁，攻到伍宗光的身前便被化於無形。一轉眼兩百招過去了，伍宗光還沒有施出任何還擊。

但是伍宗光心中卻愈來愈吃驚，只因他感覺到漠北的劍法有一點與中土所有其他門派的劍法不同，便是別的劍法使得愈快必然愈輕巧，但這秦百堅手上遞出的劍招卻有愈快愈重的趨勢。他暗忖道：「如果這真是漠北劍法的特色，過了五百招，這廝的金沙劍法豈不成了金沙斧法，這便如何是好？」

兩人惡鬥過了五百招，秦百堅厲害的招式層出不窮，又快又重並無消減，伍宗光使出畢生絕學，勉力挺住。魔劍一生以劍會友，以劍殺敵，上乘的劍道已經融入他的思維與行動之中，一念一動都是劍法。他一面劍上加力，一面暗自沉吟：「這愈快愈重下去，終有極限。俺要抓準那極限來到的瞬間，狠狠展開反擊。」

果然魔劍的經驗老到，又鬥了兩百多招，秦百堅的招式在轉換之間突然加速，要使對方跟不上來，而伍宗光就在這一剎那感到對手的招式雖比原來更快，劍上力道卻沒有變重，反而有一些變輕了，這就是伍宗光苦苦等待的時刻。只見他大喝一聲，手中長劍劍光暴長，魔幻般的奇招異式如猛虎出閘，洪水破堤，瞬間就將攻勢搶到手，接著便是劍出如長槍巨斧，連續攻出數十招。

秦百堅暗叫一聲不好，一連退了六步後，他腳踏兩個三角步，雖退不亂，這是西域古劍法的基本步，與中土各派的梅花步或七星步大大不同。但秦百堅心中有數，自己已是強弩之末，很難再奪回優勢，除非施出最後的絕招……

只見他退了六步，拚發六招，再退六步，又奮力攻出六招，再退六步，在半圓形的各掌門坐席前已退出一個半圓。接著他提滿了真氣，連人帶劍化為一道虹光飛撲向伍宗光，劍尖閃出芒燄，這是大漠劍法中的最後一式「流星追沙」。伍宗光見多識廣，見對方忽然連退十八步，便知接下來必是驚天一擊，也將內力鼓到極致，嚴陣以待。

說時遲那時快，秦百堅的長劍離伍宗光尚有三尺時，忽然挾著雷霆之勢脫手飛出，而秦百堅空出的雙手立刻化為兩隻鐵鍾般的拳頭，雙擊伍宗光的兩脅。這一招變得太快太狠，眾人驚呼四起。伍宗光在驚呼聲中也是人劍合一，眾人只見一片模糊的劍光舞影，秦百堅的長劍落空飛出數丈外，伍宗光的長劍也飛到空中。接著又是一片模糊的拳影，兩人四臂相交，各自退出數步。這時大家才看清楚了伍宗光的步伐，似醉似舞，極快地曲線躍起，伸手抓住了落下的長劍，反手刺中秦百堅的上左胸，然後搖搖擺擺走出五步方才立定。

眾人不禁發出兩次驚呼，第一次是目擊伍宗光一劍刺中秦百堅的左胸，第二聲是發覺這一劍從秦百堅寬大的衣襟上貼體而過，只刺穿了衣袍，卻未傷及秦百堅的身體。丐幫座上的「醉拳」姚元達拍手大叫道：「好傢伙，你何時偷偷把俺的醉拳放到你的魔劍裡去了？」伍宗光冷笑道：「你不時也在偷學我的魔劍，你以為俺不知道麼？」眾人聽了這對話，又震驚又覺莞爾。

這時百梅師太大聲道：「最後一招剛好是八百零一招，這一場應該是平手。」天尊向錢幫主道：「怎麼說？」錢靜沉聲道：「不錯，是八百零一招！」

場中兩大劍術高手相隔十步對立，魔劍伍宗光長劍已經歸鞘，那秦百堅雙手空空，忽然朗聲道：「最後兩招其實就是一招，第八百招時，俺已經敗了。」他向伍宗光抱拳道：「魔劍仁心，佩服。」說完大步走回地尊和莫君青中間的座位，神色自若。

這種情形之下，話多的衡山派莫君青不講兩句話是忍不下的，他向秦百堅抱拳道：「好漢子，嗯啊輸得漂亮。」

武當天虛道長滿懷激動地宣布：「第一場比武，丐幫陣容勝峨嵋陣容！」

地尊緩緩從點蒼掌門的座位上站起來，走到場中淡淡地道：「推舉天尊做盟主的第二場，由我點蒼掌門地尊出戰，誰來應戰？」

無為大師對右邊的完顏道長道：「道長，該你下去會會老朋友了。」完顏道長笑咪咪地走到地尊對面，道：「地尊，咱們以一千招為限吧。貧道如果一千招還贏不了你，便算扯平吧。」地尊冷笑道：「隨便你老道，你可以放心，咱們不會打成平手的。」完顏道長忽然一臉誠懇地道：「我老道倒是喜歡打平手的，不傷和氣多好。」

地尊哼了一聲不再答腔，只低喝一聲：「道士看招！」說著單掌一揚，立刻興起一股狂飆，但他的掌勢卻在還沒發出時已經轉向，帶著那股龐大的內力襲向完顏的左側。改變之快，轉折之流暢，在場眾人只看得一招，便在心裡讚歎佩服不已。

只見那左襲的一掌尚未遞全，地尊已經到了完顏的身後，大夥眼睜睜注視之下，地尊如何移形換位的卻沒有幾人看得真實。但所有人都感覺到，那股一直還未發出的內力又加重了，狂飆發出尖銳的嘯聲，震耳如雷！

現場高手如雲，但這幾招中所展露與所隱藏的高深武學，看在每個人的眼中，卻有不同的體認。眾人都感興奮之際，只有貴賓席上的傅翔有著刻骨銘心的感動，只有他對眼前發生的每一個動作及變化皆瞭然於胸。地尊的招式雖妙絕人寰，內力威不可當，但從頭到尾，一招之力仍然含在千變萬化的招式之中，卻始終發不出去。只因完顏道長的「後發先至」已入化境，地尊出招運氣才一起意，完顏已經洞察先機。兩人並未交手，但雙方幾十招妙入纖毫的招式與運氣行功一一呈現，在場各門各派的高手大開眼界，實乃習武者一生難得的寶貴機緣。

一、兩百招後，地尊已經感覺出完顏道長的「後發先至」較之前次交手時有了極大的突破。自己換了三種極其隱秘的運氣出招，在前次交手時常能欺敵成功，讓完顏無從察覺後面招式的去向；但此時無論他用如何隱秘的方式，完顏照樣可以後發先至，每一個動作都逼使自己換招撤式。地尊雖感驚訝，心中並不焦急，因為這段時間裡，他自己也有十分巨大的武學突破。

地尊飛快地改變了出招的策略，他在兩次出招之間隱藏了一個「過渡招」，這過渡招的運氣使力介乎前後兩招之間，卻又不完全相同。完顏也飛快地對應前後兩招施出了後發先至的招式，便忽略了兩招中間似同非同的這過渡招，等到他以「後發先至」逼使地尊前後兩招轉調時，那過渡招已經成形，完顏要再回過頭來應付，已然無法後發先至，就被逼得以「後發後至」的方式正面接招。而地尊這時開聲吐氣，將天竺最厲害的內力加在這過渡招上，於是「過渡招」從可虛可實的一個隱招，瞬間轉化成雷霆萬鈞的實招。

這正是地尊和天尊近日閉門苦修所得的突破，地尊此時已達運氣出招可以在虛實之間若有若無，從虛化實可隨心發出雷霆的力道，從實化虛也是瞬間說散即散，敵人完全不可捉摸。

如此一來，每三招之中至少有一招令完顏道長無從捉摸，被逼得以硬碰硬，但若地尊從「過渡招」轉而發出無堅不入的「御氣神針」，完顏便只有被動避開了。於是五百招後，兩人進入到比「變」的階段，眾人從他倆運功出招的變化上，看到層出不窮的神妙之作，想要從中領悟一些武學道理，卻因變化如幻而難以掌握，甚至想喝聲彩都來不及。

天尊在旁觀看，面上表情怡然自得，因為他知道地尊最厲害的殺手尚未施出。無為大師及天虛道長等高手卻有些擔心起來，看來每數招之中便有一招地尊穩佔主動，完顏道長雖未露敗相，但卻顯得進攻無力，只守不攻，在與地尊這等頂尖高手的對決中焉有勝機？

只有傅翔的心情和完顏道長一樣篤定。他曾和完顏道長一起閉門苦修，完顏的後發先至練到前無古人的完適境界，現場做「練功靶子」的就是傅翔。他仔細觀察場中的每一個細微變化，忽然喃喃地道：「一過八百招，情況就變。」他身旁的鄭芫緊張地問道：「傅翔，你說八百招有變？」傅翔道：「不錯，八百招。」鄭芫道：「怎麼變？」傅翔沒有立刻回答。天慈大師也在細觀沉思，此時忍不住也問道：「傅翔，你說怎麼變？」傅翔低聲道：「震古鑠今！」

這時場中兩人過招已達八百招，地尊仗著已得的優勢加強攻擊力道，完顏每幾招便退一步。他每退一步，各派掌門人心中便是一緊。當他退到三十步時，無為大師等頂尖高手已經隱隱約約看出，完顏道長的退是有計畫地布局。他要布什麼局無人知曉，但可以看出他每退一步之後，手上遞出的招式並不見凌厲加強，反而更見中正平和，而地尊的攻勢無論如何強大，完顏只是平和處之，絲毫不見窘迫。

又退了十幾步，堪堪退滿五十步時，完顏道長忽然不再退後，地尊卻駭然感受到，自己賴以為得勝的利器「御氣神針」竟然發不出去。原來他的「過渡招」似乎也為完顏識破，連最隱秘的「過渡」運氣也逃不過完顏的眼睛，一概納入他的「後發先至」之中，再也發揮不出攻擊力。

地尊驚駭地凝視對面的對手，只見完顏的身段曼妙如蝶舞，面上雖然全是歲月滄桑，但此刻卻沒有表情，只有平和正氣，似乎已進入超意識的涅槃境界。旁觀的無為大師一面觀戰，一面合十口宣佛號。貴賓座中的傅翔則感到自己的思維、自己的呼息，每一分秒都與完顏同步，完顏的臉上再無喜怒哀樂，傅翔的臉上卻淚流如雨。那種超凡的境界是這一老一少兩人合力打造出來，如今第一次展現在各大門派的武林高手面前。

天尊已察覺到這可怕的變化，忽地大喝一聲：「倪兒法納，夐雅瑜格，你還剩十招！」他用梵語告訴地尊，對方已進入涅槃，快入十層瑜伽，因為只剩十招便滿一千。

地尊面上泛起一層金色光彩，一閃而息，接著頭頂冒出青色的蒸氣，忽然之間他的身邊掀起一陣狂飆，捲起地上的紅塵化為一條活龍，兩個又高又瘦的身影，忽然沒入在這一團土紅色的塵埃中，難辨人形。

在場的幾位頂尖高手卻能看見在這團土紅色的狂飆中，地尊發出的掌力已到了非人所能至、也非人所能擋的地步。他連發十招，一招比一招力道更強，無為大師等高手忍不住連連驚呼出聲，每個人都在暗自估量，若是換了自己在場中，到底能接下幾招？在場沒有一個人敢說自己能接下五招！

終於千招已到，天虛道長大聲叫停，連武當掌門都被這場面驚震得聲音顫抖而沙啞。場中的動作終於停了，紅塵漸散，只見地尊駐立在地，雙掌在胸前一陰一陽，面色凝重木然。完顏道長雙臂長垂，緊貼兩側，雙腳不丁不八，臉上一片平和，竟是老相莊嚴。

地尊用盡新近突破的瑜伽神功中第十層的無邊力道，連攻了十招，完顏道長依然招招後發先至，最後十招他甚至是閉眼應戰，在那超意識的世界中，何需眼觀？他已經全然進入了「不敗」的最高境界。

傅翔滿心感動，忍不住喝道：「震古鑠今，完顏不敗！」他提著的一口真氣在胸中積蓄了一千招的時間，隨著一千招的過程起伏升降，這時不由自主地一吐而出，竟然震動山林，有如晴天霹靂，八個字在武當山玉虛宮前迴盪不已。

地尊面無表情地走回點蒼派掌門之座，眾人目睹他的武學成就，實已超越眾人所能想像，只能用超凡入聖來形容，他一路走回，各派掌門及門人都投以無比尊敬的目光。

完顏道長恢復了他平常的模樣，一張老臉上帶著幾分詭異的笑意，走回全真派掌門的座位，向無為大師稽首道：「貧道無致勝之功，但有不敗之能。」無為大師合十道：「恭喜道友，從此天下再也無人能打敗你了。」

天虛道長心中一塊巨石終於放下，朗聲宣布：「比武第二場，雙方千招而未分勝敗，故為平手。」

他繼而心想：「三場中咱們是一勝一平，已經立於不敗之地，這第三場對方必是天尊出手，咱們由誰應戰？」

果然天尊已從峨嵋派掌門的座位上站起，一面走向場中，一面朗聲道：「這第三場，推舉天尊為盟主的陣容便由我天尊親自出場。錢幫主，你們是誰來賜教啊？」

他這說法十足地就是單挑錢靜決鬥，錢靜暗忖：「咱們已立於不敗之地，這第三場便由我來鬥天尊，敗了也不能輸了志氣。」她正要走出去，少林寺的無為大師已經走到天虛和錢靜面前，合十道：「這第三場便由老衲無為接下罷。」

天虛道：「還是由貧道來……」錢靜低聲道：「大師和道長不聽見天尊指名挑老身麼？」天虛道：「錢幫主是中土未來的武林盟主，絕不能讓天尊打敗妳，遂了他的陰謀！」

錢靜道：「天尊的臉色已顯示，這第三場是生死之戰，錢某是義無反顧，豈能拿兩位武林領袖一世英名作賭注？」從這三人的商量中可以聽出，雖然大家都是義無反顧，但三人顯然都知道彼此終非天尊敵手。

這時貴賓席上的傅翔站起身來。鄭芫和阿茹娜齊聲問道：「傅翔，你要幹什麼？」天慈法師也道：「翔兒，坐下先商量一下。」傅翔回首搖了搖手，大步向天虛道長走去，一揖到地，恭聲道：「晚輩傅翔，請求上陣向天尊請教幾招。」他說話聲音不大，卻如有形之物鑽入每個人的耳中，極為清晰而有分量。

眾人都是一臉驚色，卻有一個暴笑聲傳了出來，眾人尋聲望去，暴笑者正是完顏道長。他哈哈笑道：「傅翔啊，該你出手了。」

傅翔以弱冠之年向天尊挑戰，眾人以為天尊定會氣得暴跳如雷，但奇怪的是，場中的天尊不但沒有大怒之態，反而面色凝重，陷入沉思。

峨嵋派的百梅師太冷冷地道：「咱們中土十三個門派在此推舉盟主，不相干的外人請迴避。」她這話厲害，尤其傅翔正是從「貴賓席」上走過來，是個十足的「不相干的外人」。天虛道長也陡然省悟，原來天尊地尊分別加入峨嵋及點蒼這兩個中土門派，便是要讓傅翔出局，同時也看出傅翔在天尊地尊心目中的分量，已被他們視為最主要的對手了。

然而百梅師太的話言之有理，天虛道長不能不秉公處理，他對傅翔道：「百梅師太所言，傅施主你怎麼講？」

傅翔不答，拱了拱手大步走向右邊，停在明教席前，對著方冀朗聲道：「師父，傅翔這一身武功全得自明教先輩的絕學，只是至今並未加入明教。師父，您是看著傅翔長大的，您看傅翔是否夠資格加入明教？還請師父慈悲，引我入教！」說著便跪下來，向方冀磕了三個響頭。

這一舉動大大震撼全場，尤其是方冀，喉嚨像是塞住了什麼，一時說不出話來，直到雙目淚下，喉頭才得放鬆。他雙手扶起傅翔，大聲道：「傅翔，我方冀權代明教教主施行權力，收你加入明教，我祖光明賜你福報。」兩人伸手十指向上，如捧火燄，然後四掌相碰，兩人都身懷明教的內功，一觸而收。

方冀身後的章逸見了這一幕，也是欣喜欲狂，等不及上前來和傅翔行明教見禮，道：「傅兄弟，歡迎你。」兩人四掌相碰，也都是正宗的明教內力，一觸而收。就在這一剎那間，一絲驚異如電光般閃過傅翔的心頭：「怎麼這章逸的明教內力竟比師父還要深厚一些？」

傅翔完成了入教之禮，走回天虛道長座前道：「現在傅翔已是明教弟子了，願代表推舉錢幫主的陣容向天尊請教。」錢靜道：「天尊殺機已起，他單挑錢某，傅小哥你歇下吧。」傅翔堅定地道：「請讓傅翔去，天尊他殺不了我！」

這一句話說出口，無為大師、天虛道長、錢靜幫主，甚至華山何定一、恆山青蓮……都為之震撼，甚至連地尊聽了都心中暗自震動。因為這句平淡的話所代表的分量太重，在座武林菁英，有誰敢公開說出「天尊他殺不了我」這幾個字？

只有完顏道長笑嘻嘻地大聲道：「傅翔啊，俺瞧你為了打敗那惹人厭的天尊，不惜毅然加入破落戶的明教，以後還要遵守什麼狗屁倒灶的教規，可真犧牲太大了。早知道你肯入教，不如入我全真教，跟我老人家快意江湖，豈不甚好？」

傅翔想笑但笑不出來，想答卻不知該怎麼說，於是他拱手行了一禮，轉身走入場中，對著天尊道：「天尊，你在少室山上和地尊聯手偷襲於我，天可憐見我傅翔死裡逃生，今日咱們老帳一起算吧。」

這話一出，天尊面上有些掛不住，只聽得兩個尖叫聲響起：「天尊不要臉！」一聲出自貴賓席上的鄭芫，另一聲出自丐幫席後的朱泛。天尊黑著一張臉，斜睋著傅翔，冷冷地道：「小子，你要找死便來吧！」

國家圖書館出版品預行編目資料

王道劍／上官鼎著 . -- 初版 . -- 臺北市：遠流 , 2014.04-2014.05
面； 公分 . –
ISBN 978-957-32-7364-6（第 1 冊：平裝）--
ISBN 978-957-32-7365-3（第 2 冊：平裝）--
ISBN 978-957-32-7366-0（第 3 冊：平裝）--
ISBN 978-957-32-7367-7（第 4 冊：平裝）--
ISBN 978-957-32-7368-4（第 5 冊：平裝）--
ISBN 978-957-32-7369-1（全套 : 平裝）

857.9　　103001847

O1303
王道劍〔參〕
大戰天竺

作者：上官鼎
插畫：上官鼎
出版四部總編輯暨總監：曾文娟
資深主編：鄭祥琳
副主編：沈維君
助理編輯：江雯婷
企劃：王紀友

發行人：王榮文
出版發行：遠流出版事業股份有限公司
地址：臺北市南昌路二段 81 號 6 樓
電話：（02）2392-6899　傳真：（02）2392-6658
郵撥：0189456-1

著作權顧問：蕭雄淋律師
2014 年 5 月 5 日　初版一刷
2016 年 12 月 1 日　初版九刷
定價：新台幣 280 元（缺頁或破損的書．請寄回更換）

ISBN　978-957-32-7366-0

遠流博識網
http://www.ylib.com E-mail: ylib@ylib.com